中國現當代旅遊文學研究

王秀琳◎著

崧燁文化

目　　錄

現當代旅遊文學文化論

現當代遊記創作論

前言

從本書的寫作初衷來講，力求表現出以下特點：

1.追求較強的理論性。本書從對旅遊文學、旅遊文化概念的論述到對兩者之間關係的梳理，再到對旅遊文學與各相關文化領域內涵的表現，力求從文學文化學的角度在旅遊文學與多個文化領域之間找到有機的結合點。

2.追求開闊的研究視野。本書主要由三部分構成，分別是：旅遊與旅遊文學研究論；旅遊文學文化論；現當代遊記創作論。這三部分都各自形成相對獨立而開放的研究語境，同時共同構建了旅遊文學研究的大框架，使旅遊文學研究走出了純文學研究的路徑，獲得了更加開闊的話語空間。

3.採用點面結合的寫作形式。本書從全景的角度把握現當代旅遊文學的發展脈絡和特徵，又具體細微地分析了旅遊文學作品的語言表達特點以及代表性篇目的創作技巧和審美特徵，有點有面，比較全面地反映了中國現當代旅遊文學的發展狀貌和創作特點。

4.追求對社會實踐的指導意義。本書的寫作針對的是旅遊文學與旅遊文化的研究者和旅遊文化產業的從業者。特別是本書對旅遊文化的創意領域具有一定的指導意義，可以幫助旅遊業從業者提高鑒賞自然景觀和文化景觀的水平，瞭解旅遊文學作品獨特的審美角度和表達方式，從而為旅遊產業的文化創意提供藝術靈感和支持。

由於作者水平所限，不足之處在所難免，真誠希望得到專家、同仁的批評指正。

王秀琳

現當代旅遊及旅遊文學研究論

　　旅遊是一個既古老又新鮮的話題。說它古老，是因為早在先秦時期，《詩經》、《書經》、《易經》中就有有關旅遊事跡及場面的描寫。對於旅遊的解釋和理解從古至今沒有明顯的改變。唐代孔穎達《周易正義》中對「旅」的解釋是：「旅者，客寄之名，羈旅之稱；失其本居，而寄他方，謂之旅。」「遊」是遊玩、郊遊、逍遙、遊歷、行走的意思。「旅遊」作為固定搭配的詞經常出現在唐詩中。而表達騷人墨客遊歷經驗和抒發情感的山水詩詞更是比比皆是。千百年來，旅遊隨著各個朝代的興衰，經歷了不斷的起伏變化過程，但無論怎樣變化，旅遊都是社會生活中不可或缺的重要內容。旅遊幾乎與中國的文明史一樣古老。說它新鮮，是因為與古代旅遊以文人士大夫為主體的狀況不同，20世紀以來，特別是當代，旅遊前所未有地吸引了眾多普通人的目光，成為老百姓最感興趣的話題，同時，古老的旅遊被注入廣泛而深刻的科技、文化內涵，帶動和興起了一個朝陽產業。在世界經濟發展較好的地方，人們無不熱烈地關注著旅遊，熱誠地參與著旅遊。旅遊成為全世界社會生活的新時尚。與旅遊相伴而生的旅遊文學也呈現了一片繁榮的景象。

一、旅遊活動的廣域視角——大旅遊觀念

（一）大旅遊觀念的內涵

同樣是旅遊，不同的人出於不同的目的對它的理解是不同的。旅遊業從業者關注的是旅遊的社會效益和經濟效益，關注遊客的吃、住、行、遊、購、娛等具體活動。而文化研究者關注的是旅遊在社會生活和社會文化發展過程中的作用及其變化發展的規律。這種注意方面的差異導致了對「旅遊」這一概念的不同理解，前者是「純旅遊」觀念，後者是「大旅遊」觀念。

　　「大旅遊」的觀念值得關注。這一觀念強調將旅遊作為一種與人類歷史相始終的文化活動而不僅僅是遊樂、休閒活動進行研究。在實踐中，大旅遊的觀念已經被廣泛接受，形成研究旅遊史的獨特視角。近年出版的關於旅遊史方面的研究成果，如旅遊教育出版社出版的王淑良、張天來的《中國旅遊史·近現代部分》，雲南人民出版社出版的章必功的《中國旅遊史》都是從這個角度出發對中國古代、近現代旅遊史進行深入研究的成功之作。

　　用「大旅遊」的觀念構築現當代旅遊文學的研究框架，同樣為我們提供了廣闊的研究背景和空間。為了使我們的研究有所規範，這裡有必要對我們研究範圍內的「旅遊」進行新的界定：

　　1.旅遊是一種時代特徵明顯的社會活動，這種活動主動或被動地適應社會政治、經濟的發展要求，體現特定歷史時期的文化觀念和社會發展狀態。旅遊與其他社會活動相區別的特徵是，旅遊注重「旅」和「遊」的過程以及由於時空變化所帶來的身心感受。

　　2.旅遊的目的是為尋求人與自然的和諧以及人與社會的平衡，是對真、善、美的追求。

　　3.旅遊的內容包羅萬象，既可以是物遊，如吃、住、行、遊、購、娛等諸多有形的活動，也可以是以精神追求為目的的文化思想遊，如對感興趣的精神理念、宗教信仰的領會、學習、尋求、追隨等。

4.旅遊具有鮮明的地域性特徵。旅遊活動具有跨文化交流的意義。

（二）大旅遊觀念的現代性特徵

旅遊作為一種社會文化活動，必定與特定時代的美學思想相關聯。傳統的旅遊以儒家、道家思想為支柱。以孔子思想為代表的儒家旅遊觀念是功利主義的，「孔子提出的『知者樂水，仁者樂山』被稱為『君子比德』說。『比德』說肯定遊觀山水能夠給仁人君子以美感享受，這種美感在於自然山水具有類似於仁人君子的品格特徵，如：大水的深不可測象徵智者的學識淵博，大山的養育萬物象徵仁者的秉德無私，因此，在遊觀山水的時候，仁人君了不但『高山流水，得遇知音』，並且能反省自身，鍛鍊情操，美不可言，樂不可支。它的精神實質是強調自然美依存於社會美、人格美，強調旅遊觀覽是『克己復禮』、修身養性、經世致用的途徑」。以莊子思想為代表的道家旅遊觀念與孔子的觀念同樣深刻，但與「比德」說相區別的是莊子提倡「逍遙遊」。「在莊子心裡，旅遊應該是不帶任何功利意味的遊樂、遊戲⋯⋯ 旅遊者所觀覽的應該是萬事萬物的規律、人生與自然的真諦⋯⋯ 旅遊的根本目的應該是旅遊者得到精神的滿足、精神的自由。」

現代旅遊觀念在繼承孔子和莊子旅遊思想的同時，又吸收了現代美學思想，而且還不斷充實以社會人文的內容。現代美學思想形形色色，對大自然以及人類社會的認識呈現出豐富多彩的特徵。近現代的旅遊美學思想總體特徵是以人為本，強調人類自身的能力；對大自然與人類的關係的認識由原來單純的人敬畏自然轉變為人對自然的多層面理解。比較有代表性的如泛神論思想，認為大自然是人的朋友、師傅、戀人等，強調天人合一、物我無間的境界。又如辯證唯物主義思想，這是影響現代人類思想意識的主要哲學思想。

其基本原理和主要特點體現在人與自然的關係問題上，主張人類要以變化和發展的眼光看待大自然，在正確認識自然的基礎上，努力克服困難改造自然，最終讓大自然為人類造福。近現代的旅遊文化不僅僅專注於自然的山山水水，還更多地注重於不同文化、思想的交流與傳播，無論是東方旅遊者還是西方旅遊者，儘管他們的遊蹤各異，但是他們審視世界的思想觀念具有一致性。這種一致性的地方是時代帶給他們的，也是旅遊交往帶給他們的。他們在這種具有普遍意義的思想指導下，審視著本民族文化和異域文化，嘗試著將異域文化為我所用，實踐著更深層次的交流與傳播。正如錢谷融教授所言：「不同的民族，在不同的土壤上、不同的歷史文化背景下生長的各國人民，無論對社會、對人生，甚至對自然風景都會有一些不同的看法......所以，國外遊記同時也是不同歷史背景下的不同的民族心理和民族情趣的交流，它一方面可以使國內的讀者領略異國的風光，瞭解異國的風尚習俗；另一方面又可使所在國的人們知道一個異國人是怎樣看待他們的自然景色、風尚習俗和他們的歷史文化傳統的。這就有助於促進不同民族的相互瞭解，相互學習。」

應該說，20世紀文壇上俯拾即是的充滿現代特徵的文學作品，都得益於這種交流和傳播，儘管許多作品不一定直接記錄置身於自然的旅遊，不一定直接表現文化的交流，但是，它們脫不掉這層底色。而那些真實記錄學遊、商遊、宦遊等經歷的文學作品不用說更充分地體現出這種特徵，如果說旅遊成就了文學，在現當代應該不為過。

（三）大旅遊觀念下的旅遊活動（1）：與時代背景相聯繫的旅遊活動及旅遊文學特徵

近現代旅遊活動及旅遊文學的發展以遊蹤為線索，可分成以下幾個時期：

20世紀初至1920年代前後的域外之旅。1840年以後，隨著國門被迫逐漸打開，外國的傳教士、記者、商人、使者等大量湧進中國。經過洋務派官僚的倡導，滿清政府面對連續不斷的割地賠款的慘痛的事實，也決定主動向西方派遣留學生，以期這些留學生能夠學技術，興邦國。因此，在20世紀初到1920年代前後，中國年輕學子的蹤跡遍佈日本、美國、歐洲各地。除了青年學子赴國外留學以外，一些因發起資產階級民主革命而受到清朝政府打擊迫害的革命家、思想家也流亡國外。大批留學海外或流亡海外的青年學子、革命家、思想家經過西方文化思想的洗禮，肩負起了改造中國傳統文化的重任，在此時期倡導並完成了中國現代史上一次規模宏大、影響深遠的新文化運動。這場新文化運動以中西方思想文化的大交融為特點。這批留學生以及革命家、思想家對自身域外生活狀況和思想觀念變化的真實記錄展示了20世紀早期旅遊文學的實績。這些記錄大多表現了他們作為弱國子民在異國他鄉所飽受的屈辱及其激起的憤怒，也表現了他們為了救亡圖存、振興中華甘願拋頭顱灑熱血的革命精神。

　　三四十年代的國情之旅。三四十年代是中國民族矛盾、階級矛盾最尖銳的時期，也是中國旅遊業在現代資本主義局部發展的大城市開始萌芽、發展的時期。民族矛盾和階級矛盾的尖銳一方面造成了許多貧民流離失所、浪跡天涯的悲苦生活境遇，另一方面也激發了許多愛國的知識分子瞭解國情、宣傳抗戰的熱情，因此，此時期的旅遊因旅遊者不同的生活境遇和思想狀態表現出了多樣的特徵，有的人為生活所迫，嘗遍漂泊、流浪之苦；有的人則走向陌生的土地瞭解考察民情，深切體會內憂外患帶給國家和民族的災難。旅遊文學作品的創作明顯地帶有對旅途所見所聞進行記述的新聞性特徵和對現實社會生活進行揭示的實錄性特徵。前者如以艾蕪為代表的貧苦青年為求生存走過的艱辛旅程，後者如張恨水、鄭振鐸、冰心等作家的大西北之行，還有趙君豪等人組織的東北行。他們的旅程

遍佈全國大江南北，他們記述旅程見聞的遊記、散記也成為我們瞭解特殊時期特殊地域真實社會生活狀況的珍貴文獻。三四十年代的國情之旅還應該包括為適應中國現代旅遊業的發展而組織和策劃的各種山水之旅、文化之旅，在旅遊文學創作上的成就是記述這些山水之旅和文化之旅過程和體會的遊記、小品文等，代表性作家如郁達夫、林語堂等。

從50年代，雖然是多年戰爭後的百廢待興，但新時代的建設者們被勝利的豪情和對美好未來的熱望激勵著，無不滿懷幸福快樂之情踏上新的旅程。

八九十年代的創業之旅和文化之旅。從80年代到90年代，中國社會上出現了三個影響較大的熱潮，一是行為上的求學和創業熱，二是思想上的文化尋根熱，這兩個熱潮都對旅遊產生了深刻的影響。與六七十年代相比，人們出行的要求更強烈了，那種知天樂命、安於現狀的生活被快速發展的社會注入了求新求變的欲求，人們的行旅視野更加寬闊了，行旅規模更大了，行旅追求也更加多樣化了，相應的旅遊活動也更加活躍了。海外留學熱和海外淘金熱是80年代到90年代繼前兩個熱潮之後興起的第三個影響較大的熱潮，再一次打開了中國文化與世界文化對話的天窗，在八九十年代形成了空前的文化交流氛圍，此時期產生的大量描寫海外生活的旅遊文學作品真切地為這股出國熱作出了生動的註解。文化尋根熱是思想界擺脫長期的「左傾」思想、回到文化自身發展軌道上之後的產物。經過思想上的撥亂反正，在東西方文化再一次大碰撞的時代，尋找東方文化的本源，延續東方文化的發展脈絡，成為文化工作者責無旁貸的時代使命。在眾多的旅遊行程中，文化學者的旅遊特別令人關注，而表現他們思考成果的文化遊記更是構成了八九十年代旅遊文學的新景觀。

90年代中後期到21世紀初，文化旅遊方興未艾，休閒旅遊熱

潮湧動。隨著社會經濟持續、高速的發展，人民的生活水平逐年提高，休閒旅遊開始成為普通百姓的生活內容。因此，各式各樣的休閒旅遊活動被普通群眾所接受，人們將休閒旅遊視為高質量生活的重要內容，人們旅遊的足跡遍佈全國乃至世界各地。表現休閒遊的文學作品主題豐富，形式多樣，呈現出多姿多彩的狀態。旅遊的大眾化也為旅遊文學走向大眾化創造了條件。與此同時，一些學者、記者、專業作家親身參與旅遊，並在其作品中展現民俗風情、描寫山水風光和人文古蹟、反思歷史文化及探究其脈絡軌跡，這些作品最具藝術和哲思的魅力。可以說，此時的旅遊文學創作形成了文化精英創作與大眾創作共同繁榮的局面。

不同時期各具特色的旅遊活動使旅遊文學作品呈現了不同的狀貌。

1920年代前後，到國外留學的青年學子和流亡海外的革命家抱著尋求救國之路的理想，遊中未敢忘憂國。學子們異域求學是為尋求個人、國家、民族生存發展的道路，他們一面刻苦學習科學知識，一面積極接受現代思想啟蒙，培養資產階級民主革命的意識。革命家們一面宣傳政治理想，一面與來自方方面面的敵人進行著鬥爭。無論是留學生還是革命家，在異域走的都是一條忍辱負重、慷慨悲歌的探索之路，因此有一種悲憤的意味。表現這一經歷的文學作品多以抒發個人受壓抑、奮起反抗的思想為主題，如郭沫若的詩歌、郁達夫的小說。除此以外，探究文化差異、比較民族性格、思考中華民族文化發展問題的散文也有很多，不少作品是多年後的回憶文章，如周作人、郁達夫等評論日本文化的作品，這些文章往往能夠更理智更全面地反映域外文化的特殊性，具有重要的研究價值。

表現三四十年代國情之旅的作品，由於行旅的目的不同，表現出了文體特徵及思想特徵的多樣性。艾蕪等創作的表現流浪生活情

態的作品充滿了異鄉的獨特風情，表現了下層貧民生活的艱辛和四處流浪的痛苦，是對現實生活的真實記錄，充滿了真情實感。學者、教授、作家的西北之旅、東北之旅以及范長江以記者身分踏著當年紅軍的足跡進行的兩萬五千里長征之旅，則主要表現了知識分子對國家民族前途命運的關切，作家、記者們透過對旅途見聞的記述，表現中國社會最真實的生活，傳達蘊涵在普通民眾心目中那種生生不息的求生意志，表現中國共產黨在救亡圖存的道路上經歷的種種艱辛，這些遊記文學作品無一不帶有一種悲壯的基調。即便是那些表現遊山玩水的純粹遊記作品，也浸透著由於戰爭和國民黨專制統治帶來的悲涼的情緒，許多人借山水遊逃避紛繁複雜的現實，逃避無所不在的壓抑，所抒發的情感也多是無奈的慨嘆。

50年代的建設者之旅，充滿了豪邁的精神氣質。建設者、作家、藝術家們足跡踏遍山山水水以及建設工地的各個角落，他們用文藝作品謳歌新時代帶來的新生活和人民精神面貌的新變化。人們激情滿懷，在進行著充滿歡欣與幸福的希望之旅。

八九十年代的文化之旅，無論是文化交流還是文化尋根，都表現出了一種文化上的自信和自覺。這一時期人們再次踏出家門，踏出國門，交流文化，交流思想，交流技術，交流情感，尋求理解，尋求支持，尋求快樂，一切以平等互利為基礎，再沒有因國家的貧弱所帶來的屈辱感和壓抑感，也沒有了殘酷的戰爭帶來的恐懼。人們為學習、工作、娛樂自由地、自信地往來於全國各地乃至於世界各地，使得表現這類行旅的旅遊文學作品也具有從容、平和的氣質。

90年代以後的休閒遊對於普通百姓來說是時尚，是潮流，是生活的品位和質量的標誌；對於國家來說，旅遊支撐了一個新興的朝陽產業——旅遊業。作為旅遊者更熱衷於追求旅遊內容和形式的多樣化、個性化、娛樂性、知識性，作為旅遊管理者從政府到企

業則更追求旅遊行業管理的規範化、科學化，這些都使新時代的旅遊具有了豐富多彩的內涵。旅遊的主體變成了普通百姓，旅遊業市場不斷擴大，與旅遊相關的報紙雜誌、網絡站點和節、假日主題宣傳等也得到了日新月異的發展，從而帶動了旅遊文學創作的繁榮。這一時期的旅遊文學呈現了從形式到內容的多元化特徵。從形式上看，除了傳統的遊記、小品文、特寫、導遊詞等以外，專題電視節目、網絡也共同參與進來，形成各種文化形式共同參與共同推動的局面。從旅遊文學創作的內容上看，不僅更豐富了，也更單純了，更豐富是因為旅遊者的旅遊空間更為廣闊；更單純是因為國家的安定、生活的富足使旅遊者的心境更平和、輕鬆，旅遊就是單純的旅遊，沒有戰爭的威脅，也沒有流浪的艱辛。在這種狀態下，旅遊文學的文學意義、文化意義得到了加強，審美價值得到了更充分的體現。毫無疑問，旅遊文學已經在繁榮文化豐富文學內容方面擔當了不可替代的重要角色。

（四）大旅遊觀念下的旅遊活動（2）：與旅遊者身分相聯繫的旅遊活動及旅遊文學特徵

　　傳統旅遊活動主要有五種：學遊、宦遊、商遊、宗教遊以及探險遊。近現代旅遊對這些傳統旅遊內容既有繼承也有開拓。旅遊文學在這個過程中造成了記錄、傳播和推動的作用。

　　先看學遊。

　　傳統的學遊以個人行為為主。像孔子周遊列國、廣集學識並傳授於弟子，學生慕名拜師求教、承傳學業是最為典型的形式。直到近代康有為也還運用這種形式傳授學業。現代學遊多是集體行為和政府行為（庚子賠款留學、官費派遣、開辦各種專科學堂招生）。學子們為了求學離開故鄉，或遠到異國他鄉，或近到開辦學堂的各

大城市，透過學習，既掌握了某一方面的專門知識，又結交了眾多朋友，同時還開闊了眼界，為走入社會建功立業奠定了各方面的基礎。傳統的學遊以履踐儒家思想為主，士子求學，目的在於日後在官場晉級，尋求個人的出路。現代遊學者的視野更為廣闊，目標也更為遠大，求學不僅僅是為自己求得立足於社會，更是為求得本民族自立於世界民族之林。

傳統學遊以向異地或異域傳播本民族先進文化為主，吸收和融合異地或異域文化為輔。前者如孔子在春秋時代周遊列國，後者如唐朝的鑒真和尚出遊日本。中華文化對世界文化特別是對亞洲文化的影響源於盛唐及以後的大規模文化交流。漢文化的基礎──儒家思想對當時與漢民族有經濟、文化交流的國家均有巨大影響。同時，漢民族也在積極地引進異域文化，如佛教的傳入。這當中傳統學遊者透過文學作品所進行的傳播功不可沒。

近現代學遊則不同。近代中國民族危機嚴重，青年和愛國志士多抱著「師夷長技以制夷」、救亡圖存的目的去域外求學。現當代中國處於發展的階段，學子大多希望去國外學習先進的科學技術，既是為了實現個人的價值，也是為了振興中華的崇高事業，這些都以吸收外來文化為主要目的，以鄙薄和批判本民族傳統文化中的落後因素為基本情感趨向。

無論是傳統學遊還是現代學遊，在促成學子思想和學識上的進步、推動中國社會從傳統到現代的轉變、實現中華民族的偉大復興等方面都發揮了重要作用。而大量的以遊學為題材創作的文學作品則真實而形象地記錄、反映了學子和志士們坎坷曲折的異地、異域生活，不斷進步和覺醒的心路歷程，改造中國社會和振興中華民族的熱望與努力。這些作品的發表極大地提高了人們對異地、異域文化的認知水平，也激勵了更多的學子踏上異地、異域的求學之路。

再看宦遊。

傳統的宦遊有上任遊、在任遊和貶謫遊。在在任的不同時期遊覽的情緒、狀態、目的也大不相同。一般官吏的遊歷基本上是在個人情感和思想驅動下獨自進行的，隨興所至，率性而為，目的大多是遣釋個人獨特的情感，寄情於山水，借詩詞抒懷。大量的宦遊詩創作並流傳下來，成為我們瞭解那一段歷史和人物的最生動的材料。

　　現代宦遊基本上與現代思想特徵和生活特徵相聯繫。近現代時期，由於緊張複雜的社會矛盾以及連年征戰的惡劣環境，官宦的遊走各地顯然多了一些政治意圖，而少了許多休閒的心境，即使是遊山玩水，也是心事重重，焦慮不安。有的官宦行旅的主要目的不是愉悅性情，而是為實現自己的政治抱負；還有的官宦積極考察，發展實業救國事業。到了當代，宦遊與創業有了更為緊密的聯繫，般表現為兩種情況：　是經濟落後和欠發達地區的政府官員到經濟發達地區去考察實業，學習先進的管理經驗和方法；二是經濟發達但資源短缺、商品市場基本飽和的地區的政府官員到資源豐富、市場潛力大的地區進行考察，以決定聯手開發資源和市場。當代政府官員的這種考察、遊覽，由於有先進的通信、交通設施和條件的支持，因此沒有了傳統宦遊的那種千辛萬苦的經歷和悲喜交加的感慨，感情上的起伏變化也沒有過去那麼複雜。更重要的是，當代生活的快節奏和高效率沖淡了宦遊者的閒情逸致，他們在行色匆匆中往往失去醞釀佳構的心境。

　　還有商遊。

　　由於受社會生產力發展水平的限制，古代的物品交易無論在空間上還是在範圍上、形式上都是有限的。比如，貿易的方式是物物交換，互通有無；貿易的場所通常是在人們經常往來的街道；交易的物品多為普通的生活用品。商人的足跡隨交通工具的不斷更新和進步而不斷向遠處延伸。這種貿易活動進一步發展的結果就是大商

人駕馭著車船，馱載著貨物，浩浩蕩蕩輾轉於各地。近現代的商遊與古代商遊相比，空間更廣闊了，形式更成熟了也更靈活了。但與此同時，商人的角色也更複雜了，經商活動的目的也具有了多元性。商人不僅僅只是商人，還同時可以是形形色色的其他社會角色，比如政治的、經濟的、宗教的、文化的角色等。以多種角色融入複雜多變的社會生活中，使商遊也擺脫了單純的色彩。另外，近現代社會列強瓜分、軍閥割據的複雜局勢使商人在夾縫中求生存，困境可想而知，這也使商遊少了幾分優遊，多了幾分侷促。當代的商遊應該自80 年代算起，與傳統商人不同的是，當代商人成為社會生活中最活躍、最受關注的群體，獲得了歷史上少有的比較高的社會地位。當代商遊也因商人地位的提高而呈現繁榮的趨向。由於當代商務活動更多地依賴商人的智力而不是體力，商人的文化素養和審美追求相比於過去有了更大程度的提升，因此，當代商遊的內容和形式比以往任何時候都豐富多彩，其中的文化氣息也更濃郁。將商業與文化進行完美連接的是旅遊，旅遊與商業活動已經成為當代社會經濟生活領域的黃金搭檔，旅遊可以開發商機，商業活動也往往被策劃成各種帶有旅遊意義的項目。90年代以來各種「文化節」活動的成功設計與實踐可以說是將商業、旅遊與文化藝術進行整合的成功範例，這樣的整合將地域文化、民族文化作為突出的重點，正是這種整合使一大批展示或再現特殊地域、特殊文化背景以及特殊民族風情的旅遊文學作品問世，這不能不說是旅遊文學創作的一大收穫。

宗教遊。

為了迎合統治者對佛教的崇拜心理，從魏晉時代開始，就有僧人不辭辛苦到西域取經，到了唐代發展到鼎盛。最典型的莫過於唐代的玄奘天竺取經的壯舉。佛教自印度傳到中國後，又從中國傳到東南亞地區和西域廣大地區，吸引了眾多異國的僧侶來中國取經。因此，以佛教的傳輸為主要目的的宗教遊在傳統旅遊領域占據著特

殊的重要地位。近現代西方基督教在中國的傳播則完全是被動的，影響也是有限的。西方的傳教士隨著西方列強侵略中國的砲艦進入中國，列強血腥而殘酷的侵略行徑早已將他們仁慈博愛的偽裝剝落盡淨。再加上許多傳教士本來就是侵略者的馬前卒，他們來到中國的主要目的是以傳教作掩護，在中國蒐集情報，因此，基督教及其傳教士在中國並沒有受到普遍的歡迎。為了取得中國人的信任，傳教士們不得不暫時擱置對聖經的宣傳，而將近現代科學知識作為主要傳輸內容。教會組織開辦學堂，翻譯和介紹近現代科學著作。這些活動為長期閉目塞聽的中國社會帶來了新鮮空氣，大大影響了近現代中國歷史的發展方向和進程。至於他們所真正宣傳的聖經內容，除了太平天國領導人洪秀全有所變通地借用了一段時間而外，信仰和奉行者只在少數。由此可見，近現代西方基督教沒有像古代佛教那樣在傳輸過程中形成蔚為壯觀的僧遊場景和局面，得到眾多信徒的擁戴和信任並傳之久遠，而是隨著列強的勢力在中國的興衰而興衰，到了30年代，傳教士的活動基本上已經少有人關注了。

佛教的傳播與基督教以及其他西方宗教的傳播在中國的不同際遇與表現這些宗教內容的文學作品的創作繁榮與否有較大關係。佛教思想在中國之所以傳播得如此廣泛而深入，得益於一些特定文學作品的大力宣揚，如中國古代詩僧創作的大量禪詩、文人居士們創作的佛理禪趣十足的散文和佛道色彩濃郁的古典小說等，是在佛經故事之外宣傳佛教思想的重要形式。相形之下，基督教以及其他西方宗教沒有這樣的好運。近現代的中國文藝界在一開始就主張科學，反對迷信，主張有神論的西方基督教等被視為現代迷信而遭到文學創作者的冷遇和排斥，這在一定程度上也影響了基督教在中國的傳播。

探險遊。

人類對大自然自古以來就有濃厚的探知興味，探險家在社會生活中深為人們敬仰。記錄探險家探險經歷和行移蹤跡的遊記也同樣

為人們所珍視，成為旅遊文化中一道十分絢麗的風景。傳統的探險遊基本上是個人興趣和追求的具體實踐。唐代高僧玄奘西遊印度並據此完成了《大唐西域記》。途中玄奘「親見者一百一十國」，「冒重險其若夷」，歷經千難萬險，在西域無邊無際的荒漠上躑躅而行。明代的徐霞客是探險者的又一傑出代表，他一生致力於旅遊，而且專門搜奇獵險，臨危自樂，一部《徐霞客遊記》記述了其令人驚心動魄的行路歷程。這些先驅者的探險活動不僅豐富了其自身對世界的認識，也使同時代的人們擴展了認識周圍世界的眼界。更重要的是，他們在毫無安全保障的條件下進行的帶有人文科學和自然科學考察性質的活動為我們留下了寶貴的科學材料和精神財富。外國的探險家也很多。到中國來的史有記載的探險者是義大利人馬可·波羅，他的一部《馬可·波羅遊記》不僅記載了他在中國的神奇經歷，也引來了眾多的外國探險者到中國淘金。這些人有的來自日本，有的來自法國，有的來自美國，中國古老而神秘的文化以及豐富的文物典籍吸引著他們，令人氣憤的是他們中的一些人利用在中國探險的機會瘋狂掠奪、占有甚至破壞了許多文化珍品，在今天看來，這毫無疑問是一場令人痛心的災難性的文化浩劫。

探險遊更多地與有組織有目的的科學考察活動相結合，借助現代化的交通工具以及其他有力的保障措施，探險家的腳步不斷向全國乃至世界之最挺進，最高的山峰、最深的峽谷、最長的河流、最古老的城池、最遙遠而神秘的南北極甚至地球以外的太空等，都是探險家挑戰的對象。與傳統的探險相比，近現代的探險不僅僅體現了個人的興趣愛好，更是一種事業，探險的範圍更廣了，內容更豐富了，意義也更大了。與之相伴隨的是人類對大自然的認識更深入了，探知大自然奧秘的信心更足了。記錄和表現這些科學考察和探險活動的文學作品因而也顯得別具特色和意義。

二、現當代旅遊活動的生動記錄——
現當代旅遊文學及其特徵

　　現當代旅遊文學是文學研究領域有待開發的處女地。自80年代初期旅遊文學研究在學界引起普遍關注以來，有關旅遊文學研究的成果層出不窮，為我們打開了新的視野，開拓了文學研究的領域，也為蓬勃發展的旅遊業增添了濃郁的文化色彩。但是，以往的研究者更多地注目於古代的山水詩文，而對作品浩繁、發展迅速的現當代旅遊文學關注不夠，這與現當代旅遊事業大發展的現實狀況形成了反差，究其原因主要有二：一是現當代旅遊文學創作背景複雜，旅遊文學作品歷史沉澱時間較短，因而對其創作規律的研究難免顯得倉促；二是現當代文學主流作品浩如煙海，許多名家的經典作品吸引了大部分研究者的目光。相比之下，旅遊文學的作者流動性大，作品涉及內容龐雜，再加上相當一部分旅遊文學作品在低水平淺層次上面徘徊等，使得現當代旅遊文學處於邊緣狀態。但無論在研究中存在什麼樣的困境，旅遊文學畢竟是旅遊活動最生動、最充分的表達形式，對旅遊文學進行深入細緻的研究，能夠提升旅遊文學創作的水平，從而為旅遊文化的繁榮增添新的助力。

（一）現當代旅遊文學釋義

　　旅遊歸根結底是人們不滿足於既有的精神和物質生活狀況，為了求新、求變、求發展而進行的生活狀態和生活方式的轉變過程。這種轉變過程無論是長是短，對個人和社會都具有相當的影響，以至形成一種時代潮流。以捕捉旅遊所帶來的社會生活的變化蹤跡、表現變化經歷及這種變化對人的思想情感影響的過程為主要任務的旅遊文學創作，其發生發展和變化的過程是與旅遊活動本身的經歷

及變化過程相一致的。可以說，旅遊活動的歷史有多長，旅遊文學創作的歷史就有多長；旅遊活動的天地有多遼闊，旅遊文學表現的天地就有多遼闊。旅遊文學與旅遊相伴而生，一同發展。

對旅遊文學的理解與對旅遊的理解一樣，到目前為止並無統一意見。著名學者錢谷融認為旅遊文學就是遊記文學：「以描繪山川名勝、自然風物為主的寫景抒情之作，一向是遊記文學的正宗。」喬正康先生認為：凡「具有地方特色、歷史意義的跟旅遊點有關的戲劇、小說、人物傳記等等，都可以屬於旅遊文學的範疇」。陳濤先生的觀點是：「旅遊文學是旅遊者對自己旅遊印象的記述，是旅遊者對旅遊世界的審美反映。」馮乃康教授則認為：旅遊文學「以旅遊生活為反映對象，抒寫旅遊者及旅遊工作者在整個旅遊過程中的思想、情感和審美情趣……旅遊文學就是反映旅遊生活的文學」。這些界定各有立足點，表明旅遊文學研究思路的豐富性。相對來講，我認為將旅遊文學解釋為對旅遊生活的反映、旅遊文學的創作者包括旅遊者和旅遊工作者的觀點比較可行。這樣的理解依據的是「大旅遊」的觀點，這一觀點使旅遊文學創作與研究獲得了更廣闊的視角。旅遊文學應該與旅遊活動一樣有更為寬泛的內涵，即：在表現的內容上具有旅遊特色；在創作的過程中作者展現旅遊者和旅遊工作者的心態；在表現的形式上既適合於表現旅遊又易於為大眾接受，服務於旅遊等。還應該特別指出的是，旅遊文學作品應該是紀實的文學，作者必須親歷親為，與旅遊活動相結合。在這樣的理解框架內，不僅是那些表現山水美、風物美的文字屬於旅遊文學，那些表現文化交流、羈旅情懷的文字屬於旅遊文學，而且那些表現求學、經商、探親、訪友、考察、探險，甚至導遊活動等的文字，這些文字無論是散文還是韻文，無論是記事還是抒情或者議論，也都應該包括在旅遊文學範圍之內。此外，那些宣傳展示自然與人文旅遊資源、藝術性較強、具有審美意義的旅遊宣傳作品也在其中。因此，旅遊文學實際上是紀實文學中有關旅遊的那一部分。

（二）現當代旅遊文學的表現內容

旅遊的意義針對不同的對象，有不同的理解。歸結起來不外乎兩種：

其一，對個人來講，旅遊是人們追求變化的思想意識的具體實踐，透過這種實踐，人們企圖達到精神上的娛樂、物質上的滿足或者情感上的平衡。通常這種實踐被概括為吃、住、行、遊、購、娛。顯而易見，這種概括針對的是純粹的娛樂性旅遊，但實際上，人們踏上旅途，所追求的變化也並不一定都是娛樂性的，而且，最終人們所得到的也並不一定都是快樂。艾青面對古羅馬的大競技場，感受到的是殘酷與罪惡，那些鑒賞屠殺遊戲喪失了人性的奴隸主，是「用別人的災難進行投機／從血泊中撈取利潤的人」，作者感到了它的血腥氣；徐志摩為舊地重遊而作的《再別康橋》，其中所表現的「悄悄的來」、「輕輕的走」、靜靜的景色表達的是一種無奈的感慨。不同的生活經歷、不同的文化修養，決定著遊客不同的審美情趣，也決定著其創作的旅遊文學作品的不同品格。娛樂、情趣自然是旅遊文學中不可忽略的內容，但除此之外還包括人們在輾轉行移過程中經歷的一切喜怒哀樂。

其二，對社會來講，旅遊是文化交流的過程，而文化交流是社會發展的必然要求。交流是一種互動，無論是拿來還是送去，旅遊都造成了重要的作用。透過旅遊者的傳播，文化思想在異地間有意無意地完成了交流，例如，不同地域人的精神面貌、風俗習慣透過旅遊進行了比較，不同國家的社會制度、人文環境透過旅遊考察得到了借鑑，先進的知識、技術透過遊學與交流得到了傳播，不同的生活方式和情感特徵也透過旅遊得到了真切的體驗等。旅遊文學正是對上述文化交流過程的生動展現。從旅遊文學表現的內容中，我們能夠感受到特定社會歷史階段發展的腳步。旅遊文學創作的收

穫，實際上也是社會發展的收穫。

　　當我們從個人的旅遊經驗和感受出發研究旅遊文學時，我們會發現，這是一個豐富多彩的藝術世界和情感世界，其中交織著作為旅遊者的作者對大自然、對國家、對社會人情世態的許多感觸。當我們從社會發展的角度去研究旅遊文學時，我們會發現文化大交流帶給我們社會和國家的新生機，每一次大的社會變革、文化改良甚至革命，都伴隨著一代人，或者一個階層、一個領域規模浩大的時空流動，許多人自覺或不自覺地踏上行程，共同勾畫出了一個時代的發展脈絡。

　　在20世紀，100年的進程中，中國曾出現過多次對社會生活產生重大影響的旅遊潮流。其中，最為人矚目的是兩次踏出國門的旅遊熱潮。一次是始於19世紀末興盛於20世紀初的東洋、西洋留學熱；一次是1980年代初再次興起直到現在仍然持續升溫的出國熱。兩者的相同之處是透過廣泛的文化交流，東西方文化進一步融合，使中國的政治、經濟、文化、思想都受到了巨大的刺激和影響，從而導致了迅速變革的社會局面。不同的是，前次是中國以弱國的地位和文化處於落後狀態的境遇被動、消極地借鑑西方的先進文化，出國者大多滿懷屈辱與悲憤的情感；後者則相反，新時代的改革開放、中國綜合國力的提高，使這種交流變被動為主動，變消極為積極，無論是文化交流活動還是經濟交流活動，都以互惠互利為原則，交流是平等的、自由的，而且，交流的領域和方式也比前次更加廣泛和多樣。兩次出國熱潮，使國人的腳步踏遍了世界各地，他們不僅將古老神秘的中國文化傳到了世界，而且也將世界各地的獨特風情傳到中國。深受外國先進思想意識影響的一大批憂國憂民的仁人志士，著書立說，身體力行，一百多年來，前仆後繼地掀起了政治革命、思想革命以及當代的經濟、技術、社會體制等方面的一系列改革浪潮，徹底改變了中國的命運。20世紀的旅遊文學反映的，最引人注目的應該是這些具有特殊歷史意義的文化使者

和革命先驅者書寫的獨特人生體驗和鬥爭經歷。

　　除了這兩次意義深遠的出國熱以外，在國內，社會生活並不平靜，也出現過多次具有重大影響的旅遊潮流。特別是到了20年代後期，中國旅行社正式成立，旅行社對旅遊項目的組織與策劃極大地推動了國內旅遊業的發展。當時的旅遊，由於受到生活水平的限制，參與者多為社會名流、文人學者及巨賈商人。旅遊目的除了休閒娛樂外，相當一部分人借助旅遊瞭解社會真相，體察民間俚俗風情，使旅遊具有了社會調查的意義。比較有代表性的如張恨水發動並參與的西北行，這次行程使張恨水對大西北的貧瘠以及人民生活的艱難有了真切的體驗，他的作品也因此改變了鴛鴦蝴蝶派小說以表現市民情趣為主的遊戲娛樂風格，有了更多的現實主義特色。這類帶有國情考察色彩的旅遊還有冰心、鄭振鐸等作家的西北行；趙君豪對東北淪陷區的考察；范長江沿著紅軍長征路線進行的長途跋涉和採訪，這些作家、記者都留下了相當數量的以旅途見聞為內容的特寫、報導，這些文字為當時的讀者以及後來的人們認識特定時代的社會生活提供了真實而生動的材料。三四十年代，由於民族矛盾、階級矛盾空前尖銳，旅遊活動也不可避免地受到影響，因此，此時期的旅遊文學作品對帝國主義入侵者燒殺搶掠的罪惡行徑進行了揭露，對國民黨統治者搜刮百姓、魚肉民眾的腐敗統治進行了批判，這類作品具有特殊時代所賦予的凝重與苦澀的特點。這種凝重與苦澀在郁達夫遊記代表作《屐痕處處》中有鮮明的體現。50年代，作家們滿懷激情，進工廠，下農村，訪邊疆，足跡遍佈各個角落，他們的旅遊文學創作充滿熱情與堅定的信念，令人歡欣鼓舞。楊朔的《香山紅葉》、《海市》，碧野的《天山景物記》，賀敬之的《桂林山水歌》、《三門峽——梳妝臺》、《回延安》等名篇至今還令人回味無窮。自90年代中後期由於文化思考的深入，開始興起了文化旅遊熱潮和文化遊記寫作熱潮。旅遊者對文化現象以及文化傳統的探索和發現，是社會生活中文化意識進一步強化的直

接反映，文化越來越多地在人們的生活中扮演起不可或缺的角色，在旅遊活動中更為突出。

雖然同是身在異鄉為異客，同是秉筆抒懷，但由於個人思想狀態、情感特徵不同，表達感觸的方式和所思所想的內容均有相當大的差異。這恰好構成了旅遊文學豐富多彩的基本特徵。

以20世紀初興盛一時的東洋留學熱為例。我們所熟悉的文學家如魯迅、周作人、郭沫若、郁達夫、成仿吾、田漢、鄭伯奇、張資平等，政治家如秋瑾、孫中山、黃興、黃遵憲、梁啟超等都有過留學或流亡日本的經歷。他們這一代人所思考和實踐的事業，正是我們民族迫切需要思考和實踐的事業，他們的文學活動和政治活動開創了一個新時代，也影響了後來社會、文化的發展方向。這次大規模的東遊，開闊了中國人瞭解西方、瞭解世界的眼界，推動了國人反思國家政治、剖析傳統文化的思想革命，也極大地引發了國人不甘落後、勵精圖治的愛國激情，在中國近現代史上功不可沒。這些政治革命和思想革命的先驅，不僅為後人留下了成功的事業和值得敬佩的精神，同時，從他們的作品中我們也看到了他們充滿魅力的個性特徵。周氏兄弟將他們的感觸訴諸雜文和小品文，表現出了理性思考的特色；郭沫若則以其自由體詩歌唱出了青年充滿浪漫精神的激情；郁達夫的抒情小說如泣如訴，感傷頹廢；秋瑾的詩剛強堅毅；梁啟超的文章睿智深邃......如此豐富多彩的思想文化藝術世界能夠給予我們無限的啟示，而其中，迢迢萬里的旅程對於他們及其作品內涵的意義應該是值得我們在研究過程中給予特別關注的重要方面。

在中國整個20世紀波瀾壯闊、跌宕起伏的社會發展歷史進程中，孕育了許多像魯迅、郭沫若、郁達夫、秋瑾、梁啟超等人一樣的優秀文學家和卓越的社會活動家，他們東到日本，西遊歐美，北走蘇聯，南下南洋，足跡踏遍世界的各個角落，但無論走到哪裡，

他們對於自己的民族、國家都有著共同的感情，愛之深，恨之切，思之遠。在異國他鄉，他們因不同的際遇、不同的思想而發出了不同的聲音，從而也使他們的創作深深地刻上了旅遊的烙印。

（三）現當代旅遊文學的情態和作者心態特徵

旅遊產生距離，這種距離既可以表現為空間距離、時間距離，也可以表現為思想距離和情感距離。因距離而產生情感衝動，於是有了旅遊文學創作的可能。

旅遊文學的作者應該是或曾經是旅遊活動參與者，這包括遊客和旅遊活動組織者。他們在旅遊過程中完成了生活空間的轉移，而旅遊文學的創作就是對這種轉移帶來的生活變化和情感變化的記錄。作者在這種變化過程中表現出兩種比較典型的心態：一是對舊環境的懷念心態；二是在接受和感知新環境過程中表現出的興奮、新奇或失望、不安等各種心態。心態的不同，所產生的情感趨向也各不相同。因而，在旅遊文學作品中，我們能夠明顯感受到隱含其中的新鮮感、滿足感、眷戀感、漂泊感、流浪感、孤獨感、抑鬱感等。

在現當代文壇，鄉土文學是極其重要的一翼。其中以表現作者離鄉、思鄉、還鄉的真實經歷為主要內容的散文，包括一些自傳性、紀實性較強的散文體小說，都是典型的旅遊文學。這些作品除了鮮明而生動的地方性、民俗性特徵以外，還有一個突出的共性，就是比較典型地表現了作者的特殊心態。作家對所描繪的家鄉風情都帶有一種無限的眷戀情感。離鄉、思鄉、還鄉是他們寫不盡的題材。20　年代周作人的《故鄉的野菜》、《烏篷船》，李大釗的《山中即景》、《山中落雨》、《五峰遊記》等都是典範之作。三四十年代以及以後的鄉土文學創作，都承繼著早期鄉土文學的余

緒，這其中很多作品都表達了作者在離鄉、思鄉、還鄉旅途中懷念故土、懷念親人的情感——對家鄉人民貧困的生活以及落後的思想的深切悲哀和對家鄉山水風物人情的美好記憶。這類作品，諸如茅盾的《香市》、巴金的《愛爾克的燈光》、蕭紅的《呼倫河畔》等，情節真實生動，情感真摯感人，使讀者透過一個個傷感的故事感受到了作者記憶中忽隱忽現的鄉情，從而在感情上引起共鳴。這類鄉土文學之所以在文學發展的各個階段都具有強大的生命力，正是有賴於作品創作者與鑒賞者之間這份感情上的共鳴。隨著社會經濟、文化以及交通等領域的不斷發展，越來越多的人遠離故土，遠離親人，但無論人在何處，感情上與家鄉的聯繫無法割捨，從而使以表現遊子離鄉、思鄉、還鄉為主要內容的旅遊鄉土文學興盛不衰。

旅遊鄉土文學也常因為懷念心態而產生異地的漂泊感和無歸屬感。在這類鄉土小說作家中，沈從文的創作十分典型地表現了這種特徵。沈從文自1922年離開故鄉湘西來到新文化運動的大本營北平，從零開始艱難地邁出人生的新步履。他曾先後在北平、上海、武漢等地任教、寫作。但無論他走到哪裡，他始終認為自己是一個都市裡的「鄉下人」，並以鄉下人的眼光看待城市裡的一切。在他的作品中，最令人回味的是他對故鄉的山水、鄉親、鄉情以及特殊的風物習俗的真切描寫。30年代，他曾經先後兩次返鄉並創作了記錄其行程的散文集《湘行散記》和《湘西》，作品中展示了古老湘西這一片淨土上健康、單純、真摯、淳樸的美好人性，道盡了古老湘西「原鄉人」的生存本色。他自己說：「最親切熟悉的或許還是我的家鄉和一條延長千里的沅水及各個支流縣分鄉村人事。這地方的人民愛惡哀樂、生活方式都各有鮮明特徵，我的生命在這環境中成長，因之和這一切分不開。」沈從文陶醉在自己至真至純的鄉情中，而對都市的生活和人際關係深感隔閡。他的以都市為題材的創作或者暴露都市上層階級生活的空虛與庸俗，或者表現渴求人間

真情與溫暖的靈魂。在沈從文的作品中，相對於絢麗多姿的湘西世界，對都市題材的把握缺少典型化的提煉，諷刺與內心獨白成為病態展覽。「對於沈從文來說，雖然真正的精神家園也許只存在於想像和夢幻的烏托邦，回歸精神故園的『鄉土之旅』注定成為無盡悲憫的守望，而作為現代社會的一代『遊俠』和生命本來意義上的『鄉下人』，沈從文及其作品也正像希臘神話人物『西西弗斯』般，寂寞而悲壯地盡著那個看輕生死義利的『鄉下人』的道義與責任。」

　　旅遊在許多時候是對新鮮事物的渴望和探求。實現渴望已久的夢想之旅或者實踐自己的理想與信念，旅遊者都會情不自禁地表達其興奮與激動。許多旅遊文學作品就表現了這種真實情感的流露。臺灣著名作家三毛的作品中對撒哈拉沙漠旅行生活的描寫，流露出來的就是這樣的感情。作品中敘述的一次次歷險的經歷、一幕幕令人驚奇的生活畫面，都滿儲著三毛無比的興奮和激動，正是這種感情支持著她在艱苦的環境下無怨無悔。三毛的作品之所以深受歡迎，很大的原因是作品毫不矯情的描寫使人們充分瞭解了三毛，人們在喜愛並敬佩三毛的同時，也體會到了她的興奮與激動。

　　有的旅遊文學的創作者不僅僅是異地山水、風物、人情的領略者，還是歷史文化的思考者。那些以追尋歷史文化遺蹟、追思文化思想發展脈絡為主要表現內容的旅遊文學作品，還突出地表現著作者的使命感、責任感和正義感。余秋雨的文化苦旅，就是這種心態的典型表現。余秋雨執著地致力於探訪中國乃至世界的文明古蹟，傳達給我們的是一次次沉重的嘆息。在他的作品中，我們不僅僅看到了歷史遺蹟所昭示的文明的輝煌，也看到了愚昧、貪婪和醜惡怎樣進行過或正在進行著毀滅文明的勾當，讓我們在文明的時代看到了文明的背面。也許，作者正是要借旅遊文學的外殼，抒發對人類生存狀態以及文化生態的感慨，而正是因為這種感慨，使其文化遊記熠熠生輝。

時間的距離、空間的距離、心理的距離和情感的距離錯綜複雜地影響著作者的創作心態，並且交織在旅遊文學作品中，從而構成旅遊文學複雜的情態特徵。由於作者首先是旅遊者，對山川風物、民俗風情、歷史事件的感觸都來源於親歷親為、親眼目睹和親耳聆聽，因此，作品中表現出的各種情態均具有真實的美，容易使人產生共鳴，這也是旅遊文學作品之所以具有強大生命力的重要原因。

（四）現當代旅遊文學的文體特徵和創作特徵

　　文體即文學體裁。在文藝學理論中，「文學作品的體裁根據不同的分類依據有不同的分法。一種是依據作品語言形式因素，分為詩歌、小說、散文、戲劇。另一種是依據作品表現出的主體與對象間的矛盾關係，分為敘事類、抒情類、戲劇類」。旅遊文學作品在文體上主要分為敘事、抒情類散文和詩歌。旅遊文學的這種文體特徵早在中國最早的詩文總集《文選》中就已經有記載，「從《文選》的體類劃分看，在其賦中已經出現了『紀行』類和『遊覽』類，在其詩體中已出現了『行旅』類和『遊覽』類。這些類下的作品，應該說大都是十分典型的旅遊文學作品」。

　　古代旅遊文學作品表現內容方面隨各朝代文化潮流不同而多有不同，但在文體方面變化不大。現當代旅遊文學仍然以散文、詩歌為主要分形式。部分以表現行旅生活為主要內容的散文化自傳體、紀實性小說，由於在真實性和客觀性方面符合旅遊文學的基本要求，也被列入旅遊文學。應該看到的是，在旅遊業和傳播業迅速發展的現當代，旅遊文學的文體特徵從具體樣式和創作形式上看與古代相比已經有了很大的不同。

　　樣式的多樣化是現當代旅遊文學文體的突出特徵。除了傳統的遊記、紀遊詩以外，現當代大眾傳媒的各種表現形式在旅遊文學創

作中都有體現。從旅遊文學的載體上看，有廣播、錄音、錄像、電視、網絡、報刊等；從文體樣式上看，有解說詞、景點介紹、導遊詞、旅遊日記等。旅遊文學作品形式也由單純的文章樣式發展為內容連續的整部書或者系列叢書，旅遊文學作品的著作化、系列化以及與圖像、音樂、聲音的結合都體現著現當代旅遊文學的獨特性。

現當代旅遊文學的創作隊伍有專門化和集體化的趨勢。其表現之一是帶有旅遊文化企業宣傳性質的創作專門化和集體化。旅遊的大眾化必然帶來市場需求的旺盛，導遊詞、景點介紹、旅遊文化活動宣傳材料等的需求也隨之大量增加。為了滿足這種需求和適應日益增強的規範化管理，導遊詞等的創作開始向有計劃、有組織的集體創作、批量生產方向發展。導遊詞、景點介紹、旅遊文化活動宣傳材料等屬於應用文，服務於旅遊業，因此從創作上講與傳統的文學創作不同。正因為如此，此類應用文需要創作者具備較高的文學、歷史和文化修養，對一個景觀不僅僅能夠寫出外部特點，還要寫出內在神韻，寫出歷史文化精神，要寫得真實可信，還要引人入勝，因此這是一種命題作文式的文學創作。

現當代旅遊文學創作隊伍的專門化和集體化還表現在各種專業人員的集體合作方面。在廣播、電視上播放或者在網絡上傳播的旅遊文學節目的製作，需要多種專門技術的全面支撐，因此，此類作品的問世必然是集體智慧和專門技術相結合的結果。

有些旅遊文學創作還與專業研究相結合，這是現當代旅遊文學創作上的又一特徵。比如四川人民出版社推出的「環球視角叢書」包括《觸摸歐洲》（作者易丹）、《感受德意志》（作者楊武能）、《伏爾加紀實》（作者聞一）、《掠影美國》（作者文楚安），作者都是著名學者，他們透過對異域人物、景觀的觀察、描寫，認真思索著他們的民族文化內涵。這些作品同余秋雨的歷史文化遊記一樣，使旅遊文學獲得了思想性。

三、現當代旅遊文學的研究

　　旅遊文學的存在歷史悠久，而旅遊文學研究卻是一片新天地。旅遊文學的研究拓展了文學研究領域，也為旅遊文化研究以及旅遊業的文化策劃提供了新的視角。旅遊文學研究的重點包括：①現當代社會政治、經濟、軍事、外交等多方面的變革給人們生活特別是羈旅生活（海外留學、謀生、流亡、遷徙、休閒遊等）帶來的新變化以及與文學創作的關係；②旅遊文學作品中的特殊地域文化特徵以及社會學、民俗學意義；③旅遊文學文體的變化歷程。研究方法主要包括：①社會學研究方法——以旅遊文學作品為研究中心，探究旅遊文學作品所體現的社會思想意義和作家的社會理想；②文藝心理學研究方法——以作家的創作心態為研究重心，探究特定生活和社會、文化、心理環境下作家把握羈旅生活、控制漂泊情感的特殊性；③審美研究方法——　以旅遊文學作品的審美特徵為研究重心，研究旅遊文學作品藝術美創造的獨特性，研究旅遊文學對讀者認識世界、認識社會、認識自然的積極影響，研究旅遊文學愉悅性情、陶冶情操的審美作用。

（一）現當代旅遊文學研究的意義

　　現當代旅遊文學研究的主要對像是旅遊文學與相關文化領域的關係。該研究橫跨文學和旅遊、宗教、時代等多個文化領域，研究重點是伴隨著現代文化傳播和社會發展而產生、繁榮的現代旅遊文學的特殊性、豐富性以及近百年來的發展變化過程。具體包括現當代旅遊文學與旅遊文化、現當代旅遊文學與宗教文化、現當代旅遊文學與時代文化等的關係，還有旅遊文學作品的創作技巧等。研究現當代旅遊文學對現當代文學和旅遊文化建設都具有重要意義。

從文學方面來講，現當代旅遊文學研究所包含的內容與傳統的山水文學研究有內在的聯繫，也有很大的差異。現當代旅遊不僅僅包含了遊歷名山大川、訪古探勝、品味自然美的過程，還包括觀察社會生活、瞭解民俗風情、認識社會真相、求索生活哲理等過程，現當代旅遊文學研究將現當代人上述的種種旅遊活動都納入研究範疇，使旅遊文學所關注的遊蹤、觀感以及表現形態等要素均具有了鮮明的時代特徵和與生活本身相統一的豐富性。

　　從旅遊文化建設方面來講，首先，旅遊文學所探究的域外或境內各地域不同的社會思想、文化生活、風俗習慣等，也是人文旅遊資源開發與建設的重要依據和參照。其次，隨著旅遊業的不斷發展，擴展旅遊文化的內涵、提升旅遊品質是大勢所趨，當旅遊不僅僅作為繁榮社會經濟的手段，而是作為人們文化生活方式的自覺選擇時，旅遊的文化意蘊必將在一定程度上借文學創作的方式而張揚，因此，可以說，旅遊文學是旅遊文化中最具有生命力的活躍而生動的因素。旅遊文學的研究成果必將有力地支撐旅遊文化的深入研究。再次，旅遊文學研究有利於旅遊業對文化名勝的開發與利用。在旅遊的文化策劃中，文學藝術是重要的因素。旅遊資源的開發者們已經利用文學藝術作品的廣泛影響，以各種形式再現文學作品的內容，達到吸引遊客、擴大知名度的目的。比如，根據文學藝術作品可以修建旅遊景點和設施。在赤壁古戰場興建了三國公園；根據《紅樓夢》興建了大觀園；根據《水滸傳》興建了水泊梁山；根據老舍的《茶館》創辦了老舍茶館；還有根據傳說與神話修建的龍宮、鬼屋等。在很多地方，文學作品還被附會到自然景觀之中，使文學藝術與自然景緻和諧統一，相輔相成。如桂林山水中的劉三姐遺蹟；青龍峽上的穆桂英點將臺、楊六郎拴馬椿等，在很多旅遊景點中，都有美麗的傳說寄寓其中。這樣的附會大大增加了普通景緻的藝術含量和吸引力。從旅遊開發利用的角度研究文學已經顯現了廣闊的前景。

旅遊文學的研究以往多以特定作者、特定地域、特定時間遊記鑒賞等方式進行。全面研究現當代旅遊文學與不同領域文化關係的研究成果目前還比較缺乏。山東師範大學教授朱德發先生於1990年主編的《中國現代紀遊發展史》，以現代作家的遊記為研究重點，較為全面地梳理了1919～1949年的旅遊文學發展變化過程，在現代旅遊文學研究方面具有開創性。但是當代部分沒有涉及。梅新林、俞樟華的《中國遊記文學史》，將現當代遊記納入整個旅遊文學發展過程中來論述，現當代旅遊文學部分沒有能夠充分展開。這兩部具有代表性的旅遊文學研究專著，均從旅遊文學自身發生、發展的過程角度進行研究和論述，因此，以旅遊文學作品為對象，研究旅遊文學作品對各領域文化的反映和相互之間的影響，是一項具有新意的工作。

（二）現當代旅遊文學研究的角度

　　1.研究現當代社會政治、經濟、軍事、外交等多方面的變革給人們生活特別是羈旅生活（海外留學、海外謀生、休閒遊等）帶來的新變化以及與旅遊文學創作的關係

　　每個階段帶有普遍意義的羈旅潮流都必然地表現為社會政治、經濟、文化發展的趨勢，因此，旅遊並不完全是個人意義的生活選擇，而可以看做是社會生活的風向標，在它背後有廣闊的社會背景，背景的變化決定著羈旅的性質。海外留學、謀生潮流的強弱體現著社會開放的程度；流亡、遷徙、逃難等過程直接表現為政治鬥爭、軍事鬥爭的殘酷；民工潮、休閒遊等又體現了社會經濟大發展的狀況。

　　2.研究旅遊文學作品中的文化交流現象以及意義

　　異地、異族、異風、異俗的表現是旅遊文學永久的魅力所在。

旅遊文學作品透過不同身分、不同文化層次的旅遊者的親身經歷，為我們描繪了異國他鄉的風土民情、思想文化。在這一過程中，這些作品本身就在進行著文化的選擇和判斷，進行著文化的比較與交流。這種判斷、比較與交流不僅僅反映了旅遊者的文化體驗，還在一定程度上影響著他們的世界觀和價值觀念，他們有的部分地改變自己原有的思想觀念，有選擇地吸收新的思想理念；有的則徹底地改變自己原有的觀念，成為異族或異域文化的代言人；還有的經過體驗和比較，更加堅定了對原有文化觀念的執著。

　　旅遊文學還包括那些在異國他鄉創作的，有意識地向異國、異地、異族傳播本國或本土文化的作品。相對於前一類作品，這些作品具有更為明確的文化自覺性，其文化傳播與交流的意義也更大。

　　隨著世界文化交流的不斷深入與普及，跨文化研究越來越凸顯出在社會生活中的重要性，而旅遊文學作品正是跨文化研究的基礎素材，不同歷史階段、不同地域的人們的生活方式、思想方式、風俗禮節、道德倫理、風土人情等，都活躍在各種體裁的旅遊文學作品中。無論是作為瞭解還是作為借鑑，旅遊文學作品都是跨文化研究不可多得的資料寶庫。

　　3.研究現當代旅遊文學文體的變化歷程

　　旅遊文學在古代主要以詩歌和散文的形式存在。先秦的《詩經》、《楚辭》、《左傳》、《國語》等典籍中已經有旅遊詩歌和旅遊散文。唐宋時代，紀遊歌賦、山水詩詞以及遊記的創作出現空前繁榮景象。到了現當代，旅遊的方式、範圍、內容都有了巨大的發展，表現旅遊過程的文學形式也呈現了多種多樣的特徵。從紀遊散文、紀遊詩歌到旅遊日記、導遊詞以及電視、網絡旅遊文學節目等，文體形式發生了巨大的變化。

　　4.研究現當代旅遊文學的創作技巧

從古代到現當代旅遊文學作品的文體呈現出由單一到多樣、由傳統到現代的變化趨勢。現當代旅遊文學在創作技巧方面與傳統的紀遊散文、紀遊詩差別很大，一些新的創作技巧、創作手段的運用，為現當代旅遊文學增添了許多審美特點。對創作技巧進行研究是現當代旅遊文學研究的重要方面。

（三）現當代旅遊文學研究的方法

現當代旅遊文學的研究有以下一些方法。

1.社會學研究方法

以旅遊文學作品為研究中心，探究旅遊文學作品所體現的時代文化、社會思想意義和作家的社會理想。社會學研究方法的原則是「將作品產生的時代背景、歷史條件以及作家的生活經歷等與作品聯繫起來考察」。該方法要求研究者熟悉歷史的社會的現象，準確地理解和把握作品的思想、人物和藝術表現方式，分析作品的社會價值和意義。這種方法與研究旅遊文學的目的是相吻合的。

2.文藝心理學研究方法

以作家的創作心態為研究重心，探究特定生活和社會、文化、心理環境下，作家把握羈旅生活、控制漂泊情感的特殊性。在文學研究中引入心理學的某些觀點是當代文學評論的新方法。這種方法「立足於文學作為精神活動的特殊性，對文學作品中所表現和包含的心理現象進行分析。這種方法側重於研究文學活動的心理過程和心理機制，研究人物的心理內涵，研究文學描寫的心理依據，力求探索和發現各種複雜文學現象的心理活動規律」。旅遊作者踏上旅途之後，新奇和戀舊、焦慮和放鬆、壓抑和解放等種種情感都借文學創作抒發出來，表現為對異地他鄉山川風物、風土人情的或認同或疏離或褒獎或批評，由此完成對新的文化狀態的判斷和體驗，並

在全新的文化背景下，使自己內心深處與原文化環境相矛盾的思想、情感得到釋放和滿足。以心理學研究方法研究這些心理狀態，能夠更為準確地把握作品的藝術價值。

　　3.審美研究方法

　　以旅遊文學作品的審美特徵為研究重心，研究旅遊文學作品藝術美創造的獨特性，研究旅遊文學對讀者認識世界、認識社會、認識自然的積極影響，研究旅遊文學愉悅性情、陶冶情操的審美作用。

　　美是文學作品最重要的本質，也是文學作品要追求的崇高境界。審美研究就是「著眼於文學作品的美的構成及其審美價值，著重強調作品的『暢神』和『移情』效果和娛樂、愉悅的作用，把文學作品看作是在真善基礎上又超越了真善因而是超功利的一種審美對象」。對旅遊文學的審美研究，就是將旅遊文學作品視為純粹的藝術品，對作品作明確的審美判斷，發掘旅遊文學作品的審美意義。具體研究方法是對藝術價值較高的旅遊文學經典進行賞析式評價。

現當代旅遊文學文化論

一、現當代旅遊文學與旅遊文化

　　文學是文化的重要組成部分，同樣，旅遊文學也是旅遊文化的重要組成部分。將旅遊文學創作置於旅遊文化建設中進行考察，有助於對旅遊文化的全面理解以及旅遊文化的繁榮與發展。

　　什麼是旅遊文化？旅遊文學如何參與旅遊文化的建構活動？這是本專題要討論的主要問題。

（一）旅遊文化釋義及特徵

1.旅遊文化釋義

　　關於旅遊文化，美國學者羅伯特·麥金托什和夏希肯特·格波特在《旅遊學——要素、實踐、基本理論》一書中曾經這樣概括：「旅遊文化實際上概括了旅遊的各個方面，人們可以借助它來瞭解彼此之間的生活和思想。」它是「在吸引和接待遊客與來訪者的過程中，遊客、旅遊設施、東道國政府和接待團體的相互影響所產生的現象與關係的總和」。這個概念於1977年提出，是對旅遊文化較早的論述。此概念主要描述的是如何透過文化手段吸引外國遊客。

　　《中國旅遊百科全書》對「旅遊文化」的表述更為細緻：「廣義上說，一切與旅遊活動有關的有助於旅遊者增長文化知識的物質財富和精神財富，都屬於旅遊文化；狹義上說，能夠為旅遊者在旅遊活動中提供欣賞和享樂的一切物質財富和精神財富的文化表現，

即旅遊文化。旅遊文化按旅遊要素劃分，可分為旅遊主體文化、旅遊客體文化、旅遊媒體文化。旅遊主體文化，如旅遊心理學、旅遊文學藝術、旅遊美學等；旅遊客體文化，如旅遊資源開發、規劃與保護，建築學，雕塑學，園林學，旅遊工藝品等；旅遊媒體文化，如旅遊管理學、員工培訓、旅遊企業文化學。從結構層次來劃分，旅遊文化可分為以旅遊景觀、旅遊設施等為標誌的表層結構文化；以求知、求樂、求健、求美的心理特徵為內涵的深層結構文化。以時代、性質等綜合標準來劃分，旅遊文化又可分為以文物、史蹟、遺址、古建築學為代表的古文化；以現代文化、藝術、科學、科技成果為代表的新文化；以日常生活習俗、節日慶典祭祀、婚喪、體育活動和衣著服飾為代表的民俗文化；以人際交流為表現的倫理文化。……」此定義從文化結構層面對旅遊文化進行了細分，從旅遊文化的要素、表層結構、深層結構到旅遊文化的性質、文化交流方式等都有了具體而微的內容概述，豐富了旅遊文化的內涵。

與旅遊文化同時被關注的還有中國旅遊文化的概念，中國旅遊文化概念的闡述主要針對中國旅遊活動的特點，如《中國旅遊文化大辭典》 對「中國旅遊文化」這個詞條的解釋是：「中國旅遊文化是中國文化與中國旅遊相結合、相融匯的產物。它指在中國旅遊過程中，與之緊密相關的一切物質文明和精神文明，包括旅遊主體（旅遊者）、旅遊客體（旅遊資源）和旅遊介體（旅遊業）相互作用所產生的一切物質和精神成果。……旅遊文化以綜合性、民族性、大眾性、地域性、直觀性、傳承性、自娛自教性為其特徵。……旅遊文化內涵豐富，外延寬廣，包括了歷史文化、地理文化、民族文化、宗教文化、飲食文化、服飾文化、園林文化、建築文化、行業文化、民俗文化和自然景觀等旅遊客體文化，又包括了旅遊者自身的文化素質、興趣愛好、行為方式、思想信仰等旅遊主體文化，還包括了旅遊業的服務文化、商品文化、管理文化、導遊文化、政策法規等旅遊介體文化。」這一定義相對來講更具有了針對

性，無論是概念的內涵和外延都更加明確了。

中國學者對旅遊文化的研究基本上有三個切入點：

一是圍繞旅遊資源所蘊涵的文化屬性進行闡述。如晏亞初在《旅遊文化管見》一文中對旅遊文化所作的解釋：「旅遊文化，是根據發展旅遊事業規劃和旅遊基地建設，以自然景觀、名山、名水、名城、名景和文化設施為依託，以歷史文化、革命文化和社會主義精神文明為內容，以文學、藝術、娛樂、展覽和科學研究等多種活動形式為手段，為國內外廣大旅遊者服務的一種特定的綜合事業。」

二是圍繞旅遊者和旅遊經營者的文化代表性進行闡述。如馬波提出的解釋：「旅遊文化是旅遊者和旅遊經營者在旅遊消費或旅遊經營服務過程中所反映、創造出來的觀念形態及其外在表現的總和，是旅遊客源的社會文化和旅遊接待的社會文化透過旅遊者這個特殊媒介相互碰撞作用的過程和結果。」與之相類似的是沈祖祥先生的解釋：「旅遊文化是一種文明所形成的生活方式系統，是旅遊者這一旅遊主體借助旅遊媒介等外部條件，透過對旅遊客體的能動的活動，碰撞產生的各種旅遊文化現象的總和。」

三是著眼於旅遊活動本身的文化內涵進行闡述。如謝彥君先生的定義：「旅遊文化是由旅遊目的地居民、旅遊者的旅遊活動所營造的一種新型文化形態，而本土原始文化僅僅存在於相對封閉的社會或社區生活當中，常常是文化旅遊對象。」章海榮先生的解釋也出於這樣的角度，他認為：「旅遊文化是基於人類追求人性自由、完善人格而要求拓展和轉換生活空間的內在衝動，其實質是文化交流與對話的一種方式。」

2.旅遊文化的特徵

旅遊文化的特徵是與旅遊文化研究的內容緊密相連的。按照旅

遊文化定義中的解釋，旅遊文化的研究主要圍繞旅遊三要素而展開，即旅遊主體文化——旅遊者，旅遊客體文化——旅遊對象，旅遊介體文化——旅遊業。

（1）旅遊者賦予旅遊文化的特徵

旅遊者是旅遊的主體，在旅遊文化中處於核心地位。旅遊者的觀念、行為方式、思想與信仰，旅遊者的文化素質和職業，旅遊者的心理、性格、愛好，旅遊者的生活方式等都影響著旅遊文化。旅遊者賦予旅遊文化的特徵主要有大眾化特徵、層次性特徵、規約性特徵。

①大眾化特徵

在現代社會條件下，旅遊是一種大眾化的文化活動，任何一個有旅遊意向的普通人，都有可能實現旅遊的願望。因此，旅遊文化由於參與者的普遍性從而形成了大眾化的特徵。

旅遊文化的大眾化特徵是在現代交通、通信以及旅遊服務業大發展的基礎上才顯現出來的，並非是其固有的文化特徵。在古代，普通民眾談不上旅遊，旅遊更沒有可能形成社會的潮流，因此，古代的旅遊是少數文化精英的活動，而旅遊文化也相應地精英化了。

②層次性特徵

不同的旅遊者具有不同的文化品格，審美情趣和旅遊愛好也各不相同，因此，又形成了旅遊文化鮮明的層次性。來自城市的旅遊者會對鄉村生活和鄉村的一切感到新鮮，有興趣參與鄉村生活的細節性活動；而來自農村的旅遊者則會流連於大城市的繁華。從旅遊者的文化特點來看，旅遊者分屬於不同的亞文化群體，其旅遊觀念形態和行為模式均受其文化群體影響，從而在旅遊文化上形成由不同亞文化群體呈現的旅遊觀念和行為特徵的層次性。

③規約性特徵

旅遊者自踏上旅遊行程便成為一個新的社會角色，其行為就會有別於日常生活中的行為，必須遵從旅遊者的行為規範。比如，旅遊者必須遵守旅遊目的地的法律規範和道德規範。中國的遊客到英國，必須遵從左側行駛的交通規矩，而英國的遊客到中國，也必須遵從右側行駛的規矩。另外，旅遊者在旅遊目的地還要入鄉隨俗，遵從「入門先問禁，入境先問俗」的行為規範，充分表現出對不同文化和習俗的尊重與理解，從而達到不同文化群體之間的和諧共處和充分溝通與交流。

　　（2）旅遊對象賦予旅遊文化的特徵

　　旅遊對象包括旅遊目的地的歷史、建築、園林、宗教場所、民俗、娛樂、文學、藝術、自然景觀等，旅遊對象表現出來的旅遊文化特徵，本質上就是各項旅遊資源的文化蘊涵，內容十分豐富。

　　①地域性特徵

　　旅遊者踏上旅遊之路的最重要的原因是不同地域文化所具有的吸引力。旅遊時，人們往往帶著對異域文化的獵奇、探險、求知心理，旅遊活動的成功與否也在一定程度上表現為是否滿足了遊客的這種心理需求。不同旅遊目的地大張旗鼓宣傳的正是其別具一格的地域文化，地域文化是旅遊文化中表現最突出的文化特徵。中國由於幅員遼闊，旅遊資源豐富多彩，其中鮮明的地域文化具有強大的吸引力。對於外國人來說，到中國旅遊就是體驗古老東方文明的過程。而對於國內遊客來說，江南水鄉的明媚、塞北荒漠的空曠、東部地區的開放與現代化氣息、西部地區的原生態狀貌等都是極富吸引力的地域文化特色。一方水土養一方人，與不同地域的自然環境相適應的各種不同形式的生活方式和文化特色，同樣對遊客具有強烈的吸引力。

　　②兩面性特徵

旅遊者在旅遊的過程中，一方面體會著旅遊目的地的文化；另一方面又會自覺不自覺地將自身的文化特徵透過言行以及其他行為方式表現出來，從而促進了客源地與旅遊目的地之間的文化融合。這種文化的融合滲透到社會生活的多個方面，對地域文化會產生一系列或積極或消極的影響，具有兩面性的特徵。從積極方面講，透過文化融合，可以不斷提高地域文化自身的文化品位，不斷地吸取外來文化的精華，摒棄其糟粕，使地域文化具有更強的生命力。從消極方面講，文化的融合過程也容易引起文化的衝撞和抵抗，甚至使地域文化被異化，喪失了獨特性。

　　（3）旅遊介體賦予旅遊文化的特徵

　　旅遊介體包括旅遊餐飲、旅遊商品、旅遊服務、旅遊管理、旅遊教育、導遊、旅遊政策和法規等。旅遊介體賦予旅遊文化的特徵有：

　　①多樣性特徵

　　現當代旅遊呈現出了豐富多彩的形態，這些形態使旅遊文化表現出了多樣性特點。

　　從旅遊採取的交通方式上看，解放前有騎驢旅遊、騎自行車旅遊，現在大多數遊客乘坐汽車、火車、飛機旅遊，比較時髦的是自駕車旅遊；從旅遊出行的目的上看，有休閒遊、文化考察遊、探險遊、訪學遊、專題宣傳遊、新婚蜜月遊、特殊生活體驗遊等；從旅遊的組織形式上看，也是五花八門，各式各樣：有同學和同事組團遊、相同愛好者會員遊、散客組團遊、家庭遊、個人遊以及流浪遊等。不同的旅遊方式決定了遊客不同的活動範圍和活動方式，產生出不同的文化現象，從而使旅遊文化呈現出一種開放式的狀態。

　　②時代性特徵

　　旅遊是與社會發展和經濟發達程度聯繫緊密的文化活動。不同

的社會發展階段，旅遊文化的特徵也不同，表現出了鮮明的時代性。古代的旅遊受生活條件所限，旅遊者基本屬於社會中上層的官或士；由於交通工具落後，旅遊者的旅遊範圍較小；旅遊文化表現出了突出的傳統文化特色，孔子的「山水比德」思想和莊子的「逍遙遊」思想占核心地位。現當代的旅遊由於社會生活條件的不斷改善，旅遊活動的參與者由社會精英逐漸轉向普通百姓；現代發達的交通條件使得旅遊者更加隨心所欲，接觸的地域文化更加廣泛，所受影響更深刻；遊客的思想意識更加複雜，既有中國傳統的文化成分，又有現代西方的文化意識，特別是遊客本人對旅遊和文化有獨特的認識和理解。因此，現當代旅遊文化有更為寬泛的領域、更為複雜的表現形式和內容。

（二）現當代旅遊文學對傳統旅遊文化的繼承和對現當代旅遊文化的建構

旅遊文學參與旅遊文化的建構活動在中國有著悠久的歷史，自古以來，歷朝歷代的詩文大家都以能夠遍訪名山大川為人生一大樂事，因此留下的詩文歌賦難以計數，這些優秀的文學作品以自己獨特的形式建構著中國傳統旅遊文化，可以說，如果沒有中國古代文學，中國傳統旅遊文化將是不可想像的。

對中國現當代旅遊文學而言，它一方面要繼承中國傳統旅遊文化；另一方面又要面向未來建構適應新時代的現當代旅遊文化。

1.現當代旅遊文學與旅遊文化關係之一——繼承傳統旅遊文化

文學是文化的載體，它總是反映著文化的價值。文學的閱讀和接受也就是文化的闡釋過程。自古至今，中國旅遊文學不僅僅承擔了表現旅遊文化的任務，而且經過千百年的歷史沉澱，形成並保留了悠久的旅遊文化遺產，使之成為現代旅遊業發展的堅實文化基

礎。中國古代旅遊文學以山水文學為主體，包括詩詞、遊記、小品散文、題記、題名、楹聯、題額等。這筆巨大的旅遊文化遺產，對旅遊文化的建構和深化起著舉足輕重的作用。

從審美的角度觀照旅遊、對旅遊的特質進行定位、為旅遊樹立理想的境界和狀態是古代旅遊文學建構旅遊文化的表現之一。古代旅遊文學採取欣賞美的態度觀照自然山水，對自然山水的審美達到了很高的境界，發現了自然山水美的真諦，可謂「觀山觀水皆得妙」。唐初詩人王勃的「落霞與孤鶩齊飛，秋水共長天一色」道出了登高遙望的自然之妙，意境的壯闊與遼遠令人為之叫絕。而杜甫的「江山如有待，花柳自無私」則表達了舊地重遊的故人溫馨釋然的心境之妙，在詩人筆下，江山、花柳均有情，像老朋友那樣無私地對待他，這種感動越過千年依然令人為之動容。

旅遊的特質是什麼？旅遊用什麼來定位自己？中國古代許多的文學作品向我們描述道，旅遊是一種心靈的釋放，「閒」是旅遊中難得的心境，如：

「江山風月，本無常主，閒者便是主人。」（蘇軾《臨皋閒題》）

「無窮興味閒中得，強半光陰醉裡銷。」（歐陽修《退休述懷寄北京韓侍中》）

「高情樂閒放，寄跡山水中。」（崔恭《和張相公太原山亭懷古詩》，《全唐詩》）

「我心素已閒，清川澹如此。」（王維《青谿》）

「閒窺石鏡清我心，謝公行處蒼苔沒。」（李白《閒窺石鏡清我心，謝公行處蒼苔沒》）

在現代社會，人們在工作之餘忙裡偷閒，以「閒」的心胸觀景、觀人、觀物，一定會令心情恬淡自如。閒能帶來美妙感受，也

能帶來無窮興味。

　　許多古代旅遊文學作品中表達了物我諧一的思想和情感，將大自然視為朋友、視為弟兄，人與大自然相親相近。這實際上是古代旅遊文學作品為我們樹立的旅遊當中人和其遊覽的景觀之間關係的一種理想的境界和狀態。如杜甫《岳麓山道林二寺行》中的詩句：「一重一掩吾肺腑，山鳥山花共友於」；辛棄疾《鷓鴣天·博山寺作》中也有詞句：「一松一竹真朋友，山鳥山花好弟兄。」由於詩人對自然萬物懷有親近之情，因此，在古代旅遊文學作品中，我們常常能夠看到作者會賦予自然萬物人的情感，詩人向筆下的形象訴說心聲，表達情意。如李白的《月下獨酌》：「花間一壺酒，獨酌無相親。舉杯邀明月，對影成三人。」又如黃庭堅的《夜發分寧寄杜澗叟》中的詩句：「我自只如常日醉，滿川風月替人愁」；袁枚《春日雜詩》中的「明月有情還約我，夜來相見杏花俏」，更將明月寫成了多情而浪漫的好友，約請詩人夜裡看花。蘇軾在《點絳唇》中寫道：「與誰同坐，清風明月與我」，清風明月成了詩人的座上客，這種寫法令人感受到了一種人與自然之間存在的溫情。

　　刻畫出風物名勝最美的形相和最突出的特徵，為其畫龍點睛使其昇華為一處旅遊景觀是古代旅遊文學建構旅遊文化的表現之二。古代旅遊文學作品對山川景物的描寫可謂窮形盡相，而且許多作品還透過各種技巧和手法展現出景物最突出的特徵，比如，詩人寫山，如何能描摹山之高峻？郭熙在《林泉高致·山川訓》中講道：「山欲高，盡出之則不高，煙霞鎖其腰則高矣。」清代詩論家劉熙載也有言：「山之精神寫不出，以煙霞寫之；春之精神寫不出，以草樹寫之。」（《藝概·詩概》）因此古人在寫山時，常以雲襯托。如清代程之竣描寫黃山的《雲外峰》：「飄渺離奇峙碧空，渾疑雲外復雲中。杜鵑開向春光後，燒遍峰頭萬樹紅。」唐代孫魴的《湖上望廬山》也是用了同樣的筆法：「輟棹南湖首重回，笑青吟翠向崔嵬。天應不許人全見，長把雲藏一半來。」

關於寫山、畫山，古代畫論家、文論家還有許多對後人具有啟發意義的理論，比如「春山如笑，夏山如怒，秋山如妝，冬山如睡」（清代惲壽平《南田論畫》）。人們甚至將一天不同時間以及不同天氣狀態下觀山的感覺都作了總結，如：「夜山低，晴山近，曉山高。」在古代詩人的作品中，各種不同情況下山的變化比比皆是，「幾行紅葉樹，無數夕陽山」（清代王士禎）寫的是黃昏時節的山；「高雲疑在樹，急雨欲無山」（清代陳沆《燕支山消夏作》）寫的是雨中的山；「遙望洞庭山翠小，白銀盤裡一青螺」（劉禹錫《望洞庭》）寫的是湖中的山......而清代魏源所言的「恆山如行，岱山如坐，華山如立，嵩山如臥，唯有南嶽獨如飛」（《衡山》）至今仍然為人稱是。這些對風物名勝突出的特徵的刻畫實際上就是在給景物畫龍點睛，從開發旅遊的角度來看，它將有助於昇華成旅遊景觀。

　　借旅遊闡發哲理，把旅遊行為提升到悟道、明道的高度和境界，以道貫遊是古代旅遊文學建構旅遊文化的表現之三。日月江河的滄桑巨變、花草樹木的四時枯榮，無不蘊涵著人生、社會的小道和宇宙的大道。古代旅遊文學作品中，常常借自然景物表現對人生、命運的思考，對宇宙的探詢，藉以抒發感慨，闡明哲理，明道示道。蘇軾的《題西林壁》「橫看成嶺側成峰，遠近高低各不同。不識廬山真面目，只緣身在此山中」是家喻戶曉的哲理詩，詩人借廬山的變化莫測表達了對紛繁複雜的人事的看法，至今還對人們正確判斷是非具有指導意義。朱熹的《觀書有感二首》更是立意不凡，將深刻的哲理訴諸藝術形象，堪稱融詩情理趣為一體的優秀哲理詩，富於啟發意義而又歷久常新。其一：「半畝方塘一鑒開，天光雲影共徘徊。問渠哪得清如許？為有源頭活水來。」半畝大的池塘像明鏡一樣，方塘之水澄澈清淨，映照著來回閃動的天光雲影。要問這池塘怎麼這樣清澈？原來有活水不斷從源頭流來啊！詩的寓意很深，以源頭活水比喻學習要不斷吸取新知識，才能有日新月異

的進步。王安石的《登飛來峰》也是一首富有哲理意義的紀遊詩：「飛來峰上千尋塔，聞說雞鳴見日昇。不畏浮雲遮望眼，只緣身在最高層。」作者王安石作為當時一個進步的知識分子，懷著要求變革現實的雄心壯志，希望有一天能施展他治國平天下的才能，所以他一登到山嶺塔頂，就聯想到雞鳴日出時光明燦爛的奇景，透過對這種景物的憧憬表示了對自己前途的展望。李商隱的《樂遊原》也有著哲理意義：「向晚意不適，驅車登古原。夕陽無限好，只是近黃昏。」王之渙的《登鸛雀樓》 「白日依山盡，黃河入海流。欲窮千里目，更上一層樓」也是人們耳熟能詳的哲理詩。這些詩將景物與哲理結合在一起，山水與哲理共同創造了流傳千古的佳話。其他的哲理詩句還有很多，如林升《題臨安邸》中的「山外青山樓外樓」，蘇軾《惠崇〈春江晚景〉》中的「春江水暖鴨先知」，楊萬里《小池》中的「小荷才露尖尖角，早有蜻蜓立上頭」，陸游《遊山西村》中的「山重水複疑無路，柳暗花明又一村」，葉紹翁《遊園不值》中的「春色滿園關不住，一枝紅杏出牆來」等，這些詩句至今流傳於人們的口頭或者書面中，是古人留給我們的不可多得的文學遺產。

從上文論述的一些方面，古代旅遊文學建構著古代的旅遊文化。古代旅遊文學為古代的旅遊事業奉獻了大量重要的精神成果，提升了古代旅遊行為的精神品位和特質，從而形成了博大精深的中國古代旅遊文化。古代旅遊文化相對於今天而言是一種傳統的旅遊文化。對於現當代旅遊文學而言，傳統的旅遊文化猶如一座繞不過去的豐碑，只有繼承、發揚它，現當代旅遊文學才有傳統文化基礎，才可能把傳統和未來連接起來。事實上，許多現當代旅遊文學作品中確實活躍著傳統旅遊文化的因子，閃爍著傳統旅遊文化的光澤。也正唯其如此，現當代旅遊文學才有可能擁抱未來，就像古代旅遊文學建構著古代旅遊文化一樣，建構著現當代的旅遊文化。

2.現當代旅遊文學與旅遊文化關係之二——建構現當代旅遊文

化

　　旅遊文化的創造首先是物質層面的創造，如交通、景點、接待環境、接待設施等硬體建設。其次是精神層面的創造，這一層面主要體現為追求人的自由和精神愉悅。旅遊文學的創作是實現旅遊文化物質和精神層面建構活動的重要方式之一。

　　從物質層面的建構意義上講，與著名文學作品相關聯的人、事、物常常成為旅遊景點建造或者策劃的依據，特別是在旅遊業大發展的現當代，文學作品越來越多地被人們當作旅遊資源來開發利用，在客觀上創造了大量的人文景觀。這種建構在古代也是存在的，例如建於六朝時期梁代天監年間的蘇州寒山寺，占地僅9畝，無論從規模上還是從影響上都沒有特別之處，而且1000多年內寒山寺先後5次遭到大火的毀滅，但唐朝詩人張繼的一首《楓橋夜泊》詩──「月落烏啼霜滿天，江楓漁火對愁眠。姑蘇城外寒山寺，夜半鐘聲到客船」，卻使寒山寺從古至今聲名遠揚。這首詩膾炙人口，夢境般的詩情畫意激起了古往今來無數遊人心底的共鳴，正如寒山寺寺聯所寫：「塵劫歷一千餘年，重複舊觀，幸有名賢來作主；詩人題二十八字，長留勝蹟，可知佳句不須多。」此聯言簡意賅，一語中的，寒山寺成為旅遊勝地多半不是因為寺而是因為詩。

　　再如湖北的文武赤壁，在歷史上眾多的古戰場中，唯獨赤壁成為旅遊名勝景區，自古至今吸引著遊客憑弔的興致，主要還是文學作品造成了傳頌作用。據統計湖北省境內的長江南北沿岸，以「赤壁」命名的地方有9　處之多，其中蒲圻（今赤壁市）的「周郎赤壁」和黃州（今黃岡市）的「東坡赤壁」最為有名，前者被稱為「武赤壁」，後者被稱為「文赤壁」。武赤壁雖然是赤壁古戰場遺址，但來此憑弔的文人騷客自古不絕，並留下了眾多書法作品，成為後人旅遊的新亮點。為了營造赤壁之戰的歷史氛圍，後人又在古

戰場遺址上根據《三國演義》的描寫，建造了一系列景點，如赤壁磯頭的斷崖上刻有「赤壁」兩個楷書大字；在二字的旁邊，有諸葛亮、劉備、關羽和張飛的畫像石刻；南屏山頂建有拜風臺，相傳是諸葛亮祭東風時的七星臺遺址；金鸞山腰有清道光二十六年（1846）重建的鳳雛庵，據傳龐統曾隱居於此，庵內主室供奉著龐統的塑像，莊嚴剛毅，有凜然不可侵犯的氣概；赤壁山頂有後人建的翼江亭，據說是諸葛亮、周瑜在赤壁之戰時觀望曹營的遺址。古典名著《三國演義》的廣泛流傳，是遊客慕名參觀武赤壁的重要原因。文赤壁完全也是由於文學作品而得名。北宋著名散文家、詩人蘇軾因「烏臺詩案」（元豐三年，在新舊黨爭中，蘇軾受挫，御史官員從他的詩文中搜索材料，牽強附會，說他譏諷皇帝、詆毀朝廷，把他逮捕，製造了一起文字獄，史稱「烏臺詩案」。）於1080年被貶謫到黃州，在黃州期間，蘇軾曾三遊赤壁，寫下了千古名篇《念奴嬌·赤壁懷古》和前、後赤壁賦。《念奴嬌·赤壁懷古》是一首令人蕩氣迴腸的詞，蘇軾以磅礴的氣勢引人追懷歷史：「大江東去，浪淘盡、千古風流人物。故壘西邊，人道是，三國周郎赤壁。亂石穿空，驚濤拍岸，捲起千堆雪。江山如畫，一時多少豪傑。」當年在此建立豐功偉業的英雄們被歷史湮沒了，只剩下滔滔不絕的長江水和多情的詩人在此感嘆，一句「人生如夢，一尊還酹江月」至今讀來仍然令人的心情為之震盪。

在《前赤壁賦》中，蘇軾描繪秋夜江景，穿插歷史事跡，表現老莊的人生哲理——「寄蜉蝣於天地，渺滄海之一粟，哀吾生之須臾，羨長江之無窮。」林語堂在《蘇東坡傳》中評價道：「只用寥寥數百字，就把人在宇宙中之渺小的感覺道出，同時把人在這個紅塵生活裡可享受的大自然豐厚的賜予表明。」蘇軾的詞賦為文赤壁名揚天下奠定了文學基礎，在以後的歷史發展過程中，這裡又收藏了歷代名家的金石書畫，如這裡有宋、元以來的木刻、碑刻、竹質腐蝕版共60餘副、250多塊，蘇軾的詩、詞、贊、牘手稿石刻

112塊，嵌於「碑閣」內四牆。在「坡仙亭」內，左壁嵌有蘇軾《月梅》畫真跡石刻，右壁有他《念奴嬌‧赤壁懷古》手跡石刻。這些書畫碑刻被人稱為「國中之寶」，十分珍貴，又為文赤壁增添了不可多得的文化風采。

　　柳宗元筆下的小石潭、歐陽修筆下的醉翁亭也是這樣，出現在文學大家作品中的小石潭和醉翁亭都成為今天中外遊客爭相遊覽的著名景點。其實，在文化旅遊的版圖上，有多少景點與文人的筆墨緊密相連，誰也數不清，但有一點是肯定的，美妙的文學作品會給山川風物帶來無限的附加值，使之與詩文一樣流傳久遠。

　　如果說文學作品對旅遊文化的建構在古代是無意識的，那麼到了現當代，這種建構則更多地表現出了主動性與計劃性。在南通舉辦的首屆中國旅遊文學論壇暨首屆徐霞客旅遊文學獎頒獎典禮上，眾多旅遊文化策劃者、作家共同探討了旅遊文學怎樣與旅遊產業相結合的問題，人們意識到在旅遊文學與旅遊之間，除了「文因景而生，景因文揚名」的傳統認識外，還必須認識到「創造條件讓旅遊和文學相結合，可以強化旅遊的深度與廣度，在旅遊的活動中注入更多文學的元素；同時借助旅遊模式，開拓文學創作的活潑途徑，使作家在旅遊的愉悅中生發出新的靈感，創作出更多動人的作品」。關注、研究旅遊與文學、旅遊與經濟如何更好地互動互用，幫助旅遊產業唱好文化這臺戲應該說是此次論壇的主要目的，這其中明顯地透露著這樣的訊息：旅遊文學與旅遊之間由純粹的文化聯繫過渡到了經濟聯繫的層面。在這種觀念漸成共識的過程中，旅遊文化策劃者有他們的設計，而文學家也有他們的擔憂。從具體的實踐過程中我們知道，既有成功的經驗，也有失敗的教訓。拿成功者來說，文化大亨張賢亮在西北對荒涼的經營就是一例。小說家張賢亮在1980、90年代的文學創作曾經紅極一時，《靈與肉》、《綠化樹》、《男人的一半是女人》等作品影響很大，被翻譯成多國文字。如今張賢亮是華夏西部影視城有限公司的董事長，經營著「西

部影視城」。人們說他「透過『販賣荒涼』，用『文化』做包裝，把一個荒漠裡的廢墟變成目前銀川市唯一一個國家級4A景區」。張賢亮的成功是在「文化搭臺，經濟唱戲」的時代背景下取得的。張賢亮對文學和旅遊的關係理解得很實在，他認為二者就是要互相促進、共同繁榮，透過文學作品挖掘和傳頌旅遊景點的文化內涵，將會大大提升旅遊景點的知名度，從而為景點帶來顯著的社會經濟效益。這樣的理解正是許多文學作品被策劃成為旅遊景點的理由。張賢亮用寫小說的觀唸經營著他的影視城，說白了就是憑藉虛構和想像為影視城表面粗糙的建築賦予一種文化意味和價值。當遊人看到當年鞏俐拍《紅高粱》時的釀酒坊，看到《牧馬人》男女主角結婚時的簡陋的洞房以及周星馳拍《大話西遊》時用過的一把不起眼的木製斧頭，就會想起影視作品或者文學作品中的種種情景，這種體驗是實在的又是虛幻的，因而具有其他旅遊項目不能替代的獨特性。雖然對張賢亮這樣理解文學與旅遊的關係在文學界還存在著不同的認識，但是張賢亮每年上千萬元的經營業績卻說明這樣的結合的確成為旅遊文化建設的一個新亮點。

以文學作品表現的環境和背景為依據建造而成的旅遊景點有很多，這些景點大都想借名著的聲響創造旅遊業績。在這一點上，文學與旅遊文化的結合最為具體。但值得注意的是這種結合應該講究一個度，開發得過濫過糙會對文學和旅遊都造成傷害。特別是對文學作品的旅遊開發應該以弘揚中華優秀的文化精神為主導，使之成為美和善、和諧與美好情愫的象徵。

從精神層面上講，旅遊文學創作之所以是一種旅遊文化建構活動，是因為旅遊文學的創作是一種文化精神的建構，旅遊文學作品並非只是描摹與表現名山大川、花鳥魚蟲，還要提供給人們一種思想和觀念，正如錢賓四所說：「山水勝景，必經前人描述歌詠，人文相續，乃益顯其活處。若如西方人，僅以冒險探幽投跡人類未到處，有天地，無人物。即如踏上月球，亦不如一丘一壑，一溪一

池，身履其地，而發思古之幽情者，所能同日語也。」作者將旅遊過程中的所見、所思、所感透過作品傳達給讀者，並希望讀者將這些思想和感悟與自己的生活經驗相比較，從中瞭解與自己不同的生活視角和生活態度。雖然不同的作者提供了不同的思想方法和內容，但毫無疑問的是，每部作品都蘊涵了特定時代的文化特點，具有獨特的文化價值及文化精神，從而構成了旅遊精神層面建構的主要內容，正如著名散文家和散文評論家林非先生所言：「遊記是極好的文體，可以提高讀者的興趣與修養，因此可以說是一樁文化建設的工程。」

　　透過旅遊文學作品凝練地方文化精神並對當地旅遊業產生巨大推動力量的首推沈從文。沈從文是1930年代中國現代文壇的重要代表性作家，他雖然主要生活在大都市，但是一生懷戀青少年時代生活的故鄉，寫了大量關於湘西生活的遊記作品，包括1934 年出版的《從文自傳》（其中有部分旅行遊記）、1936年出版的《湘行散記》（純粹的遊記）、1940 年出版的《湘西》（遊記與紀實性介紹）等。這些作品飽含作者的深情，描畫了湘西油畫般奇險秀麗的山山水水，那裡「壁立拔峰，竹木青翠，岩石黛黑」，「長年活鮮鮮的瀯緩流水中，有無數小魚小蟲，臨流追逐，悠然自得，各有其生命之理」。在這樣充滿水鄉特色的美景中，作者刻畫了心靈純淨的美好人物形象以及淳樸自然的風俗人情，如《邊城》中的翠翠「在風日里長養著，把皮膚變得黑黑的，觸目為青山綠水，一對眸子清明如水晶。自然既長養她且教育她，為人天真活潑，處處儼然如一只小獸物。人又那麼乖，如山頭黃麂一樣，從不想到殘忍事情，從不發愁，從不動氣」。在沈從文的筆下，家鄉的女孩都像翠翠一樣清新美麗，人們生活在這個世界上，不論喜怒哀樂都像家鄉的山水一樣明晰而清澈，愛情是唱出來的，人心也像山歌一樣樸實無華，雖然生活艱難、窮苦，但是精神寧靜而愉悅。這樣的山水、這樣的人生在半個多世紀後的今天，更具有了審美的吸引力，難怪

沈從文的文章和他筆下的湘西能夠穿越時空在當代成為新的追捧熱點。湘潭大學管理學院的龍茂興、張河清曾經於鳳凰古城和花垣茶峒鎮做過這樣的調查：遊客到底為什麼喜歡湘西？喜歡湘西的什麼？調查結果顯示：「知道沈從文其人的有1059人，約占總數的89%；讀過其作品而慕其名並因而追尋其筆下古樸神奇、詩情畫意的湘西世界的有706人，占總數的59.3%。」由此可見，旅遊文學作品對旅遊所發揮的作用多麼重要。

像沈從文一樣在作品中表現特定地域的風土人情並使之成為該地特定的文化特色的作家還有很多，如魯迅及其筆下的紹興魯鎮、老舍及其筆下的老北京。毋庸置疑的是，經過旅遊文學表現的山水具有深刻的思想和深切的情感，這種思想和情感是純粹的山水所不能給予觀者的，因此，旅遊文學或者具有旅遊文化意義的文學作品一定程度上豐富了旅遊的文化思想內涵，這是一種看不見摸不著卻可以切實感受得到的文化建構途徑。

好的旅遊文學作品可使讀者浮想聯翩，情思奔放，獲得優美的藝術感受。如豪邁的作品，會使人熱血沸騰，油然而生豪情壯志；清新的作品，會令人心馳神往，陶醉於美的意境之中；悲壯的作品，會使人感慨萬端，禁不住潸然淚下；平實的作品，會讓人心境平和，拋卻一切私念雜想。旅遊文學作品和其他文學作品一樣，有抒情，有議論，有記敘，也有說明，不同的表達方式會給讀者帶來不同的審美感受。旅遊文學作品的這些風格和表達方式往往能使自然的山水花木具有更深一層的意義，具有感人的力量，從而成為旅遊文化的有機組成部分。

旅遊文學創作之所以是一種旅遊文化建構活動，還表現在旅遊文學具有一定的文化傳播與教化功能。無論是旅行家、訪問學者、作家還是普通遊客，其創作的旅遊文學作品一旦發表，即會有讀者或者聽眾、觀眾參與其中，進行再創造，使旅遊文學作品進入到文

學審美的程序中，在作者──作品──讀者之間建立一種新的聯繫，旅遊文學作品的意義也隨之增值，社會效用進而擴大，這也就意味著對旅遊文化的傳播有了拓展和深入，因此，作者與讀者共同創造、共同分享旅遊文學作品的過程，實際上正是他們共同提升對旅遊文化的認識、提升精神境界的過程，也是建構旅遊文化的過程。

旅遊文學在創造旅遊文化的過程中具有獨特性。作為一種創造活動，文學創造與書畫、雕刻、戲曲、歌舞、工藝美術等的創造是明顯不同的，後者具有很強的模仿性、仿效性，不是純粹的創造，因而往往被歸入工藝和技藝的範疇。文學的創造在早期也曾被視為是一種模仿活動，但是在近現代模仿說已經被創造論所替代，人們注意到了在文學創造過程中作者特殊的心理機制所起的作用，諸如：特殊的心理能力、動機、過程、思維與方法等，都是在文學創造活動過程中起重要作用的因素。另外，人們還注意到，文學創造在反映客觀生活的過程中，主體性的自覺發揮也起著重要的作用。總之，文學創造活動是一種複雜的文化現象，是特殊的文化創造行為。旅遊文學的創造同樣具有這種特殊性。具體表現在：1.旅遊文學創作者是特殊的旅遊文化創造主體；2.旅遊文學創造具有特殊的話語蘊涵。

旅遊文學作者是旅遊文化創造的主體，這表現在三個方面，其一是作者個人特意追求的與眾不同的創作風格或者表現形式。其二為作者成長過程中透過文化習得和文化影響而深入到主觀意識之中的具有時代意義的文化傾向。拿不同時代的旅遊文學作品來說，同樣是模山範水，魏晉時代的遊記總體上表現出以形寫神、氣韻生動的風貌，趣味清新淡雅，細膩含蓄。唐代遊記則熱烈奔放，神采飛揚；邊塞詩高蹈壯麗，積極進取；田園詩空靈秀麗，柔婉清秀。近現代的遊記則充塞著憂患和憤恨，以及對異域先進文化和技術的驚羨、對古老傳統文化的反思。從這些不同時代的旅遊文學作品中，

都令人深刻地感受到作者所生活的時代的氛圍和文化特色，這種帶有時代特點的文化精神的表現，是作家個性生成與發展過程中文化習得與審美習得的反映。其三是旅遊文學創作者透過獨特的文化選擇創作出獨特不凡的文化意識。歷來好遊而善遊者少，善遊而能以詩文助遊者更少。少即說明這種文化意識的創造不是人人可為的，只有那些具備了高度凝縮和廣泛概括歷史文化現象和自然山川風物能力的人才能夠完成高質量的文化創造任務。舉一個具體的例子說明。蘇州拙政園的梧桐幽居位於水池的盡頭，對山臨水，後面的遊廊廣栽梧竹，這裡的景色無需點化，便已經如詩如畫，引人入勝。這裡有一副楹聯，其額為：月到風來；上聯是：爽借清風明借月；下聯是：動觀流水靜觀山。這一副楹聯不僅描繪出了清波粼粼、假山磊磊的實景，還將清風明月引入其中，構成了虛實相濟的高妙意境。這就是一種文化上的提煉，它讓所有遊者在觀景的同時還獲得了更深的意蘊、更高的境界。

旅遊文學創作具有特殊的話語蘊涵。旅遊文學對旅遊文化的表達不是單一的、具體的，而是廣泛的和具有概括性的，其思想意蘊和文化內涵十分豐富。在旅遊文學作品中我們既能讀到對真、善、美崇高境界的追求和嚮往，也能讀到對現實苦悶和憂傷的排解；既能讀到對山川風物狀貌的讚美，也能讀到對人類精神困境的擔憂等。旅遊文學創作作為文學創作的一類，文學創作所具有的文化蘊涵在旅遊文學作品中都有體現，有些旅遊文學作品的哲理深度甚至遠遠超越了一般的文學作品。

在自古而今的旅遊文學作品中，除了展現自然風光和人文景觀之外，更有對自然、宇宙、人生進行哲理思辨的。而且，隨著時代的變遷，理性思辨風格時有體現。「追求智性色彩的遊記散文越來越多，這樣的山水遊記，滲透深刻的哲理思辨，閃爍絢麗的思想火花，包含淳厚的哲理意蘊，它在訴諸人們直覺、情感的同時，還訴諸人們的悟性，使讀者產生一種仔細思考後豁然貫通的喜悅。」表

現哲理蘊涵是文學創作的至高境界，它體現的是藝術的理想精神，是作家對現實生活進行理性超越和價值提升的結果，含有對人和人類的存在與發展進行確證的意義，包含了作者對人類本質的深刻體驗和對人類前途的不懈追求。許多古代旅遊文學作品都闡發了深刻的哲理，閃耀著智慧的光芒。王安石在《遊褒禪山記》中寫道：「世之奇偉瑰怪非常之觀常在於險遠，而人之所罕至」；蘇軾在《石鐘山記》中寫道：「事不目見耳聞，而臆斷其有無，可乎？」這些透過遊覽的經驗總結出的哲理思想至今仍然對人們具有啟發意義。現當代旅遊文學繼承了古代旅遊文學富於哲理思辨的傳統。當代著名旅遊文學家余秋雨曾經在他的《文化苦旅》中這樣表述他的創作心情：「我發現自己特別想去的地方，總是古代文化和文人留下較深腳印的所在，說明我心底的山水並不完全是自然山水，而是一種『人文山水』。這是中國歷史文化的悠久魅力和它對我的長期薰染造成的，要擺脫也擺脫不了。每到一個地方，總有一種沉重的歷史氣壓罩住我的全身，使我無端地感動，無端地喟嘆。」正是這樣的一種情懷，使得余秋雨的旅遊散文寫得深沉而厚重，讓人讀後不自覺地與他一道感受到歷史的沉重和現實的堪憂。

二、現當代旅遊文學與宗教文化

（一）旅遊文學與宗教文化關係概述

在文學創作領域裡，宗教文化思想雖然沒有被廣泛地倡導，但也從來沒有被創作者忽視，甚至這種思想情結已經滲透到作家的情感深處，成為一種不自覺的人格精神的流露。特別是在旅遊文學創作中，宗教文化思想表現得更為直接和普遍。原因很明顯，旅遊活動中大量有關宗教寺廟的遊覽內容為創作者提供了近距離接觸、瞭

解宗教活動、宗教意義的機會和條件，使宗教文化成為創作者思考、描寫的重要內容。另外，旅遊者離開喧囂的都市、緊張的工作生活環境到大自然中遊覽，實際上調動了隱藏在人們意識深處的帶有宗教意義的人生境界的追求欲念。這使許多旅遊文學作品，特別是文化意義較強的遊記中流露出濃厚的宗教文化意味。

宗教文化在現當代旅遊文學作品中的表現，一定程度上反映了現當代一般人心目中的宗教，或者說是中國知識分子宗教文化意識的縮影。大多數中國人特別是知識分子對於宗教本身並不熱衷，除了部分有宗教信仰的少數民族以外，很少有人像西方人那樣真誠信教，但這並不表明中國缺少宗教或者多數中國人無視宗教的存在，情形恰恰相反，從全國名勝古蹟中大量存在的宗教寺廟宮觀以及民間充滿宗教精神的風俗習慣、祭祀儀式中，我們都不難發現，多數中國人從來不缺乏對某一種或某幾種宗教意義的認識，也不缺乏對宗教思想的認同和選擇，只不過這種認同和選擇與人生的具體狀況發生著緊密的聯繫，並被寄託著宗教之外的希冀，而不僅僅是單純的宗教信仰。這種狀態使人們帶著一種包容的心態對待各種宗教信仰。另外，近現代科學知識的普及以及科學精神的張揚使宣揚超自然力量的宗教影響範圍較之歷史上大大縮小，知識階層對於宗教的認識早已經超出了盲目的信仰，而更多地表現為自由的精神追求。對宗教文化的自由追求表現在旅遊文學作品中，是不同作者對同一宗教會產生不同方面的興趣，或者同一個作者對不同的宗教思想會各有取捨，比如到了佛教的殿堂，作者會將生的苦悶託付給釋迦牟尼、觀音菩薩；到了道教的道觀，又將生的煩惱託付給各路神仙；在基督教堂，自然又相信上帝無所不能。因此，我們從旅遊文學作品中看到的宗教文化，正是作者複雜的宗教情感與現實生活理想的奇妙混合體，體現了中國文人對宗教的無信仰和有意識。也許正因為如此，在旅遊文學作品中我們看到，作者盡可以近距離地描寫廟堂，描寫法事，描寫宗教人物（僧人、道士、教徒或香客），但是

一種由距離感、陌生感帶來的懷疑、評判情緒仍然洋溢其間，表現著作者和宗教的隔閡。同時，作者抱著極大的興趣去描寫、品味、相信富有宗教意義的神話、傳說，又表現著作者與宗教內涵自然而然地接近。宗教就這樣若即若離地盤桓在文人的心中。

旅遊文學作品中對宗教文化的表現有不同的層面。

第一層面，是對宗教場所和宗教人物的客觀描寫。包括對廟堂宮觀建築特色的描寫、闡釋，對神像傳說的記錄，對神仙福地的描繪，對神職人員以及宗教信奉者的表現以及對禮神風俗的比較等。這樣的旅遊文學作品提供了宗教的基礎知識，引領人們進入宗教的世界。

第二個層面，是對宗教意義的闡釋。宗教歸根結底是一種文化，是闡釋自然世界與人類世界關係的文化。任何一種宗教都在一定方面為人類認識世界提供了一種途徑和思想，不同程度地影響著人們的世界觀和人生觀。旅遊文學作品與宗教文化的親近除了將宗教文化作為一種客觀的遊覽對象加以審視以外，更重要的還在於以自己的獨特方式對宗教思想內涵進行把握和闡釋，從而影響讀者對宗教乃至社會的認知。通常，人們善於將宗教文化思想與個人的人格追求和對社會的理想追求結合在一起，而宗教也恰恰在這些方面為人們提供了無限的可能。比如佛教告訴人們可以透過個人的修行超度現實中的苦難人生到無憂無慮的極樂世界。寺廟附近的一草一木、一山一水無不浸透著佛理，閃爍著靈光，在那裡人們可以獲得寧靜和淨化。道教則極大地迎合了人們祈福求吉祥、袪病消災的生活願望，倡導無為而治的社會，為人們描畫了神、人、鬼三界，是人們避邪驅鬼、嚮往神仙樂土思想的發源地。基督教強調的是博愛，是懺悔，是贖罪，使人們用愛心體察自然、社會和他人。上述的宗教思想，我們發現在現當代的旅遊文學作品中都有所闡釋。

第三個層面，是對宗教藝術美的表現。宗教文化與文學藝術是

緊密相連的。表現宗教活動的各種形式無一不是藝術化的，包括雕刻精美的神像、各種供奉的器具、各種儀式等，宗教信仰的境界為文學藝術創造意境提供了完美的範本，許多藝術境界的創造直接得益於宗教的思維方式。宗教藝術美滲透在宗教文化的方方面面，對它的表現也是現當代旅遊文學作品一個重要層面的內容。

（二）現當代旅遊文學與佛教

佛教思想對中國文學創作事業的影響頗深。在魏晉南北朝時期佛教興盛，旅遊文學開始受到影響，特別是在唐代，佛教思想的傳播日益廣泛，使唐代的山水文學深深地打上了佛教的印記。佛教本身對自然山水有獨特的認識，「青青翠竹，儘是法身；鬱鬱黃花，無非般若」的義理，使自然萬物成為佛教僧徒悟道的最好媒介，自然山水也因此超出了山水本身，而變成「證得理體」的重要所在。另外，由於佛寺多建於風景秀麗的山林，為清秀的山水平添幽雅神秘的意蘊，也為文人的創作提供了新的題材。杜牧詩中寫的「南朝四百八十寺，多少樓臺煙雨中」正是這種情形的真實寫照。唐代山水文學從佛教義理中吸取了很多營養，其中，以直觀的山水形象傳達無法言說的佛理，把佛理寓於自然山水的具象中，或者帶著佛性去審視自然山水，同時品味人生、感悟世事已經成為文學創作上的傳統。

在現當代文學創作領域，深受佛教思想影響具有佛學精神的作家、作品也不在少數，特別是在旅遊文學創作中，與佛教有關的創作題材豐富多彩，創作者對佛教的認識角度也呈現出了多元化和個性化的特色，人們對佛教的理解和認識有了新的發展變化，已經不再僅僅將佛教視為一種單純的宗教信仰，而是將佛教視為一種文化現象進行多側面多層次的瞭解、探究。從「五四」新文化運動以來到新時期，文學創作中的佛學思想作為文化傳統，一直影響著作家

對心靈境界的追求。只不過在新時期，由於旅遊事業的大發展，許多馳名中外的佛地成為旅遊的黃金地段，從而使許多佛地經歷著從虛靜到沸騰的變化，有關佛教的建築藝術、雕塑藝術、傳說、故事等都在這一變化中得到進一步張揚，旅遊文學的創作在其中造成了不可忽視的作用。

廟堂、神像、僧侶、香客是佛國世界的基本組成部分。在旅遊文學作品中，有的著力表現廟堂和神像所獨具的審美特徵；有的著力表現佛教所特有的虛空境界帶給人的空靈感受；還有的透過僧侶與香客的特殊生活和情感狀態表現別樣情境下的人生眾相。

1.佛教聖地給人的莊嚴、雄偉和神秘之感

廟堂和神像是佛教思想的外在體現。無論是佛教的哪一個體系，哪一個教派，無論廟堂居於鬧巿還是在僻靜的深山，無論廟堂是大是小，其建築上的精心設計和廟堂中的神像的精雕細刻都能夠給人以不同凡響的視覺美感，同時給人以精神上的啟發和震撼。

在佛教領域具有重大影響的大乘佛教四大菩薩的道場文殊菩薩的道場五臺山、觀世音菩薩的道場普陀山、普賢菩薩的道場峨眉山、地藏菩薩的道場九華山，都是佛教徒參拜的聖地，也是文學家筆下描寫最多的佛國世界。作為佛國的要地，四大佛教名山中的廟堂高大雄偉、莊嚴肅穆，廟堂中的佛像更是氣勢非凡。

梁衡在《清涼世界五臺山》中這樣描繪五臺山的廟宇及佛像：

「到底是佛家的聖地，這裡的廟不但多，而且大得驚人，無論哪座寺院，動輒左右連院，前後數殿，一座顯通寺，竟占地一百二十畝，有殿堂四百餘間。塔院寺有一座大白磚塔，高達二十一丈。還有一座木塔是放經書的，能轉動，專有一座殿將它裹在其中，取高處的書時，要在二層樓上伸手去拿。金閣寺裡有一尊菩薩，高十七點七米，他一人就占了兩層殿，要看他的臉面要上二層樓去。而

這裡許多寺又都修在半山，鑿坡為級，凡一百零八個臺階，披雲掩綠，形若天梯。」

幾組數字、兩個形象的對比，突出了五臺山上寺廟建築規格之高、塑像之氣派。披雲掩綠，形若天梯，登臨其上，更會令人有行於天地之間的超脫之感。

徐向東在《上九華，入「佛國」》中這樣描繪九華山的寺廟：

「九華寺廟眾多，當推化城寺為首。它是九華開山寺，又為地藏菩薩道場。寺廟建在九華街芙蓉山下，四面環山如城，故引佛祖釋迦牟尼指地為城之典故，賜名化城。寺前有街，有池，有溪，有田，四進殿堂，依山托勢，莊嚴雄偉，結構精良，裝修華麗。號稱「九華十景」之一的洪鐘，高掛在巨大的木架上。據僧尼介紹，每當紅日西墜，白雲歸岫之際，蒲牢一擊，九華百寺之鐘紛紛擊發，其聲響徹山谷，各寺僧尼便隨著鐘聲開始了晚課......」

此段描寫簡潔明快，突出了九華山化城寺的完整、雄偉和華麗。而百鐘齊鳴、眾僧尼在鐘聲裡開始晚課的場面更是壯觀，表現了九華山上佛事的興盛。

馬力在《峨眉秋望》一文中對峨眉山上的寺廟之高大雄偉以及綺麗多姿這樣描繪道：

「華藏寺建在盤陀石上，殿宇多重而高大，彌勒殿、大雄寶殿的設置一如平川。普賢為一山之主，處勢最高，盡由香火祀奉。離開數十米的地方是臥雲禪庵，位置稍矮，虔供南海觀音。此庵又呼為『銀頂』，同號為『金頂』的華藏寺來比，可用紅花綠葉為譬。嬋娟浮影，假定夜遊竟至尋宿寺中，隨山僧枕一縷爐香高臥，領受東坡居士『轉朱閣，低綺戶，照無眠』的詞境就不難。」馬力善於在景色中尋找詩詞意境，顯得細膩而溫婉。馬力對普陀山上觀世音道場的描寫也是這樣：概括中不忘細節的描畫，實寫中又加悠遠的

聯想，既讓人領略了大氣磅礴的氣勢，又讓人感受到了溫馨的情懷。請看馬力的《普陀初遊》：

「普陀山，是觀世音的道場。世人敢花巨量的金錢築寺、祭佛、齋僧、行香。圓通寶殿正中敬奉觀音之像，所塑都很高大，歲久，仍能存世，而月不止一處。普濟寺為全山主剎，塑在那裡的一尊，掩於簾幔深處，胖臉，低眉，金身，面孔似不擺什麼神氣，容儀端莊而顯佛陀之像。變了多種顏面的三十二應身相左右，頗有客觀，氣勢反在供世尊釋迦的大雄寶殿之上。」

「普濟寺前鑿出的蓮花池，橋、亭、樹，皆映於水，真正的靜影，似比廈門南普陀前面的那一方池為闊。據此還能夠聯想，觀世音晨明之時會以這粼粼清波照面呢！放開說，是東海之浪，一望盡碧，夢中猶可見觀世音蹈性海，凌煙波，悠悠遠去⋯⋯紫衲僧人閒步池畔，腳下的長階極有尺寸地刻繪朵朵蓮花。好重的觀音氣！唱偈之聲遍響全寺。」

大乘佛教的四大道場都是漢傳佛教的聖地，而藏傳佛教的聖地則以布達拉宮和塔爾寺為代表。與漢傳佛教不同的是，藏傳佛教的寺廟注重渲染神秘色彩。藏傳佛教一般寺廟佛殿高而進深淺，掛滿彩色的幡帷，殿柱上飾以彩色的氈毯，光線幽暗，神秘壓抑。杜書瀛在《青海塔爾寺遊記》中記述了參觀塔爾寺大經堂的感受：

「我們進去以後，我第一個印像是黑暗，好像從陽光燦爛的光明世界走進一個小小的黑暗王國。偌大個廳堂，竟不見窗戶（或者有窗戶被帷幔遮住），從外面乍一進來，什物幾不可見辨，兩三分鐘後，眼睛才適應，我定睛看時，只覺得光線從剛剛敞開的大門衝進來，從兩旁幾個邊門的門縫裡擠進來，藉著這微弱的光線，我略微能看清周圍的景象。」

2.特色佛教建築給人的奇、巧之感

除了四大道場佛教聖地的雄偉和莊嚴，佛教的許多著名景點還以奇、巧而著稱。佛教建築反映了各個朝代工匠的審美特點和精湛技藝，被記載在文學家的遊記作品中，透過作家們的想像和描寫，更增添了幾分藝術美的魅力。

　　比如對懸空寺的描寫。中國在山西、雲南、河北等地均有懸空寺，其中以山西恆山的懸空寺最為奇、巧。懸空寺的巧實際上是古人建築智慧的結晶，巧得科學，巧得令人驚嘆：

　　「從正面來看，懸空寺整個建築用十幾根小腿肚子般粗的松木柱支撐著，給人以岌岌可危之感，彷彿撤掉了木柱，懸空寺就會掉將下來。其實不然，除了部分建築以山石為基礎外，懸空寺大部分重量被暗插在峭壁上的飛樑分散傳遞給了岩石和山體。在峭壁上建寺，首先要解決的是支撐問題。我們的前人是聰明智慧的，他們先在峭壁上鑿洞，然後插入桐油泡過的木樑，再在上面具體建造。據專家考證，為了保證穩固性，在插入木樑前，在進洞的一端先把一個楔子打入少許，等木楔接觸洞底後，隨著用力，木楔會慢慢把木樑撐開，而且打得越深，插得越緊，與今天的膨脹螺絲原理一般。支撐的十幾根木柱常態下只起了裝飾作用，無人的時候並不受力，上面負載超過一定限度時，才發揮作用。啊，這下明白了。怪不得懸空寺又名玄空寺，虛中有實，實中有虛，虛實相生，靈活變化，融兵家的道理於建築之中，單憑這一點它便令人刮目相看了。」

　　這位遊客從懸空寺的建築的原理入手，將懸空寺看起來岌岌可危實際上十分堅固寫得有虛有實。

　　「仰望寺院，體積並不像自己想像的那樣小巧，竟是多殿多閣的群體建築，倚山而建，亭臺樓廊俱全。十幾根細長的木頭柱子，一頭支撐著多層複雜的殿宇結構，一頭插入岩石中，好像老北京的民間雜技「耍帆兒」一樣。只憑著幾根不足碗口粗的木頭，竟在這峭壁之上平平穩穩地屹立了1500多年，留給後人瞠目結舌的驚

嘆。」

　　這段描寫突出了懸空寺歷經千年風雨依然堅固的神奇。

　　奇巧的懸空寺不僅僅讓人領略了我們的先輩設計思想之科學、建築技術之精巧，還讓人不禁聯想了很多：

　　「因為懸空寺地理位置之特殊、建築結構之獨特，如果你身臨其境就會自然使你聯想到人生的坎坷、艱辛，體會出順其自然，審時度勢，充分利用、把握機遇的人生真諦。跨棧道、攀懸梯、走屋脊、穿石窟，左右回轉，忽上忽下，路路可通，象徵著我們人生每一步，有時失落，有時得意，左右徘徊，不妨換條路來走，條條大道通羅馬，欲上一層樓，須迂迴而行。」

　　「伸頭外探，視線上截絕壁，下臨深淵，彷彿被推到了懸崖的邊緣，非『懸空』二字不足以概括古刹風光。側頭仰望，但見凌空的棧道和閣樓只有幾根立木和橫木支撐著。那些方形橫木樑叫做『鐵扁擔』，是用當地的特產鐵杉木製成，據說木樑用桐油浸過，防白蟻防腐，所以插在岩石裡千年也無礙。那些立木（豎撐著寺廟的柱子），每條柱都必須符合力學原理，才能保證整座懸空寺千年屹立不倒。想想自己腳下所在的閣樓底下便鋪著這許多的『鐵扁擔』，很有命懸一木的刺激。

　　下了懸空寺，頓時一身輕鬆，彷彿剛從九天宮闕返回人間，做了一場騰雲駕霧的夢。對於懸空寺為何要修建在懸崖上的問題突然有了個結論：大概古人也曾有過飛翔的夢，不能生出翅膀，那就把建築建在半空，讓心像鷹一樣地飛到高遠之地吧。」

　　還有的山寺建造者充分發揮藝術想像，使寺廟的建築與優美意境完整結合。如五臺山中的幾個特色佛殿：

　　「臺懷鎮最高處的菩薩頂上有一座殿，名滴水殿，它那琉璃瓦的屋簷，別說陰雨天，就是晴天，也淅淅瀝瀝地往下滴著水珠。顯

通寺裡有座銅殿，使用五十噸銅鑄成的。又如無樑殿，殿無一木，全磚到頂。」

（梁衡《清涼世界五臺山》）

又如青海的塔爾寺風鈴帶給佛殿的別樣意境：

「我們正在觀看舍利塔，忽聽窗外鈴聲叮咚。我走出殿門，抬頭仰望，只見旁邊幾個佛殿的飛檐四角，風鈴猶動，那鈴聲徐徐傳向寂靜的空間，別有一番韻味。」

（杜書瀛《青海塔爾寺遊記》）

除了具有鮮明特色的寺廟、殿宇以外，給人以奇、巧之感的還有寺廟裡各式各樣的佛塔。塔也是佛國世界很重要的建築。在佛教中，塔的意義相當於墳，最初是為供奉佛祖釋迦牟尼的舍利而建，後來用於放高僧舍利或者佛經，成為佛教徒的崇拜物。對一般的遊客而言，塔是風景，是建築美的結晶，也是佛教空靈美妙意境的創造者。

塔之美在於其造型的玲瓏別緻：

「靈岩寺有一座氣勢不凡的辟支塔，八角，九層，密檐式磚塔，創建於唐垂拱四年（公元688年）。塔底圍四十八米，高五十二點四米，頂冠高達鐵剎，造型優美。登塔頂，要向內走四層，再沿塔外走五層才可到達，這也是罕見的。」

（彥火《我自泰山來》）

坐落於西藏高原白居寺內的十萬佛塔，更是別具一格：

「塔後是蒼峻的老人山，山上多潔白的石子，它像一個銀鬚白髮的老人護衛著這座別具一格的佛塔……這座佛塔確實是比較奇特的。它的底層由七層梯田河岸似的塔樓所組成，線條柔和，款式新穎，莊嚴穩當。梯田形樓上還有六層圓塔樓。塔高32.5米，共計有

大門12道，小門80道，塔角186個。塔內有一千斤重的核心鐵柱一個。塔頂是紫銅鑄就的一朵13 瓣蓮花。它迎著天風夜露，煥然怒放在雲海星河裡。」

（邊烽《十萬佛塔記》）

由於寺塔建築獨特的造型具有很高的審美價值，因而被製成了許多種藝術品：

「珍藏於普陀山文物館的龍華珍珠塔，由幾千個珍珠、翡翠等巧妙構成，非常精緻典雅；被譽為普陀山墨寶之一的《楞嚴經》字塔，在六尺宣紙上，將77036字的《楞嚴經》排列成寶塔形狀，佈局精細巧妙，令人嘆為觀止。」

（李桂紅《普陀山佛教文化》）

佛塔與其他佛教建築一樣，不僅是美麗的，也是神奇的，具有滿足人們祈願的功能：

「造型優雅的妙湛塔，又稱五百羅漢塔，上由雕刻有五百羅漢朝禮觀音聖地普陀山的情景，十分精緻生動，細膩優美。依山面海，綠樹叢中的圓覺塔，又稱四十八願塔。」

（李桂紅《普陀山佛教文化》）

「巍峨的十萬佛塔，據說有著非凡的神靈，對著佛塔念一遍經，等於在其他地方念一千遍；凡是對佛塔獻哈達、供果、祈禱、磕頭的人，佛塔能給他攘祛災禍，免除罪惡，使他幸福一生，死後升天。據說螞蟻若能惠受佛塔神風的吹拂，死了不下地獄；鳥獸若能聞到佛塔的香味，聽到佛塔上的風鈴聲，來世便能轉生為人；如果有緣使身子碰到佛塔，小蟲也可以轉生為活佛……」

（邊烽《十萬佛塔記》）

佛塔還能在喧囂的人世之中給人獨到的精神感悟：

「果然就是天臺山國清寺——隋代古剎。高聳的隋塔久經歲月的渲染，色彩沉著而斑駁，軀體筋骨外露，顯得蒼老堅勁。佛塔閱盡人海波瀾，深諳世態炎涼，今日俯瞰山寺前喧囂著的各式新穎汽車和五彩繽紛的人群，依然無動於衷。」

（吳冠中《天臺行》）

3.佛教雕塑給人的人神相通之感

佛教雕塑體現著不同時代雕塑藝術家特殊的審美情趣。在莊嚴肅穆、豐富多彩的佛教雕塑中，文學家們對普通雕塑中透露出來的人情味更感興趣，他們筆下描摹的塑像更多的是佛教之外的生活情趣。

如馬力在《麥積遺夢》中表現了自己對麥積山石窟中佛像的觀感：

「迎窟門而立的接引佛，唐塑宋修，形，豐腴端麗；神，溫婉寧靜，像是比照生活中的雍容婦人塑出的，總之是非常的生動。它尤其強調細部的處理，如那修長腴潤的手指，微曲著，真有一種隱約的觸覺感......這尊佛，少神秘感，多人情味，且明顯地趨向於女性化，流溢嫻雅柔媚之氣。」

「表情頗好的是那尊身在一旁的小沙彌，眉眼間含著純稚的生趣，深陷的嘴角浮著一縷天真的笑意，已經這樣會心地笑了千數百年，就不免惹人獨愛。」

「在一個青羅帳下，坐著三個菩薩；這不是神，是身著軟緞長裙，露胸的婦女，在面對面地相互傾談心事。她們動作雅緻，身段秀麗，衣紋猶如春波微蕩。帳外兩上方，從龍嘴下掛的兩串纓穗香囊，刻法簡潔，圓潤。如似新鮮的小蘿蔔，十分可愛。整個浮刻的高低是支配得如此之妙，不管光線從哪邊照過來，都讓人像面對著一朵清晨的玫瑰花。」

作家馬力的觀感集中了文化學者的共同審美趣味，對佛像的品評角度明顯跳出了佛教本身，回到了生活的層面。那些美輪美奐的石窟塑像雕刻的不再是超度眾生的佛國精英，而是體現美好生活情狀的人自己。

現代著名作家鄭振鐸在遊記《雲岡》中寫道：

「每一個石窟，每一尊石像，每一個頭部，每一個姿態，甚至每一條衣襞，每一部的火輪或圖飾，都值得你仔細的流連和觀賞，仔細的遠觀近察，仔細的分析研究，七十尺、六十尺的大佛，固然給你以宏偉的感覺，即小至一尺二尺、二寸三寸的人物，也並不給你以渺小不足觀的缺憾。全部的結構，固然可稱作一個最大的博物館，僅就一洞、一方、一隅的氣氛而研究之，也足以得著溫膩柔和、慈祥秀麗之感。」

鄭振鐸深為中國古代工匠精湛的雕刻技藝所折服，同時也於宏偉巨製中洞察了細膩柔和的一面。在鄭振鐸《大同遊記》中也有這樣一段文字：

「這裡的佛像，特別倚立著的幾尊菩薩像，卻是那樣的美麗。那臉部，那眼睛，那耳朵，那雙唇，那手指，那赤裸的雙足，那婀娜的細腰，幾乎無一處不是最美麗的藝術品，最漂亮的範型。那倚立著的姿態，嬌媚無比啊，不是和洛夫博物館的米羅的維納斯有些相同麼？那衣服的褶痕、線條，那一處不是柔和著最柔軟的絲布的，不像是泥塑的，是翩翩欲活的美人。地山曾經在北京地攤上買到過一尊木雕的小菩薩像，其姿勢極為相同。當為同時代之物。大約還是遼代的原物吧？否則，說是金元之間的東西，是決無疑問的。在明代，便不見了那飛動，那婀娜的作風了。」

佛像從外形到細節都栩栩如生，形神畢現，唯其酷似美人，所以才更具有美的蘊涵，給人留下難以磨滅的印象。

相比於佛像，菩薩的形象以其慈悲溫婉深入人心。葉文玲在《天海相伴無窮極》中這樣描寫觀音菩薩：

「那時我所見的觀音菩薩，也總是或端坐於蓮花之中，或飄然欲雲端之上，裙裾輕盈，儀態萬方，而大慈大悲和救苦救難更是具化了的美妙形象；菩薩的素手，一執依依楊枝，一執斜斜寶瓶，救苦救難的甘露，則隨時準備灑向人間。」葉文玲筆下的菩薩嫻靜優美，儀態萬方，實際上也是現實生活中女性精神和形態美的呈現。

在石窟雕像中，通常由一組佛像來展現佛國世界的雄偉壯闊。佛像群雕的技藝既體現在每個雕像的神態上，同時還體現在群像之間的相互映襯上，龍門石窟中的盧舍那佛像及其周圍的群雕，就是一組別具特色的佛像群。有遊記這樣描繪道：

「走進龍門石窟群中最大的洞——奉先寺，洞內正中是一尊盧舍那坐像，像高17米，頭部就有4米多高，耳朵長1.9米，據說有四千多斤重。她像一位中年婦女，眼睛微微俯視，胸脯豐滿，端莊慈祥，神采奕奕。石窟群的造像高低不一，有高十幾米的，也有僅幾公分的，大佛像高大雄偉，表示唯我獨尊，其他佛像按品級一尊低一尊，全都從屬於大佛像。飛天手執樂器，飛舞天空，在為大佛奏樂舞蹈。所有的佛像，神態莊嚴，形象生動，顯示了古代雕刻的高超技藝，讓人驚嘆不已。」

（《中原古都之行——洛陽》）

作為群雕中心的盧舍那佛像儘管種種特徵都超越了人而顯得神聖、莊嚴，但是它的容顏「像一位中年婦女」，還是沒能脫離人的氣質、人的韻味。

在眾多佛像中，被文學家人化得最充分的是那位相貌奇特的彌勒佛。一般而言，佛像大體上都很高大肅穆，神情沉靜，但彌勒佛是一個例外。彌勒佛在民間尤其受到推崇，主要原因除了其作為未

來佛具有救世的功能以外，還因為它獨特的形象。現在我們所熟悉的前額突出、肚子圓脹的彌勒佛是經過中國文化審美意識加工後的形象。其原本的形像是與其他佛像一樣，身著菩薩裝，頭戴寶冠，身材適中。但到了中國五代後梁時期，人們傳說彌勒佛的化身是一位布袋和尚，根據那位傳說中的布袋和尚的形象，工匠們將其塑造成了現在這個樣子。如今，我們在很多寺廟中都能夠看到彌勒佛── 一個豐頤碩腹、笑口常開、輕鬆隨便的胖和尚。彌勒佛這種別具一格的形象給佛教殿堂中規整、嚴肅的氣氛帶來了平民生活的氣息，從而受到普通民眾的喜愛和歡迎。同時，也正是由於形象上的與眾不同，為了保持佛像風格的一致性，各個廟宇都特地為彌勒佛單獨建殿供奉。

文學作品中有關彌勒佛的描寫比比皆是，特別是那些描寫彌勒佛的楹聯，多叫人忍俊不禁，同時也蘊涵著深刻的哲理。如北京潭柘寺彌勒佛佛龕兩邊的對聯：

大肚能容，容天下難容之事；

笑口常開，笑世間可笑之人。

這副對聯既妙趣橫生，又寓意深刻，妙就妙在將彌勒佛的形象描寫得準確生動，而深刻則表現在不僅寫活了外形，還把一種人生態度暗含其中，表明了作者對這一形象獨特的理解，也表現了彌勒佛瀟灑豁達的性格。此副對聯幾乎家喻戶曉，成為彌勒佛形象與性格的逼真寫照。

臺南市的開元寺裡，也有一副關於彌勒佛的對聯：

大肚皮千人共見，何所有，何所不有；

開口笑幾時休息，無一言，無一可言。

這又是一種態度，一種看透世事、冷漠超脫的態度。

福州鼓山湧泉寺的對聯更有意思：

手中只一金元，你也來，他也來，不知給誰是好；

心中無半點事，朝來拜，夕來拜，究竟為何理由？

對聯諷刺了那些貪財的求拜者，和尚手中那枚僅有的金元，怎能抵擋得了如此眾多人的祈求呢！這真讓這位未來佛很為難。

廣東韶關南華禪寺祖堂彌勒殿的一副對聯更是匠心獨運：

日日攜空布袋，少米無錢，卻剩得大肚寬腸，不知眾檀越，信心時用何物供養？

年年坐冷山門，接張待李，總見他歡天喜地，請問這頭陀，得意處是什麼由來？

對聯將彌勒佛視為普通人，沒有了對佛的崇敬與虔誠，只是從常人的生活著眼，他的胖、他的笑都成了疑問。這種奚落的口吻拉近了人神之間的距離。

4.僧人和香客給人的世俗內外之感

在旅遊文學作品中，僧人的形象常常帶有一種神秘感，德高望重的高僧或者禪師往往也是造詣很深的文學家、藝術家。特別是在古代，像東晉高僧支遁，其詩文才藻精絕、妙美，與當時擅寫玄言詩的文學家如孫綽、許詢、殷浩、王羲之等人交遊甚密，對這些詩人也有很大影響。晉代的謝靈運曾參與譯經，所作的詩將山水與佛法義理結合起來，被尊為山水詩的始祖。唐代以後，禪風日盛，許多飽學之士對佛教產生了濃厚興趣，著名的詩人如王維、杜甫、白居易、蘇東坡等，因常與禪師往來論道，在潛移默化之下，吟作之詩富含禪趣。現當代的文學大家中，具有佛教情結者也很多。原因不難理解，在中華文化浩如煙海的精神世界中，儒、釋、道都是構成文化品格及特徵的重要因素，這些養料如空氣一樣無時無刻不滲

透在人們的思想、情感和行為當中，因此，文學作家對佛教以及與佛教有關的人和事的藝術表達，便是十分自然的事情。這種感情除了表現在對佛教殿堂的讚歎之外，還表現在對高僧以及普通信教者的敬仰或者關注上。

李叔同是中國民國年間的一代名士高僧，法號弘一法師，他繪畫、書法、音樂、詩詞樣樣精通，頗受當時文人名士的敬重和愛戴。1927年，葉聖陶經豐子愷的介紹到上海功德林與弘一大師見面，當時的情景，葉聖陶在《兩法師》一文中描述得十分傳神，在到功德林去會見弘一法師的路上，作者懷著似乎從來不曾有過的潔淨的心情，也可以說帶著渴望：

「走上功德林的扶梯，被侍者引進房間時，近十位先到的恬靜地起立相迎，靠窗的左角，正是光線最亮的地方，站者那位弘一法師，帶笑的容顏，細小的眼眸子放出晶瑩的光。丐尊先生給我介紹之後，叫我坐在弘一法師的側邊。弘一法師坐下來之後，就悠然數著手裡的念珠。我想一顆念珠一聲『阿彌陀佛』吧。本來沒有什麼話要向他談，見這樣更沉入近乎催眠狀態的凝思，言語是全不需要了。」

葉聖陶感悟到：這「晴秋的午前的時光在恬然的靜默中經過，覺得有難言的美」。午飯後，葉聖陶等又跟著弘一大師去見印光大師。於是在葉聖陶的筆下就又有了二位大師的對比文字：

「弘一法師與印光法師並肩而坐，正是絕好的對比，一個是水樣的秀美，飄逸，一個是山樣的渾樸，凝重。」

在這些文字中，使我們感受到了一種肅穆和清淨之美，作者對弘一法師的敬仰之情躍然紙上。

時隔半個世紀，余秋雨在《廟宇》中再次寫到了弘一法師，這一次，作者不再從晚輩對大師的敬仰角度去描寫，而是寫到了李叔

同在取得令人敬仰的成就之後，轉身成為弘一法師，變化之突然、之決絕，揣度著弘一法師獨特人生選擇的因由：

「李叔同，留學日本首演《茶花女》，揭開中國話劇史。又以音樂繪畫，刷新故國視聽。英姿翩翩，文采風流，從者如雲，才名四播。現代中國文化，正待從他腳下走出一條婉麗清新一途，忽然晴天霹靂，一代俊彥轉眼變為苦行佛陀。嬌妻幼子，棄之不見，琴弦俱斷，彩色盡傾，只換得芒鞋破缽、黃卷青燈。李叔同失落了，飄然走出一位弘一法師，千古佛門又一傳人……他在掙脫，他在逃避。他已耗散多時，忽然間不耐煩囂。他不再苦惱於藝術與功利的重重牴牾，縱身一躍，去冥求性靈的完好。」

現實生活中，像弘一法師那樣的高僧畢竟寥寥無幾，並非所有的僧侶都是德高望重的佛教文化代表者，李叔同從世俗生活中的出離，表現了佛國世界超凡脫俗的吸引力。但佛國世界畢竟存在於世俗之中，因此，在世俗之外的超脫中還有著與世俗相諧的一面。

僧人生活在世俗社會之中，寺廟的高牆並不能阻隔他們與社會的聯繫。相反，在精神追求和現實生活的矛盾中，我們常常會看到僧人世俗化的一面，就像威嚴的神像被塑造成平凡人物一樣。而且，僧人的世俗相由來已久，在作家的筆下，成為頗耐人尋味的一大景觀。巴金曾經在《遊了佛國》一文中作過這樣的描述：

「在普陀山靠著『結緣』吃飯的和尚不知道有幾千個，我們在任何地方都可遇見，有的躺在地上，有的盤腳坐在路旁，有的立在樹蔭下，都伸出手向香客化緣。當他們從我們這裡得不到銅子時，他們就批評說：『進山進香，不結緣，真奇怪！』但他們不知道離了普陀山，奇怪的事情還多著呢！……這裡特別說和尚的嘴臉，也是有原因的，因為在普陀和尚太多了，到處都是。和尚也會應酬客人，也會計算銀錢，也會奴使用人，也會做生意，就和普通商人沒有兩樣。寺進而有客房，客房就像上海的旅館，新的設備是齊全

的，除了伺候客人的茶房外，還有接送客人的接客者。飯菜是素的，但客人也可以買了葷菜帶進去。有錢的人在這裡也可以得著種種的方便。我們曾經在房裡沙發套下面發現過一根煙槍。我們聽見過麻將牌的聲音，只差了看見人叫了娼妓進來。

離開普陀的前一晚，我們曾經和知客師談過一番話，那和尚生得來肥頭大耳，卻有一副聰明的頭腦，說話很漂亮，懂得好幾省的方言，他尤其會巴結女香客。他跟我們說話倒是很坦白的。他說：『普陀山的各寺院每年就做這幾個月的生意。但是開銷太大了，這兩年各家競爭太厲害，生意又不很好，所以各家都不免要蝕本。這生意真不好做，不過許多和尚就靠它生活，不做又沒有辦法。』這意思也很明顯。所以遇著香客上門他們就得大敲竹槓了。做一次水陸道場，起碼得化去千把圓，做個小佛事，也要用去百圓以上。但紳士家的太太小姐是滿不在乎的。我無意間在另一個廟裡面看見一次水陸道場，和尚們對於女香客的巴結，我真找不出話來形容，那副嘴臉只有古典派的畫家才能夠把它詳細畫出來……」

看得出巴金先生對僧人為了金錢而對香客極盡巴結之能事的做法非常反感，這或許與巴金對僧人的固有認識有關，也或許與1930年代人們素樸的金錢觀念有關。同樣的事情發生在當代，在馬力先生的筆下就沒有了那份憎惡，反而多了一層理解：

「面前禮佛的僧眾依舊用悠揚的歌唱，去超度早逝的魂靈……夜已深，一僧人將手中一疊鈔票，依次發放於每一位誦經僧人面前，也有若干和尚將專注目光在那鈔票上盤旋，是在對那小費性質的酬勞加以悉心的算計。看來，在金錢這一個問題上，佛國絕難對現實生活做出脫俗的超越。『現代』二字早已滲入這一方清靜世界。我先前對於佛門想得是過於純粹了，這種披覆玄奇色彩的生命形式，終不能逃遁現世，在一切反倒使面前的眾僧煥發一種親近自然的感覺。」

（馬力《夜在九華》）

僧尼的世俗化不僅僅表現在對金錢的態度上，還表現在思想和情感上。

余秋雨在他的《村外的尼姑庵》中，若隱若現地記述了尼姑庵里尼姑們的生活情況。在《村外的尼姑庵》中，余秋雨用孩童的視角，選取尼姑庵裡的一個藏在北牆裏邊「滿滿實實的大花圃」和藏在屋樑上的一疊繡品，來表現當年尼姑們的生活。文中雖沒有正面出現尼姑的形象，但從行文中，我們猜想得出，這些尼姑的身世與村頭樹立的一個個牌坊有關係，一定經歷了封建婚姻制度逼迫下的生死劫難。在公眾面前，她們失去了正常生活的權利，只好把自己深深地藏在庵裡，將心中對美好生活的渴望和嚮往寄託在滿園的花朵和手中的繡品中。她們寂寞地活著，寂寞地死去，留下的一片花圃和一疊繡品展現了她們內心深處的一個彩色的宗教。

余秋雨這種借物抒情的寫法使人們印象中有些神秘色彩的尼姑形象既不失神秘又不無真實的面貌。花圃和繡著與花圃裡的鮮花一樣多、一樣艷、一樣活的鮮花，並且還有一些成對兒的鳥兒的繡品，讓人們為這些曾經在繡房巧於女紅的姑娘們悲苦哀怨的一生感到沉痛與惋惜。

余秋雨作為一個文化學者，觀察事物的角度通常與眾不同，在人們不經意的日常生活場景中能夠發現文化的深刻蘊涵，在他眼裡，任何一個人都在演繹著一個與文化相關的故事。在《廟宇》一文中，余秋雨還描寫了一胖一瘦兩個和尚：

「兩個和尚坐在一起唸經，由瘦和尚敲木魚，的的篤篤，嗚嗚唉唉。孩子們去了，圍著他們嬉鬧，瘦和尚把眉頭緊蹙，胖和尚則瞟眼過來，牽牽嘴角，算是跟孩子們打了招呼。孩子們追逐到殿前院子裡了，胖和尚就會緩緩起身，穿過院子走向茅房，回來時在青石水斗裡淨淨手，用寬袖擦乾，在孩子們面前蹲下來，摸摸他們的

頭髮和臉蛋，然後把手伸進深深的口袋，取出幾枚供果，塞在那些小手裡。耽擱時間一長，瘦和尚的木魚聲就會變響，胖和尚隨即起身，走回經座。」

余秋雨筆下的這兩個和尚和常人沒有什麼兩樣，特別是胖和尚，喜歡孩子，拿供果逗引孩子，是天性溫和善良的長者，而瘦和尚則是個嚴肅的人。他們認真地恪守著僧人的規矩，喜、怒、哀、樂都靜悄悄地展現，是小鎮文化中鮮活而生動的組成部分。

僧尼生活和情感世界世俗化特點的表現，實際上體現了文學寫作的人文關懷精神。僧尼是佛教的使者，但他們首先是有血有肉的人，余秋雨正是從這種認識角度出發描寫僧尼的。

人文關懷也有不同的角度、不同的情感，余秋雨眼裡的僧尼是安詳的、平靜的，相比之下，韓小蕙筆下的僧人則是躁動不安的，她特別注意到了那些青壯年的小喇嘛：

「喇嘛們卻顯得別有心境，不怎麼專心唸經。特別是坐在後排的青壯年和少年小喇嘛，有的眼睛瞟看參觀者，有的互相嬉戲調侃，還有的窮極無聊地搖頭又晃腦，站起復坐下，故意把經唸得大聲小聲快慢不一。我的一個同伴對此提出批評，認為這很不嚴肅，於佛的神聖有損。我的疑問卻是：那麼多生命火焰正熾的青壯年，為什麼要選擇這種青燈守盡的生活方式？」

由此，作者對他們的這種生活形態提出了一連串的疑問：

「——真正的信仰和追求使然嗎？

——是一心不二地為佛獻身嗎？

——他們真的認為這是最上乘的生命方式嗎？

——他們真的認為這是普度眾生的最高境界嗎？

——作為個體，這樣日復一日地空守是否真有價值？

——為了群體，這樣年復一年地『勞動』是否真能推動社會前進？

　　——而這一切，是他們自己心甘情願的個人選擇嗎？

　　——他們幸福嗎？」

　　（《天街生死界》，韓小蕙《名人文化遊》）

　　這些疑問表現了一個普通人對僧人生活的巨大疑惑。對於那些生活在青藏高原上的年輕僧人們而言，如果他們就生活在原本的環境中，也許這些問題本不是問題，因為他們自小就在內心裡得到了不可變更的答案。但是現代旅遊業的發展在他們面前展現了層出不窮的誘惑，這些誘惑足可以打破他們平靜的內心，使他們心不在焉。另外，在遊客的眼中，他們是神佛的使者和佛教精神的體現者，但在他們自己眼中，他們只是普通的自己，有所有精力旺盛的年輕人都有的頑皮和好動的特點，他們不願意為了參觀者而隱藏本性，他們的搖頭晃腦和高一聲低一聲的唸經方式正體現了他們的本真和淳樸。至於有關人生的這些重大問題，也許他們從來不曾想過。

　　歸根結底，僧人和廟宇、雕像一樣，是被參觀的佛教文化的組成部分。與對廟宇、雕像不同的是，人們不是用審美的眼光去看待這些活生生的人，而是對他們充滿了人文的關懷和悲憫情懷，這倒是形成了一個有趣的映照：僧人是為了超度眾人的苦難而修行的，而眾人又對僧人的寂寞苦行充滿了悲憫。

　　僧尼的生活雖然與大眾生活有種種不同，但有一點是一樣的，就是隨著社會生活的發展，他們的生活狀態也發生著各種變化。

　　葉永烈先生就曾經記載了這樣一位小和尚：

　　「閒庭信步，偶見兩樁古廟新事，留下難忘印象：一是年約二十的小僧，身穿淺灰色袈裟，戴著金絲邊眼鏡，顯得特別斯文。他

胸前掛著一只DF照相機，正踮著腳尖，十分內行地忙著拍攝眾僧佛事儀式照片。二是廟內廁所牆上，那木牌上除了寫著漢字『男廁』、『女廁』之外，還用英文標明『Man』s』／『Woman』s』，這恐怕是古剎有史以來未曾有過的。」

（葉永烈《行走中國·古剎老僧》）

可以想像，當代的佛教文化在與世界文化接軌的路途中扮演著重要的角色，僧人文化素質的提高也多少改變著人們對僧侶的固有印象，一切都在變化之中。當然，商業社會的大發展同樣將印記印刻在這一片淨土中，據說，在佛教的發源地印度，人們對佛教的信仰也隨著時代的發展發生了很大的變化，許多神廟已現代化了，僧侶用上了手機，彈奏起吉他、電子琴，還能上網聊天兒等，進香者跳起了迪斯可，神廟還用電腦宣傳佛教而賺錢......

香客是大眾之中的佛教信徒。他們生活在世俗之中，又追求世俗外的超脫，在世俗內外隨著佛事活動的參與與否而自由跳脫。有的人即使平時不信佛教，生活和事業一旦有了較大的變故或者希望，也成為臨時的香客，加入到求神拜佛的行列。

旅遊文學作品中，許多篇目饒有興味地記述了不同香客的禮佛方式和禮佛心理。

相比而言，西藏藏民們對佛教的信仰是最令人感佩也最令人嘆服的，他們的拜佛方式可謂感天動地，絕對是一種超乎世俗之外的精神追求：

「他們要幹一輩子活兒，在風裡雪裡苦熬自己，哪裡有草有水就隨著牛羊遷徙而居。當然最可怕的還不屬這些苦難，而是那一種祖祖輩輩無法解脫的孤寂，這就必然地會在他們心上重壓著一座座神的大山，迫使他們永遠要低首下心地匍匐叩拜，長跪不起！我看見他們向著拉薩聖城區方向，有的成群結隊，有的飄零一人，急急

地趕著路，臉上淌著黑色的汗水，頭髮亂蓬蓬的像是乞討人，卻是一絲不苟地一步一磕頭，真正的五體投地，心神俱誠。身體累得搖搖晃晃，臉上卻洋溢著難以言傳的滿足感——據說只要能到達拉薩，就是死了也是進入了天堂。因此，那些上不了路的藏族婦女，將她們幾十萬元的頭飾首飾包成一個小布包，托路人帶往拉薩，捐給寺廟，連名都不留一個......」

（《天街生死界》，韓小蕙《名人文化遊》）

磕等身長頭是藏傳佛教信徒重要的敬佛方式。許多信徒從千里之外的家鄉出發，帶著朝聖者不屈不撓的信念，翻山越嶺，風餐露宿，一路磕頭到拉薩。他們把這種朝聖的經歷視為一生的榮耀。一路上除了唸經很少說話，合掌於胸前，舉至鼻尖、額頭，前僕，五體投地，三步一個等身長頭。這種宗教鼓舞下的熱情以及熱情支撐下的毅力，讓人陡生敬畏。遊客王進曾經在《在雪域高原虔誠地朝聖》一文中這樣寫道：

「在大昭寺，許許多多男女老少在那裡一次接一次地赤裸著雙腳五體投地磕等身長頭，有的人俯臥在青石板上喃喃祈禱久久不肯起來。這些堅硬的青石板經過千百年來信徒們身體的摩擦，已凹陷成等身深槽，如玻璃般光滑。這些信徒來自各地藏區，他們翻越高聳入雲的雪山，涉過奔騰咆哮的河川，從千多公里之外，以極大的毅力和無比的虔誠，一步一個等身頭磕到拉薩大昭寺。為了完成這個心願，他們耗盡精力，在他人的幫助下，用一年甚至更長的時間用身體丈量世界屋脊的每一寸土地，一些人往往倒斃在漫漫路途中。」

除了磕等身長頭外，信徒拜佛最常見的方式是手拿轉經筒，口念六字真經——「嗡、嘛、呢、叭、咪、吽」。六字真經中，「嗡」表示「佛部心」，「嘛呢」表示「如意寶」，「叭咪」表示「蓮花部心」，「吽」表示「金剛部心」。這六字真言源於梵語，

在佛教徒和信徒心中具有無可比擬的神聖感和魔力。他們認為只要持之以恆反覆誦唸六字真言，便能得到佛的加持，最後功德圓滿，解脫輪迴，達到成佛的意願。

內地的香客則另有一種祭拜儀式，這種儀式雖不如藏族信徒那麼艱辛，但也是非常虔誠的：

「一夥一夥來這裡朝山拜佛的僧尼香客，多要摘下自己的巾帽香袋，或從包裹裡取出袈裟，花上一元錢，請出地藏菩薩的玉印，蓋在衣物之上……大概是想留下朝拜蓮花佛國的永久紀念吧……每到地藏成道之日，國內外眾多香客均來此朝拜施捨，即使平日，拜塔的香客也是摩肩接踵，他們腿綁護膝，肩攜香袋，一步一叩，爬上81級筆直陡峭的石階，獻上供奉，環繞殿塔跪行數匝……香客則是老者居多，相互攙扶，神態莊重，行三五步，就要向大臺遙遙一拜，見塔燒香，見佛叩頭。行進間，若遇石級鬆動，即刻找來石塊鋪墊整治直至穩固。九華山通向各處的石板山徑約二十四萬餘級，至今尚在，想必是代代香客勞作所至。」

（徐向東《上九華山，入佛國》）

鄉村中的信佛人則沒有那麼執著，但也心無旁騖地虔心皈依，春夏秋冬，日復一日，年復一年，持久而堅韌：

「柴門之內，她們虔誠端坐，執佛珠一串，朗聲唸完《心經》一遍，即用手指撥過佛珠一顆。常常一串佛珠，全都撥完了，才拿起一枚桃木小梗，蘸一蘸硃砂，在黃紙關牒上點上一點。黃紙關牒上印著佛像，四周都是密密麻麻的小圈，要讓硃砂點遍這些小圈，真不知需要多少時日。夏日午間，蟬聲如潮，老太太們唸佛的呻吟漸漸含糊，腦袋耷拉下來，猛然警醒，深覺罪過，於是重新抖擻，再發朗聲。冬日雪朝，四野堅冰，佛珠在凍僵的手指間抖動，衣履又是單薄，只得吐出大聲佛號，呵出口中熱氣，暖暖手指。」

（余秋雨《廟宇》）

　　鄉村信徒拜佛唸經常常是一種文化氛圍帶動的結果，而不是個人的信仰使然，就像余秋雨所記憶的那樣，拜倒在佛像前的婦人們是在人山人海的氛圍下失卻了自身而隨著大多數人跪下來的：

　　「不知幾個月後，廟中有一節典，四村婦人，皆背黃袋，衣衫乾淨，向廟中趕去。廟中沸沸揚揚，佛號如雷，香煙如霧。莊嚴佛像下，緇衣和尚手敲木魚，巍然端然。這兒是人的山，人的海，以人之於眾人，如雨入湖，如枝在林，全然失卻了自身。左顧右盼，便生信賴，便知皈依。兩膝發軟，跪向那布包的蒲團。」

（余秋雨《廟宇》）

　　也有的香客並不像前者那麼認真。他們有的因生活中某種特殊的事情或者要求而去寺廟許願、還願，還有的在旅遊過程中順便為家人、朋友祈求好運。對於這些香客的描寫，遊記中表現出了厚重的世俗趣味。如蕭紅在《長安寺》中寫到的一個香客形象：

　　「過年的時候，這廟就更溫暖而熱氣騰騰的了，燒香拜佛的人東看看，西望望。用著他們特有的幽閒，摸一摸石橋的欄杆的花紋，而後研究著想多發現幾個橋下的烏龜。有一個老太婆背著一個黃口袋，在右邊的胯骨上，那口袋上寫著「進香」兩個黑字，她已經跨出了當門的殿堂的後門，她又急急忙忙地從那後門轉回去。我很奇怪地看著她，以為她掉了東西。大家想想看吧！她一翻身就跪下，迎著殿堂的後門向前磕了一個頭。看她的年歲，有六十多歲，但那磕頭的動作，來得非常靈活，我看她走在石橋上也照樣的精神而莊嚴。為著過年才做起來的新緞子帽，閃亮的向著接引殿去朝拜了。佛前鐘在一個老和尚手裡拿著的鐘錘噹噹當地響了三聲，那老太婆就跪在蒲團上安詳地磕了三個頭。這次磕頭卻並不像方才在前面殿堂的後門磕得那樣熱情而慌張。我想了半天才明白，方才，就是前一刻，一定是她覺得自己太疏忽了，怕是那尊面向著後門口的

佛見她怪，而急急忙忙地請他恕罪的意思。」

有的時候，在偏遠的農村，人們將吃齋唸佛當作一種特殊地位的象徵，比如在余秋雨的文化遊記中有這樣的描述：

「自幼能誦《般若波羅蜜多心經》。當然不懂其義，完全是從鄉間老嫗們的口中聽熟的。柴門之內，她們虔誠端坐，執佛珠一串，朗聲唸完《心經》一遍，即用手指撥過佛珠一顆......

年輕的媳婦正在隔壁紡紗、做飯。婆婆是過來人，從紡車的嗚嗚聲中可以辨出紡紗的進度，從灶火的呼呼聲中可推知用柴的費儉。唸佛聲突然中斷，一聲咳嗽，以作儆示，媳婦立即領悟，於是，唸佛聲重又平和。媳婦偶爾走過門邊，看一眼婆婆。只等兒子長大成家，有了媳婦，自己也就離了紡車、灶臺，拿起佛珠。」

（余秋雨《廟宇》）

5.焚香、鐘聲、誦經聲給人的虛幻縹緲之感

如果說人們透過廟堂、神像和僧人認識佛教、瞭解佛教更多的是一種理性的活動，那麼，當人們經過艱苦的攀登，站在雄偉的廟堂之上，面對慈悲而帶有神秘微笑的高大佛像，看著眼前香煙繚繞，聽著鐘聲隨著倒拜的信客們一下一下地敲響和四周有和尚肅穆地邊敲木魚邊高聲誦經，相信他們會在剎那間感到佛教的神聖和莊嚴，這時他們對於佛教的感悟是感性的，特殊的氛圍給人的感覺久久縈繞在他們的心中，揮之不去。這種感覺記述在遊記中，便成為普通人認識和理解佛教乃至醒悟人生的絕好材料。遊記中記述的這些感悟有的非常精彩，常常是一種思考、一種徹悟，也是一段沁人心脾的優美文字。

鄭振鐸在《大佛寺》一文中表達了他的感悟——人是渺小與空虛的，信仰對安撫人心靈具有重要意義：

「你是被圍抱在神秘的偉大的空氣中了。你將覺得你自己的空

虛，你自己的渺小，你自己的無能力；在那裡你是與不可知的運動、大自然、宇宙相遇了。你將茫然自失，你將不再嗤笑了。」

接著他又深深感慨道：

「那些信仰者是有福了呵，我們那些不信仰者，終將如浪子似的，似秋葉似的萎落漂流在外麼？」

馬力聽到僧人超度亡靈的歌唱，對生死的相隔與相融有了新的認識：

「面前禮佛的僧眾依舊用悠揚的歌唱，去超度早逝的魂靈。那些逝者的忠孝後代，則把恭敬篤信的目光，望定誦經法師，從他們的神色變化和蠟燭美麗的光暈中，捕捉著慰藉，將因果寄託於輪迴，排遣對於人生禍福的杞憂——佛之世界極宏博，極玄遠，把生與死永永融合，生命存在與消逝間的界碑在一片堅定信仰中已消融至無。」

（馬力《夜在九華》）

對於大多數人而言，佛教文化的厚重給人的感覺是不確定的，葉永烈先生感到了陌生和隔膜：

「這些年來，我履跡處處，逢寺觀光，常見金佛璨然，常聞香火撲鼻，常聽鼓鈸齊鳴，殿宇井然，佛事興盛。僧人潛心修行，信徒頂禮膜拜，一片昇平景象。然而，徜徉佛園，常有一種陌生感、隔閡感、困惑感、無知感。」

（葉永烈《行走中國·古剎老僧》）

馬力先生感到了模糊，將之比作一種氣味、一種無法言說的縹緲世界、一種敬畏的感覺：

「佛寺多建在山深處，人家找不到至少也要不易找到的地方，使肉體同人間隔絕。精神呢？不好說，寺在高處，佛家的精神亦是

向上的，至少不入地。入臺懷鎮，最先望到那尊舍利白塔，梵剎禪林在茂林之中盡顯輝煌之色，立刻就可以嗅到佛家的氣味……前面講到佛家氣味，這是一種模糊的說法，一種感覺。究竟是什麼，不易表述清楚。若從生活角度出發，我贊成張中行先生的歸納，即慈悲心、依託感和淡泊觀。」

（馬力《走遍名山·五臺山記》）

「佛菩薩的目光從蓮臺垂射下來，寧靜、邈遠。佛身本是照著人形塑出的，誰又能領受到世俗的感覺呢？殿堂的大雄之氣在僧伽的唱誦聲裡直懾人心，帶了檐翼的樓臺彷彿要在浮動的煙氣中飄上天去。人便入了夢……寺牆圍住的雖是一片磚木的殿堂，更是一個無法言說的世界。走入，恍若真就能看見了須彌。蓮化葉上安坐者佛陀，從矇矓的眼神深處，我悟到的是一種永恆的平靜，又因難以參透它的玄妙與深微而叫人敬畏。」

（馬力《走遍名山·嵩岳泉石》）

佛教的氛圍除了給人一種虛無縹緲之感以外，也有令人振奮的時候，毛繼增在《扎什倫布寺聽藏樂》一文中記述了這種情景：

「扎什倫布寺宗教樂隊的演奏，由於場合不同而曲目不一，乍聽，這些樂曲有些近似；仔細品嚐，卻各具風姿。演奏中，每種樂器的數量有所增減，它們都能發揮自己的藝術性能，時而筒欽低奏，使人置身於虛幻的神奇境界；時而鼓鈸齊鳴，令人振奮不已。」

6.佛理、禪趣給人的明慧、深邃之感

在旅遊文學作品中表現佛教精神，特別是佛教的禪趣和理趣，是一種更高的藝術修養，也是一種純粹的審美境界。在現當代文壇中，有些文學大家不同於一般的旅遊文學創作者，他們或者由於出身於宗教信仰家庭，或者由於自身的獨特經歷，對佛教有深刻的理

解或者精神上的皈依，前者如現代著名作家許地山、俞平伯，後者如廢名、豐子愷等。他們表現在文學作品中的佛教情緒和佛教情結更為強烈，往往成為其文學創作的一個特色，區別於其他文學家。在這樣的文學作品中，作家對佛教的表現不僅限於對一般的廟宇、僧眾抑或是佛家活動儀式的表象描繪，而是傳達一種內在的精神氣質。

　　許地山正是這樣一位作家。許地山曾經多年鑽研佛法，精通佛理，在文學創作中把佛教思想與自己的文藝觀聯繫起來，並且把佛教的義理滲透在文學作品中。他是五四新文學運動中湧現的一位獨樹一幟的作家。著名作家沈從文曾在1930年代就其獨特的創作風格說過這樣的話：

　　「在中國，以異教特殊民族生活作為創作基本，以佛經中邃智明辨筆墨，顯示散文的美與先，色香中不缺乏詩，落華生為最本質的使散文發展到一個和諧的境界的作者之一（另外是周作人、徐志摩、馮文炳諸人當另論）。這調和，所指的是把基督教的愛慾，佛教的明慧，近代文明和古舊情緒，糅作在一處，毫不牽強地融成一片。」

　　沈從文的這種感悟在許地山的散文集《空山靈雨》弁言中有清晰的表現，許地山在弁言中寫道：

　　「生本不樂，能夠使人覺得稍微安適的，只有躺在床上那幾小時，但要在那短促的時間中希冀極樂，也是不可能的事。自入世以來，屢遭變難，四方流離，未嘗寬懷就枕。在睡不著時，將心中似憶似想的事，隨感隨記；在睡著時，偶得趾離過愛，引領我到回憶之鄉，過那遊離的日子，更不得不隨醒隨記。積時累日，成此小冊。以其紛紜雜沓，毫無線索，故名《空山靈雨》。」

　　許地山生活的年代是充滿苦難的年代，國家處於無休止的戰火中，普通民眾流離失所，朝不保夕，他個人也經歷了家境敗落、顛

沛流離甚至喪妻之痛，這些痛苦不堪的生活遭遇使他對佛教中主張的「生本不樂」思想有痛徹的感悟，他說：「生命即是缺陷的苗圃，是煩惱的秧田。」他的散文《蟬》描寫了蟬在急雨中無法逃生，只能聽天由命，表現了弱小者面對死亡的無奈。這篇散文借蟬的形象揭示了人生的痛苦，表達了「生本不樂」的思想。

在現代作家中，表現濃厚的佛教意識和佛教精神的作家還有豐子愷。豐子愷是中國現代文藝史上一位難得的藝術家。他的散文充滿情致與哲理，他的漫畫，用著名散文家俞平伯的話說如「一片片落英都含蓄著人間的情味」。他被稱為「現代中國最像藝術家的藝術家」。

豐子愷除了是一位了不起的藝術家，還是一位著名的居士，受其恩師弘一法師（李叔同）的影響，與佛教結緣。在豐子愷的藝術世界裡，佛教意識或者佛教精神主要體現在對緣、真與和諧境界的表現上。緣是佛教的基本理念，「緣集則法生，緣去則法滅」講的是宇宙萬法包括物質上的外境與精神方面的心識都由緣而生起。豐子愷將自己的書房命名為「緣緣堂」，將散文集定名為《緣緣堂隨筆》，佛教意味十分鮮明。佛教重視人的佛性，也就是「清淨心」的追求，而這種不受塵世影響的清淨心集中體現在兒童身上，這是歷代受佛教影響的文學家特別崇尚童心、禮讚童心的原因。豐子愷也不例外。他自己曾經有過這樣的表述：「聖書中說：你們不像小孩子，便不得進入天國。小孩子真是人生的黃金時代！我們的黃金時代雖然已經過去，但我們可以因了藝術的修養而重新面見這幸福，仁愛，而和平的世界。」「藝術家的同情心，不但及於同類的人物而已，又普遍地及於一切生物無生物，犬馬花草，在美的世界中均是有靈魂而能泣能笑的活物了。」「護生者，護心也。去除殘忍心，長養慈悲心，然後拿此心來待人處世……這是護生的主要目的。」在這些充滿情致的語言中，透露著作者藝術追求中融合佛教思想的訊息。豐子愷的散文包括遊記，常選材於平淡生活中最為常

見的場景，但在平淡之中能夠表現出自然和諧的格調，表現生活化了的佛理。如遊記《山中避雨》，作者寫了與兩個女孩遊西湖途中遇雨的經歷。文中寫道：

「在山中小茶店裡的雨窗下，我用胡琴從容地（因為快了要拉錯）拉了種種西洋小曲。兩女孩和著了歌唱，好像是西湖上賣唱的，引得三家村裡的人都來看。一個女孩唱著《漁光曲》，要我用胡琴去和她。我和著她拉，三家村裡的青年們也齊唱起來，一時把這苦雨荒山鬧得十分溫暖。我曾經吃過七八年音樂教師飯，曾經用piano伴奏過混聲四部合唱，曾經彈過Beethoven的sonata。但是有生以來，沒有嘗過今日般的音樂的趣味。」

作者所言的趣味並非僅僅是雨檐下的拉琴與歌唱，而是在琴聲與歌聲中體會到的和諧與溫暖，這正是佛教中倡導的境界，讀來令人備受感動。

生活中有許多事隱隱約約地帶有喜劇意味，同時又絲絲縷縷地有著因果聯繫，對此豐子愷能夠敏銳地發現並傳神地表達出來，即使是對令人沮喪的事情也帶有一種欣賞的眼光，表現出了與眾不同的生活態度。如《半篇莫干山遊記》。這是一篇不是遊記的遊記，寫的是豐子愷與朋友相約到莫干山遊玩時發生在半路上的小插曲，文章一開始就充滿了偶然性：

「他是昨夜到杭州的，免得夜間敲門，昨晚宿在旅館裡。今晨一早來看我，約我同到莫干山去訪L先生。他知道我昨晚寫完了一篇文稿，今天可以放心地玩，歡喜無量，興高采烈地叫：『有緣！有緣！好像知道我今天要來的！』我也學他叫一遍：『有緣！有緣！好像知道你今天要來的！』」

而當兩人到汽車站打聽出發時間時，沒想到車子馬上就要出發，於是兩人匆匆買票乘車向綠野中駛去。

「坐定後，我們相視而笑。我知道他的話要來了。果然，他又興高采烈地叫：『有緣！有緣！我們遲到一分鐘就趕不上了！』我附和他：『多吃半碗粥就趕不上了！多撒一場尿就趕不上了！有緣！有緣！』車子聲比我們的說話聲更響，使我們不好多談『有緣』，只能相視而笑。」

車到半路拋錨了，兩人於是又獲得了不曾想到的經歷。

「我們望見兩個時髦的都會之客走到路邊的樸陋的茅屋邊，映成強烈的對照，便也走到茅屋旁邊去參觀。Z先生的話又來了：『這也是緣！這也是緣！不然，我們哪得參觀這些茅屋的機會呢？』他就同閒坐在茅屋門口的老婦人攀談起來。」

文中幾個「有緣、有緣」表現出了一種心態，既有有朋自遠方來不亦樂乎的興奮，也有隨遇而安的平靜，與此同時，作者還表現出了對生活的欣賞態度。作者寫汽車司機和乘客對待汽車拋錨的不同態度：

「許多乘客紛紛地起身下車，大家圍集到車頭邊去看，同時問司機：『車子怎麼了？』司機說：『車頭底下的螺旋釘落脫了！』說著向車子後面的路上找了一會兒，然後負著手站在黃沙路旁，向綠野中眺望，樣子像個『雅人』。乘客趕上去問他：『喂，究竟怎麼了？車子還可以開否？』他回轉頭來，沉下了臉孔說：『開不動了！』乘客喧嘩起來：『拋錨了！這怎麼辦呢？』有的人向四周的綠野環視一週，苦笑著叫：『今天要在這裡便中飯了！』咕嚕咕嚕了一陣之後，有人把正在看風景的司機拉轉來，用代表乘客的態度，向他正式質問善後辦法：『喂！那麼怎麼辦呢？你可不可以修好它？難道把我們放生了？』另一個人就去拉司機的臂：『噯，你去修吧！你去修吧！總要給我們開走的。』但司機搖搖頭，說：『螺旋釘落脫了，沒有法子修的。等有來車時，托他們帶信到廠裡去派人來修吧。總不會叫你們來這裡過夜的。』乘客們聽見『過

夜』兩字，心知這拋錨非同小可，至少要耽擱幾個鐘頭了，又是咕嚕咕嚕了一陣。然而司機只管向綠野看風景，他們也無可奈何他。於是大家懶洋洋地走散去。許多人一邊踱，一邊罵司機，用手指著他說：『他不會修的，他只會開開的，飯桶！』那『飯桶』最初由他們笑罵，後來遠而避之，一步一步地走進路旁的綠蔭中，或『矯首而遐觀』或『撫孤松而盤桓』，態度越悠閒了。」

　　乘客們的急不可耐是可以想見的，而司機的不慌不忙，表現出來的「雅人」之態，或「矯首而遐觀」或「撫孤松而盤桓」的閒適之狀，不能不令人啞然失笑，具有幽默的對比效果。但誰又能說這不是一種生活的哲學呢？相比於乘客的不滿與無奈，朋友興致勃勃，作者自己則顯得平靜而恬淡，他寫到了老婦人家門前的紅櫻桃：

　　「我和Z先生就走過去觀賞她家門前的櫻桃樹。看見青色的小粒子果然已經纍纍滿枝了，大家讚歎起來。我只吃過紅了的櫻桃，不曾見過枝頭上青青的櫻桃。只知道『紅了櫻桃，綠了芭蕉』的顏色對照的鮮美，不知道櫻桃是怎樣紅起來的。一個月後都市裡綺窗下洋瓷盆裡盛著的鮮麗的果品，想不到就是在這種荒村裡茅屋前的枝頭上由青青的小粒子守紅來的。我又惦記起故鄉緣緣堂來。前年我在堂前手植一株小櫻桃樹，去年夏天枝葉甚茂，卻沒有結子。今年此刻或許也有青青的小粒子綴在枝頭上了。我無端地離去了緣緣堂來作杭州的寓公，覺得有些對它們不起。我出神地對著櫻桃樹沉思，不知這期間Z先生和那老婦人談了些什麼話。」

　　對佛教的虔誠信仰使豐子愷的遊記充滿了對普通生活細節的關愛之情。他的描寫纖細周備，情趣盎然，表現了通透的智慧和慈悲平等的心懷，還有謙和的精神和恭敬的態度，這些看似平常卻是常人不容易做到的。

　　不同的人對佛教的理解各有側重，表現在文學創作上，對佛教

思想的表現也各有不同。許地山表現的是「生本不樂」；豐子愷表現的是善與和諧；而廢名則表現了一種禪的精神，淡泊、寧靜、從容、舒緩。

在現代文學史中廢名是一位奇才，他曾經大量閱讀佛學經典，並參禪修道，達到了相當高的境界。他的文學創作與禪佛之學緊密相連，最突出的特點是靜寂意境的營造。廢名常常透過直覺表達對自然、人生的頓悟。如他的著名散文《樹與柴火》，文章從孩子上山揀柴寫起，這件在農村再平常不過的事情，在作者的筆下顯得那麼神聖而莊重：

「我記得我那時喜歡看女子們在樹林裡掃落葉拿回去做柴燒。我覺得春天沒有冬日的樹林那麼的繁華，我彷彿一枚一枚的葉子都是一個一個的生命了。冬日的落葉，乃是生之跳舞。在春天裡，我固然喜歡看樹葉子，但在冬天裡我才真是樹葉子的情人似的……然而我看見我的女孩子喜歡跟著鄉下的女伴一路去采松毛，我便總懷著一個招待客人的心情，伺候她出門，望著她歸家了。現在我想，人類有記憶，記憶之美，應莫如柴火。春華秋實都到哪裡去了？所以我們看著火，應該是看春花，看夏葉，昨夜星辰，今朝露水，都是火之平生了。終於又是虛空，因為火燒了則無有也。莊周則說：『火傳也，不知其盡也。』」

字裡行間作者透過虛空表現了佛教中的禪意。

禪是什麼？現代著名詩人、美學家宗白華曾在《中國藝術意境之誕生》一文中這樣說：「禪是中國人接觸佛教大乘義後體認到自己心靈的深處而燦爛地發揮到哲學境界與藝術境界」的感悟，「禪是動中的極靜，也是靜中的極動，寂而常照，照而常寂，動靜不二，直探生命的本源」。世界是變化與永恆的統一，是虛幻形態與真實實質的統一，是心與物的統一，比如：雪山上潔白堅硬的是冰，吸收熱能變軟流下的叫水，加熱到100℃加調料叫湯，蒸發成

無色無味的叫氣，在半空中與塵形成霧，在天空中遠遠望去的是雲，落下來冰涼的是雨雪，凍起來的又是冰，其實統統都是水。世界萬物變來變去的是形態，是無常的──「是諸法空相」，「故常有，欲以觀其妙」；不變的是本質，是永恆的──「心中無一物」，「故常無，欲以觀其微」。廢名文中的「我們看著火，應該是看春花，看夏葉，昨夜星辰，今朝露水，都是火之平生了。終於又是虛空」，正表現了禪思由有到無的思維過程，廢名引禪入文，使文章充滿了靜謐幽深的意趣。

（三）現當代旅遊文學與道教

道教源於古代巫術，在古代，人們由於不能認識和駕馭自然力量，幻想冥冥中有神靈主宰世界，以祈禱、祭獻或巫術影響神的行動，形成最終的宗教意識。道教是地地道道的中國原生宗教，尊奉先秦時代的哲學家老子為創始人，奉老子為教祖，尊稱「太上老君」，以《道德經》為主要經典。但道教的思想與老子的思想並不完全一致。

作為有組織的宗教實體，道教由張陵於東漢順帝時在四川鶴鳴山創立。道教創始之初，入道者須繳納五斗米，因此又被稱為「五斗米道」。在中國傳統文化結構中，道教與佛教一樣，是中國傳統文化的核心內容之一，對中國文化的傳承與發展造成了重要作用。道教與佛教之間既有區別又有聯繫，許多方面還互相借鑑，互通有無。

1.現當代旅遊文學作品中的道教名山與宮觀

以道教聞名的名山往往傳說有神仙在上面居住，祭祀神靈的宮觀與周圍秀麗的風景和諧統一，宮觀的建築也儘量創造一種神仙境界，因而給人留下了與佛教名山完全不同的遊覽感受。這一點旅遊

文學家早已經注意到並進行比較了：

　　「佛道均喜山林氣。道士擇山，更偏於危峭。隴東的崆峒山、贛北的三清山在我看，較五臺、普陀崢嶸，雖則未及九華、峨眉秀潤如花。武當山也是這樣。我在山下的老營抬眼一望，聳壑昂霄，凌虛之氣在佛山之上……遊金頂諸殿。絕崖聳樓觀，『廊腰縵回，簷牙高啄』，古代的工匠真是充滿浪漫的奇想。人在縹緲間，望楚天，不仙而自仙。魏晉道人喜誦仙遊詩，歌步虛詞，得白雲翠微之氣也。有一位年輕道士在窗前吹笛，奏《仙家樂》……耳畔清揚樂和之聲，我走過高供真武的金殿與繞山之牆，仙步飆颺，好像在雲霧裡飄。」

　　（馬力《武當春行》）

　　「登山將五十步，過一亭為步雲亭，亭後，矗立著一塊五六丈高的大石碑，上刻『齊雲仙境』的四個大字，工整勻巧，不識是何人的手筆。山路兩旁，桃花雜樹很多，中途的一簇古松尤奇而可愛；寂靜的正午太陽光下，一步一步的上去，過古松、望仙等亭，人為花氣所醉，渾渾然似在做夢；只有微風所惹起的松濤，和採花的蜂蝶的鳴聲，時要把午夢驚醒，此外則山靜如太古，不識今是何世，也不曉得自己的身子，究竟到了什麼地方。」

　　（郁達夫《遊白岳齊雲之記》）

　　「以道家的眼看，通天是升仙的極境。這可以從魏晉仙公葛玄的遊仙詩中去品味，所謂『飛駕御九龍，飄飄乘紫煙』，出入天地人三界，汗漫期於九垓之外。這終歸是在幻想世界裡打轉，所得也未必佳，至多超出常人一步，飲食於山林，繼之以嘯歌，精神飄遊而身仍在世間，有遺憾，姑且也可以安心。在道教中人那裡，深山之上的宮觀，有朝市所不能獲得的東西。依此理，我越朝天門，過遇真宮，站在四百級之數的上天梯前，抬眼望它連雲直上的氣勢，真彷彿是通往仙境的路。」

（馬力《雲間崆峒》）

2.現當代旅遊文學作品中的道教神靈

　　道教的神仙世界是中國古代封建統治體系更為直接的投影。道教的神祇，上至玉皇大帝（或天尊），下至土地公，都是人間各級統治者的神聖化，不過多少加以誇張、美化，更加雍容華貴而已。從這一意義上來說，道教雕塑的各種神像是認識封建社會生活的一宗相當豐富的形象資料。這一特點早已被遊記文學家發現並作了深刻的分析。著名油畫大師吳冠中先生注意到，道教神仙常常被塑造成帝皇或者官宦的富態相。無論是長於治水的大禹還是勇猛殺敵的將軍岳飛，甚至嘔心瀝血的諸葛亮都被塑造成了差不多的模樣：都是一副衣冠楚楚、寬袍大袖、冠帶端莊、心寬體胖、五綹長鬚、慈眉善目的官相或者福相。實際上如果按照這些人物的功績和性格特點來塑造的話，會更加感人。吳冠中先生在遊記中寫道：「小中學時代曾讀過大禹治水的故事，據說他吸取前人用『堵』治洪的失敗教訓，改用疏導的方法，用全身心投入緊張的治水工程，三過家門而不入。動腦筋，盡體力，真是孟子所說天將降大任於斯人也，必先苦其心智，勞其筋骨，大禹就是這樣一個最典範的人物，他造福於中華民族，受子子孫孫的膜拜。我們想像大禹其人該是戴草帽、赤腳、露臂，鬍子頭髮是凌亂的，常沾滿汙泥......我們想拜抗洪中的大禹本人、本色，而不是這個概念中的帝皇模樣。大禹陵前站立者並非大禹也。此大禹如與成都都江堰的李冰易位，人們也辨不明誰是誰非。」「《滿江紅》中『怒髮衝冠』、『壯懷激烈』的岳飛早銘刻在我們心中，正因為國的將軍被害於風波亭，才引發了千載人們的憤怒，激發了千載人們的愛國熱情。讓後人膜拜，應塑造被綁往刑場，即將被害前瞬間的岳飛，那悲壯的一幕才是歷史的真實，岳飛之為偉大的岳飛的悲劇濃縮。」諸葛亮則應該被塑造成一個「瘦瘦的思想者」形象，而不是五綹長鬚的富態菩薩。吳冠中先生在文章裡進一步分析了產生這種現象的原因：「我們的民族文化

有著非常濃厚的官本位意識，一切以官為至上，以官為指歸。這麼多圓臉團團的菩薩被塑造出來......這當中，既有官本位思想帶來的官為正統、以官相為美的民族審美意識的影響，也有官本位的思想框框對藝匠活躍創造力的扼殺。」

道教神仙形象中具有較高藝術價值的作品也有不少，如山西太原晉祠聖母殿的侍女塑像、陝西三原城隍廟的女侍塑像、西安東嶽廟的侍臣塑像、湖北均縣武當山的銅鑄神像、北京白雲觀的若乾泥塑神像等。在文學家的眼中，人物形象只有充滿生活氣息才是最動人的。山西太原晉祠聖母殿的侍女塑像比聖母本人更具吸引力，主要是因為侍女被塑造得栩栩如生，生活氣息濃郁，而聖母本人則比較概念化。郭風在《泉州日記》中也以此審美標準來審視泉州清原山老君岩上的巨型老君雕像：「老君岩有一尊巨型的石刻老君坐像，我以為，此乃一件宋代的藝術杰作。在這裡，民間的、沒有署名的雕刻藝術家，把李老君的形象作了很好的藝術處理。這尊巨型石雕的藝術形象，在我看來，是一位尋常老百姓家的、隨時能夠親近的、心平氣和的長壽老人的藝術形象。我感到，在這裡，民間的、佚名的雕刻藝術家摒棄了世俗對於神的超現實的臆造以及虛構，而還給中國古代某位哲學思想家（例如李老君）以親近人民的本來面目。」

3.現當代旅遊文學中的道教及其思想

旅遊文學對道教及其思想的表現有三個層面，一是一般旅遊文學作品中對道教名山宮觀、民俗風情等的直觀描述；二是導遊詞中對道教及其思想的客觀、全面的介紹；三是作者受道教思想影響，在作品中表現出來的道教意味濃厚的審美傾向和審美趣味。

在日常生活中，人們對道教既熟悉又陌生，因此表現在旅遊文學作品中是道教常常既與普通人的生活聯繫緊密，又有些神秘。如何滿子在《逛玄妙觀》中記述的一段文字：

「玄妙觀一帶，就像上海城隍廟、南京夫子廟、開封相國寺那種光景。那天去時，遊人還真不少。小攤小鋪，賣膏藥、梨膏糖，賣盆花，賣鳥兒，賣蟋蟀的都有；還有牽猴子變戲法的漢子，吸引著一小圈觀眾。看相測字的迷信攤頭雖已被取締，但仍有一看就可以辨識的『地下』術士踅來踅去地在人群中兜生意……玄妙觀當然經過了歷代的重新修整，但巍峨的三清殿的主架結構看來還是唐宋舊物。殿裡的碑刻、石質雕欄都精緻而古樸，都用繩子攔著，不許遊人接近，只能遠處諦視一下。可是有兩三個頑皮的孩子，從繩下鑽進去，在一尊什麼天尊的座下側著耳諦聽著什麼。問來的遊人，才知道據傳說，這尊神像座下有一個洞孔，側著耳細聽可以聽到海水，好像還與八仙過海的神仙故事有牽連。據說，解放前有人要聽一聽，管事的道士就要收一兩個銅圓的費，每天也可有一兩元的進帳。想來不過是道士故炫神奇的斂錢的花樣。」

在作者的筆下，這座坐落在市井之中的玄妙觀因其歷史悠久成為蘇州城的商貿中心，觀裡的道士也正是因為這裡商業的發達學會了就地取材做生意。道教其實在人們心目中就是別一種生活理念和生活方式。

坐落在高山叢林中的道教場所自然神秘感更濃一些。特別是一些道教中的洞天福地，內外設置均與道教教義緊密相連，對於普通遊客來講，在這些地方參觀遊覽的過程幾乎成為道教知識的學習過程，因此，表現在遊記作品中的思想和情感也帶有體驗生活的意味，如許欽文的《重遊玉皇山小記》中的記述：

「玉皇山上神秘的，固有的七星缸和八卦田以外新有了紫來洞的佈置。八卦田在山下，在平地看，只是幾畝田，登上玉皇山遠望，才有點像八卦形。實在也只是有點像，並沒有真正做到八卦的條件，連太極圖都沒有弄圓。七星缸雖然造起了七星亭，那七只起了鏽的鐵缸卻仍然歪歪斜斜地亂放在露天下。新佈置的紫來洞，附

近一帶都弄得很整齊；什麼像伏地，什麼獅嘯天，把許多塊岩石都新起了名稱。紫來洞由紫東道士經管起來。『紫氣東來』，確是道家的典故。《關尹子》載：『關令登樓四望，見東極有紫氣西邁，喜曰：應有聖人經過京邑，至期乃齋戒。其日果見老子。』不過洞口所題，牽連說道可道，非常道，名可名，非常名；其意如何貫通，未能瞭然。又在近旁岩石上鑿有『仁靜智流』四大字，大概由於『仁者樂山，智者樂水』的話，山是靜的，水是長流的，固然不錯。但這是儒家的見解，竟也做了『道山』的點綴。中國人在思想上，說得好聽點是和平，說得不好聽點是模糊，並無嚴密的區別。雖然和尚住寺院廟宇，道士住在觀裡，在喪家出殯，卻可以吹打在一起。一般人對於有點哲理思想的事情，往往因覺神秘而盲目地信仰。自然這只是過去的事情。不過西子湖畔，寺院和觀並立，和尚道士相安無事，也就不足怪了。」

導遊詞對道教的解釋是全面而客觀的。導遊詞作為旅遊文學中重要的一類，在旅遊過程中主要造成知識傳播和文化闡釋的作用。像道教這麼複雜和專業的內容，經過導遊詞的系統講解，自然易於被遊客所理解。好的導遊詞還可以提高遊客對道教的興趣，引導遊客正確認識和看待生活中的道教和道教信徒的生活。

如果說旅遊文學作品對遊客參觀道教場所的感受的記述是表面的，導遊詞對道教某個景點的介紹是具體的，那麼，一些滲透著道家審美理想和情趣的旅遊文學作品則是深刻而生動的。

道教思想內容複雜，和中國文化有著深刻而廣泛的聯繫，不論是在歷史上，還是在現在都對文學創作有著相當的影響。這種影響集中體現在文學創作者對道教的思想主張的瞭解和認同上。在道教的思想體系中，許多思想觀念對文學創作具有啟發意義。例如道教的自然無為、以柔克剛思想使陰柔成為中國文化中的重要成分，在文學創作和鑒賞上，陰柔美自成一格，作品追求從容徐緩、沉鬱豁

達、纏綿悱惻的特點。再如，道教十分重視「虛」的重要作用，認為「有生於無」，「唯道集虛」，「致虛極，守靜篤」，虛與實相對。這些在中國傳統文化結構中是基本的要素，表現在文學創作上的觀念就是虛實相生，那些追求作品言有盡而意無窮的藝術效果的作家，一定對道家的虛靜思想有很深的參悟。再有就是重視自然、崇尚自由的思想，道教反對人為物役，欣賞率性逍遙，還主張人應該輕功名、重生命。這種與世無爭的思想觀念能夠使人很容易地獲得自我解脫，獲得一種安然、釋然的心境，也頗得文人墨客的青睞，因此，淡泊便成為帶有古典特色的審美特徵在文學創作中被流傳著、繼承著。另外，道家對人間仙境和神仙世界的奇特想像也為文學家的浪漫主義創作傾向奠定了基礎。

在旅遊文學作品中，我們常常能夠體會到作家筆下的一種虛靜與淡泊的情懷，作者不但在青山綠水中領略了自然美，而且還得到了自然的虛靜給予人的心靈撫慰。如臺灣著名作家郭楓的《坐對一山青》，文中在表達對青山之美的感嘆和讚美之外，還表達了摒棄城市的喧囂、面對青山、開放心靈、與大自然溝通的暢快，道家思想在文中隱約可見：

「我愛這座山，我就愛這份平凡，它安靜地矗立在水之湄，不以巍峨震懾我，不以奇奧眩惑我，在金色的陽光下，卻自有一份莊嚴在……看這座山吧，每一片林子，每一塊綠坡，甚至每一片高舉的葉片上，都展示著最放縱的生命。不必解釋也不能解釋，我只能喃喃地獨語：這是神！……整整一個下午，我就這麼靜對著山，山也靜對著我。我心如鏡，映山的影子在我的光心；山谷空靈，寄我的遐思如雲；我的遐思如雲而如雲的遐思並非幻夢；山，熱情著哪！一山的清韻飲我，一山的秀餐我，要說幸福有許多種，就是在細的心也分析不出我的滿足，我陶然薰然以至於瞑然，像一個入定的老僧，垂下眼簾，恍惚中，我滿心都是山。」

三、現當代旅遊文學與時代社會文化

（一）古代優秀旅遊文化觀念——現當代旅遊文學繼承的豐厚遺產

現當代旅遊文學與古代旅遊文化是有淵源關係的，至少體現在三個方面：其一，中國傳統旅遊強調山水比德，而現當代旅遊文學也表現了旅遊對人心靈的淨化和對道德的提升作用的主題，這個方面它們是一脈相承的；其二，中國古代的許多文人墨客追求完全放縱、自由的逍遙遊，現當代也有不少人渴望擺脫來自各方面的束縛暢暢快快、一身輕鬆地遊玩，如今宣揚暢快遊的文學作品不在少數，這裡我們可以看到古代逍遙遊精神的一些影子；其三，中國古代向來有「讀萬卷書，行萬里路」的求學、求知傳統，如今也有不少年輕人把旅遊當作開闊視野、增長見識、豐富閱歷的方式，反映在旅遊文學作品中，就是當今眾多旅遊指南、導遊詞、文化旅遊之類讀物的湧現，追根溯源，這不能不說是中國旅遊求知的悠久傳統在當代的一種顯現。

1.山水比德觀念

中國古代社會是以倫理為本的傳統社會，因此旅遊活動也被賦予一種明顯的道德修身傾向。孔子「知者樂水，仁者樂山」之說是這種傾向的明確表達。也就是說儒家看待山水，主要看到的是其道德教化的意義，具體方法是首先賦予自然山水以人的道德品格，再透過旅遊從山水中獲得道德的啟示，達到道德教化的目的，這種觀念被稱為「山水比德說」。

山與水如何與人的道德發生聯繫呢？在孔子看來，山巍峨高聳，能夠接納叢生的草木，鳥獸在此繁衍生息；山屹立於天地之

間，承載風雲雨露，養育萬物，為人們提供生存所需的一切，仁者應該像山一樣安於義理，厚重不遷，以山為樂。水無私地滋潤萬物生長，似仁德；水遵循規律自高處向低處流淌，好像義；水即使跳躍萬仞山谷也毫不猶豫，這就是勇；深水高深莫測，像智慧；淺水雖柔弱但一樣周流，非常專注；水遇到阻礙也不停止；水能清潔汙物，像善一樣；水滿則平，公正無私，分寸適度；水奔騰向東百折不回，意志堅定。因此，水和山一樣為人們提供了諸多的道德規範，智者應該像水一樣具有水的諸多優良品格。

正因為孔子把遊山玩水同個人的修身養性結合起來，因此古代的文人都自覺不自覺地將旅遊視為陶冶個人性情的途徑，並在旅遊文學作品中留下了感想。孔子自己就有「登東山而小魯，登泰山而小天下」的語句，表達登山能夠開闊人的心胸的認識。范仲淹在《岳陽樓記》中表達了「先天下之憂而憂，後天下之樂而樂」的思想。李白《行路難》中的「乘風破浪會有時，直掛雲帆濟滄海」會讓人產生向上的力量和無堅不摧的信念，激勵人們戰勝困難和挫折。而其《夢遊天姥吟留別》中的「安能摧眉折腰事權貴，使我不得開心顏」更表達了一種傲視權貴、追求自由的人生觀。周敦頤在《愛蓮說》中盛讚「出淤泥而不染」的蓮花。陸游則一生鍾愛梅花，因為梅花不畏嚴寒，不懼冰雪，凜然開放於山崖水邊，不與百花爭艷，不因無人而不芳，是花中品格最高者。「閱盡千葩百卉春，此花風味獨清真」（《園中賞梅》）；「雪裡芬芳亦偶然，世人便謂占春前。飽如桃李俗到骨，何至與渠爭著鞭」（《雪後尋梅》）；「月中疏影雪中香，只為無言更斷腸。曾與詩翁定花品，一丘一壑過姚黃」（《梅花絕句》）；「雪虐風饕愈凜然，花中氣節最高堅。過時自合飄零去，恥向東君更乞憐」（《落梅》）；「逢時絕非桃李輩，得道自保冰雪顏」（《梅》），這些詠梅的詩句表達的正是陸游的人生理想。

以山水比德，賦予自然界的花草樹木人的品格，使旅遊過程不

僅僅是體驗自然之美，更要體悟自然之美中蘊涵的道德精神，這種思想意識已經成為中華文化的一個傳統，至今流傳。從旅遊文學的創作上看，這種思想鼓勵文人不僅要描畫自然山水的形態美，更注重挖掘山水的內在美，比如山水的氣質、意境、蘊涵等，使自然與人在精神上諧一。在這方面古代山水畫家和詩人有非常具體的體會，如南朝劉宋宗炳在《畫山水序》中寫道，畫山水要「應目會心」，以達到「萬趣融其神思」的目的。清代畫家石濤也主張「借筆墨以寫天地萬物而陶泳乎我」。在文人的筆下一些具有代表性的意象具有了固定的象徵意義，如竹子，竹外形纖細柔美，四季常青不敗，竹節畢露，竹梢拔高，被譽為高風亮節；竹子彎而不折，折而不斷，象徵柔中有剛的做人原則；竹子空心，象徵謙虛，因此在古代文人筆下經常托竹寓意，「寧使食無肉，不可居無竹」，「食無肉則瘦，居無竹則俗」幾乎成了文人的共識。另外，以蓮花喻高潔，以菊花喻淡泊，以蘭花喻優雅，以松柏寓意堅毅等，都是中華文化中盡人皆知的常識。在旅遊景點的佈置中，也貫穿著這種思想，特別是人造園林，這種思想體現得最為充分。在蘇州的古典園林裡，幾乎每一處山水、每一種花草都有講究，每一個亭臺的命名都有來歷，這些講究和來歷無不與建造者的理想追求和文化精神相聯繫，成為園林主人思想情感的最好註釋者。

對於自然山水，文人除了在文學作品中表達山水與道德相統一的認識之外，還喜歡給景點取一個道德意味濃郁的名稱來表達這種意念。如唐代大散文家韓愈在他的《燕喜亭記》中把山丘取名為「俟德之丘」，說它「蔽於古而顯於今，有俟德之道」；把山谷取名為「謙受之谷」，指出它有謙虛之美德；把池塘取名為「君子之池」，因為它「虛以鍾其美，盈以出其惡」；把泉之源取名為「天澤之泉」，因為它「出高而施下」，典型地表現了山水比德思想。

2.逍遙遊的觀念

逍遙遊是道家思想的創始人莊子的哲學思想。莊子對人生的認識與孔子截然不同，他認為人生應該以自由快樂為目的。莊子用有趣的寓言故事來說明他的哲學主張，其中「遊」的概念和境界是最被推崇的。在莊子看來，「遊」的境界就時空來說是不侷限於一地，是開闊遠放的自由；就心境來說是不執著於某事，是輕鬆自得的暢快，「遊」可以使人獲得自由快樂，獲得心靈的解脫。莊子這一思想的核心是對天然之美的推崇。他反對儒家倡導的禮義規範，認為那些繁文縟節會使人失去淳樸的天性，而主張返璞歸真，回歸自然。

　　《莊子·知北遊》中說：「天地有大美而不言，四時有明法而不議，萬物有成理而不說。聖人者，原天地之美而達萬物之理，是故至人無為，大聖不作，觀於天地之謂也。」莊子的這段話說明天地、四時、萬物都按照自身規律運行，造就了自然界的和諧與生生不息。這種和諧之美都是大美，是真美。莊子讚賞不經雕琢的天然之美，尤其是對自然的生命非常讚賞。他說，讓鳥「棲之深林，遊之壇陸，浮之江湖」，在天地間自由翱翔，才最美麗。人的生命也一樣，人類只有回歸自然，與山林為伍，與鳥獸同樂，才能獲得絕對自由，才會出現「至德之世」的美好社會。

　　受莊子這種逍遙遊思想的影響，古代文人提出了「暢神」說，就是旅遊活動以獲得心神舒暢為最大的愉悅和滿足。魏晉時代這種認識得到了強化和推廣。山水畫家宗炳平生「眷戀廬衡，契闊荊巫，不知老之將至」，他說：「閒居理氣，拂觴鳴琴，披圖幽對，坐究四荒，不違天勵之叢，獨應無人之野。峰岫嶢嶷，雲林森眇，聖賢映於絕代，萬趣融其神思，余復何為哉？暢神而已。神之所暢，孰有生焉！」王羲之在《蘭亭集序》中也講：「天朗氣清，惠風和暢。仰觀宇宙之大，俯察品類之盛，所以遊目騁懷，足以極視聽之娛，信可樂也。」他們所說的「暢神」和「遊目騁懷」正是對旅遊審美親身體察和感悟的總結。這種「暢神」的旅遊審美意識表

現在文人的筆下就是張揚個性的寫作風格的形成。魏晉以後的旅遊文學作品中，遵循「比德說」、重視道德塑造的固然很多，而受「逍遙遊」思想影響、純粹抒發個性的詩文同樣也在逐漸增多。到了明代，「心學」的興起、「童心說」的流行和「性靈」文學的發展，使「暢神」觀念更加普及，遊山玩水作為怡情養性的手段吸引了更多的文人，旅遊文學作品也更加傾向於弘揚人的個性。「獨抒性靈」與「暢神」一脈相承，在作品中表現自然山水、自然性情。表現對山水自然的痴迷與熱愛，成為明代士大夫旅遊文學作品突出的特徵之一。如獨抒性靈思想的提出者、著名的旅遊文學作家袁宏道的遊記散文表現了對大自然的熱愛，對官場的厭倦，充滿了疏放不羈的精神。如他的《滿井遊記》　：「高柳夾堤，土膏微潤，一望空闊，若脫籠之鵠。於時冰皮始解，波色乍明，鱗浪層層，清澈見底，晶晶然如鏡之新開而冷光乍出於匣也......凡曝沙之鳥，呷浪之鱗，悠然自得，毛羽鱗鬣之間皆有喜氣。始知郊田之外未始無春，而城居者未之知也。」這篇清新的寫景小品文生動地表達了一個一冬都「侷促一室之內」的「城居者」返回自然「若脫籠之鵠」的歡快心情。文中的作者又是一個漫步郊原的孤獨者，「瀟然於山石草木之間」，遺落世事，在與自然風物的對話中，感受自由的可貴。

獨抒性靈強調旅遊者主觀思想的積極作用。鄭逸梅在《幽夢新影》中指出：「胸中幾許郁勃氣，無處發泄，一旦至荒丘寒木間，盡情一哭，豈不大快。」既要在大自然中找到心靈的依歸，又要在自由與快樂中遊出神韻，因此，在獨抒性靈的文學家筆下，自然景物也不獨是自然景物，它還凝結著遊者的獨特感受，正如鄭逸梅所說的那樣：「花多韻意，石多畫意，月多潔意，雲多淡意，書多古意，劍多豪意，草多生意，水多清意，鳥多慧意，琴多幽意。」這是自然與性靈相結合的結果。

3.旅遊求知觀念

「讀萬卷書，行萬里路」是古代文人求學求知的兩條重要途徑，從旅遊的角度來看，實際上表現的是比德與暢神之外的另一種觀念，即求知。這種觀念至今仍被廣泛認可，特別是對於年輕人和外國人來說，求知可以說是很重要的一種旅遊目的。

　　古代人對旅遊與求知關係的認識已經十分清楚。早在先秦時期，中國就有了一個對求知性旅遊作高度概括的特定概念──「遊學」。遊學即特指文人的外出求學活動，也泛指旅遊者在旅途中的求知行為，是將旅遊與求知結合為一的活動。

　　荀子《勸學篇》中有言：「君子博學而日參省乎己，則知明而行無過矣。故不登高山，不知天之高也；不臨深溪，不知地之厚也」，「吾嘗跂而望矣，不如登高之博見也。登高而招，臂非加長也，而見者遠；順風而呼，聲非加疾也，而聞者彰。假輿馬者，非利足也，而致千里；假舟楫者，非能水也，而絕江河。君子生非異也，善假於物也。」荀子主張君子在廣讀詩書的基礎上，要能夠走出書齋，到大自然中體驗聖訓之道；同時認為旅遊對人的眼界和能力的擴展與讀書增長人的見識是一樣的道理。

　　古代旅遊與求知的觀念集中體現在「讀萬卷書，行萬里路」上。

　　清代學者劉獻廷在《廣陽雜記》卷二中指出：「昔人五嶽之遊，所以開擴其胸襟眼界，以增其識力，實與讀書、學道、交友、歷事相為表裡。」在劉獻廷看來，旅遊實際上是對所讀書籍、所學道理的實踐檢驗，是一件事情的表和裡。清代張潮在他的《幽夢影》中也表達了這種看法：「文章是案頭之山水，山水是地上之文章。」進一步將讀書與旅遊合二為一，認為不論是寫詩還是旅遊都是對山水的領悟，不過是一個在案頭，一個在地上。

　　讀書與旅遊密不可分。清代著名學者顧炎武認為登山臨水並非是簡單的遊山玩水，他在《菰中隨筆》卷三中寫道：「必有體國經

野之心，而後可以登山臨水；必有濟世安民之識，而後可以考古證今。」這種思想一方面體現了孟子的旅遊思想，另一方面也表明了讀書應該與旅遊相結合的觀點。他自己也有「讀萬卷書，行萬里路」的志向，「昔人欲以十年讀書，十年遊山，十年檢藏。予謂檢藏盡可不必十年，只二三載足矣。若讀書與遊山，雖或相倍蓰，恐亦不足以償所願也」。在顧炎武看來，讀書與遊山，十年尚且不足，還需要加倍才可以滿足心願。讀書與遊山兩者是同等重要的，實際上也表達了其知、行合一的理念。

「讀萬卷書，行萬里路」實際上是中國歷代學者求知經驗的總結。這種思想至今仍影響著中國人的旅遊觀念。只不過在不同的歷史時期，遊與學的內容有所不同。古代的遊學比較注重觀物修身，透過對外部世界的遊覽來反照自己的內心世界，或者透過遊學來追求聖人之道。劉勰在《文心雕龍·原道》中寫道：「文之為德也大矣，與天地並生者何哉？夫玄黃色雜，方圓體分，日月疊璧，以垂麗天之象；山川煥綺，以鋪理地之形。此蓋道之文也。仰觀吐曜，俯察含章；高卑定位，故兩儀既生矣。唯人參之，性靈所鍾，是謂三才。」這段文字表達的意思就是文學之美與天地萬物之美是相通的，人是天地之心，只有與天地相配，才能體悟到天地之美，在文章中表達天地之美。這裡也說明文人的創作，包括聖人的創作都是來自於對自然之道的認知。因此，古人之遊，是源於道，也是為了道，讀了聖人之書，瞭解了聖人所言之道，再到大自然之中還原道，使對道的認知更為深刻，更為確切。

古代有大成就的文人似乎都是讀萬卷書、行萬里路的實踐者。孔子雖然智慧過人，但是如果他沒有周遊列國也不會有《雅》、《頌》的問世，他「適周而問禮，在齊而聞韶」，周遊列國使他獲得了廣闊的視野。司馬遷《史記》的問世，也得益於他的廣讀詩書，漫遊天下。為了寫《史記》，司馬遷20歲起就開始了為期兩年的漫遊生活。他曾經到過汨羅江，在那裡他讀著屈原的詩句，踏

著屈原的足跡，才體會出屈原的偉大胸懷，正是有了這樣的切身感受，《史記·屈原列傳》才有了那麼深的感情。還有，司馬遷為了瞭解有關韓信的故事，曾經到過韓信的故鄉淮陰，在那裡他向人們打聽韓信怎樣忍受胯下之辱而不殺那個流氓，最後成就了豐功偉業，由此司馬遷理解了韓信「小不忍則亂大謀」的真實內心。在孔子的家鄉曲阜，司馬遷不僅僅瞻仰孔子的墓，還同孔子的晚輩一起學習、實踐各種禮儀、技藝，如行禮、騎馬、射箭等，透過這種方式理解孔子，紀念孔子。總之，司馬遷這兩年的漫遊生活使他對所到之處的風土人情有了切實的瞭解，掌握了豐富的歷史人物和事件資料；遊歷名山大川，在山水之間陶冶了性情，也極大地提高了他的文學表現力，這些都為《史記》的成功創作奠定了堅實的基礎。

古代旅遊文學作品集中反映求知歷程和成果的應以《水經注》為代表。《水經注》是公元6世紀北魏時酈道元對《水經》一書所作的註釋，是中國第一部以記載河道水系為主的綜合性地理著作，被稱為曠世奇書。《水經注》的作者酈道元出身官宦之家，少年時隨父官居山東，喜好遊歷，成年後承襲其父封爵，曾擔任太守、刺史、尚書等職務，任職期間，他周遊了北方黃淮流域廣大地區，足跡遍及今河北、河南、山西、陝西、內蒙古、山東、江蘇、安徽等省區。每到一地他都留心勘察水道形勢，溯本窮源，遊覽名勝古蹟，在實地考察中廣泛蒐集各種資料，以補文獻不足，從而完成了舉世無雙的地理名著《水經注》。難能可貴的是書中除記錄考察各大河流水系的地理分佈與變化情況以外，還大量記載了自然地理、人文地理、山川勝景、歷史沿革、風俗習慣、人物掌故、神話故事等，並在記述中表現出了歷史的真實感和文學的感染力。伍立楊先生在《麗詞妙喻心情——談〈水經注〉》中說：「他的方法是記述，他的趣味卻是詩意的。」《水經注》豐富多彩的內容和瑰麗傳神的文字不僅反映了公元6世紀時中國地理學所達到的水平，也反映了旅遊文學所達到的水平。

（二）近代旅遊文學與近代社會文化——現當代旅遊文學發展的激越前奏

　　中國近代史始自1840 年的鴉片戰爭，止於1919 年的五四運動。在半個多世紀的發展歷程中，充滿了屈辱和抗爭。西方資本主義列強大規模的經濟、文化、軍事的入侵使一向自認為是天朝上國的清王朝一下子陷入慌亂和無措之中，也給中國知識分子的文化心理帶來了強烈的震撼。「嗚呼！觀今日之世變，蓋自秦以來未有若斯之亟也。」「今日之世變，豈特春秋所未有，抑秦、漢以至元、明所未有也。」面對這一系列突如其來的變化，文化先驅者開始積極思考民族自強的出路。嚴復認為，要面對時局挑戰，要挽救民族危亡，就需要開民智，起民力，和民德，標本兼治。張之洞則極力主張「中學為體，西學為用」，向西方學習先進的科學技術。洋務運動和向西方派遣留學生可以說是此階段文化領域的重要事件。應該說，此時的文化重心產生了策略性的偏移，傳統文化已經不能完全自足，文化交流和文化輸入成為重點。從旅遊文化觀念上看，傳統的道，無論是儒家之道還是道家之道都不能再占據著統領的地位，而是與撲面而來的西方文化思想共生共存，文化先驅者一方面沒有放棄文化傳統的繼承，另一方面積極主動地引進西方文化。人們開始由傳統的體悟聖人之道轉向學習西方的現代科學之道。張之洞秉承「讀書期於明理，明理歸於致用」的思想，大力倡導到西方去遊學。張之洞在其《勸學篇·遊學》中指出：「出洋一年，勝於讀西書五年，此趙營平百聞不如一見之說也。入外國學堂一年，勝於中國學堂三年，此孟子置之莊岳之說也。遊學之益，幼童不如通人，庶僚不如親貴。嘗見古之遊歷者矣，晉文公在外十九年，遍歷諸侯，歸國而霸。趙武靈王微服遊秦，歸國而強。春秋戰國最尚遊學，賢如曾子左丘明，才如吳起樂羊子，皆以遊學聞，其餘策士雜家，不能悉舉。」張之洞寄希望於留學生，希望他們經過西學的洗

禮，能夠擔當起振興民族的重任。而留學生們也的確不負重託，在中國近現代文化領域成為了中流砥柱。

由於時代的急劇變化，此時期的旅遊文學也呈現出了與傳統旅遊文學完全不同的特徵，具體表現在：域外遊記特別發達；遊記的政治性、功利性超越了文學性；對域外文化充滿震驚和艷羨之情。

1.發達的域外遊記創作及原因

由於學習和考察的需要，近代的域外遊記非常發達。此時期的遊記，從嚴格意義上來說，已經超出了單純的文學範疇，更多地表現為政治考察記、文化考察記、商業考察記以及科技考察記等，其考察、調查的特徵十分明顯。比如商務考察記有劉學荀的《日本考察商務記》；科技考察記有徐建寅的《歐洲雜錄》。文學性較強的遊記作品有：斌椿的《乘槎筆記》，張德彝的《航海述奇》系列，袁祖志的《涉洋管見》，郭嵩燾的《使西紀程》，黎庶昌的《西洋雜誌》，李圭的《環遊地球新錄》，劉錫鴻的《英軺私記》，黃遵憲的《日本雜事詩》，錢德培的《歐遊隨筆》，闕名的《三洲遊記》，陳蘭彬的《使美紀略》，王韜的《漫遊隨錄》、《扶桑遊記》，張蔭桓的《三洲日記》，潘飛生的《西海紀行卷》、《天外歸槎錄》，薛福成的《出使英法義比日記》，單士厘的《癸卯旅行記》、《歸潛記》，梁啟超的《新大陸遊記》，康有為的《歐洲十一國遊記》，戴鴻慈的《出使九國日記》等。

近代中國域外遊記特別發達的原因是多方面的，首先滿清政府在思想上突破了閉關鎖國的傳統觀念，打開了國門，使因私、因公到外國旅遊、考察的人大量增加。這些早期出洋的人中，有單純出洋遊歷的文人，有奉命出使的外交官，有官方派遣出國遊歷的官員，還有出國深造的留學生等。從1840 年代到60年代，出洋遊歷從寥寥數人發展到了政府成批外派官員。到了1880年代，赴海外遊歷者不斷增加，範圍不斷擴大，逐漸形成了一種社會風尚。這些

出遊活動為域外遊記的產生和發展創造了條件。

其次是早期出國旅遊的人深深感受到域外文化與中國傳統文化巨大的差別，所到之處對所觀所感都有很大的興趣去記錄，那些經歷隨手寫來就足以給當時的國人帶來不小的震動，因此，遊記的涉筆範圍非常廣泛。

還有就是被派遣到國外進行各方面社會狀況考察的官員或者學者，都帶有記錄考察結果的任務。他們的考察成果須奉命定期寄回國內，作為一項工作任務來完成。因此，一些遊記的寫作不是隨意的、可有可無的，而是必須的。這在一定意義上也催生了大量功利性的遊記的產生。

2.對外國文化的震驚和艷羨

這些域外遊記對外國文化充滿震驚和艷羨之情。近代知識分子到西方國家的旅行帶有一定的冒險意味，畢竟古老的中國長期閉關鎖國，對西方國家的認識大多來源於荒誕不經的傳說和侵略者野蠻的行徑。中西方之間巨大的文化反差和空間距離造成了旅遊者心理上的巨大壓力，身體上的勞頓也同樣強化了這種冒險的意識。中國人習慣於知天樂命，難怪晚清總理衙門派官員赴歐洲考察時，大小官員竟「總苦眩暈，無敢應者」。真正到了國外，所見所聞很多事情都令人震驚，一是震驚與外國的種種風俗習慣的不同，二是外國人也對中國的旅遊者表現出了震驚的情感。如張德彝在《航海述奇》中曾經寫到1866年赴法國馬賽考察時遇到的一個場景，他們在馬賽街頭閒逛，令法國人好奇地「左右圍觀，致難動履」。王韜在他的遊記《漫遊隨錄》中也記述了在英國鄉間行走時的際遇，居然出現了「男婦聚觀者塞途，隨其後者輒數百人，嘖嘖嘆異，巡丁恐其驚遠客也，輒隨地彈壓」的情形。足可見當時的盛況。

而記述的更多的還是遊者對西方社會、文化發展狀貌的震驚和艷羨。

中國天主教徒郭連城所寫的《西遊筆略》是最早詳細記錄域外旅行觀感的遊記。郭連城1859　　年3　　月跟隨義大利人徐伯達（Ludovicus-Cel.Spelta）等人去羅馬。郭連城在義大利盤桓數月，《西遊筆略》即是此次行程的記錄。這部書刊於1863年，書中首次記錄了作者接觸電報、火車、汽燈、攝影等眾多西洋文明時所受到的震撼，同時記述了許多在中國見所未見、聞所未聞的事物，如咖啡館、慈善募捐會、煤氣燈、照相館、醫院等，只不過名稱不是我們現在所熟知的名稱，而是郭連城自己根據其意思和讀音為它們分別起的名字，如「茄啡館」、「遊味增爵會」、「自燃燈」、「繪像館」、「病人院」等。初到西方的郭連城突然間接受這些從未聽說過的新事物，其內心的震撼是可想而知的。

繼郭連城歐洲遊歷10年之後，又有王韜赴歐3年之久的旅遊，他的《漫遊隨錄》更為詳細地記錄了在歐洲所經歷的一切。王韜每到一處總要「覽其山川之詭異，察其民俗之醇漓，識其國勢之盛衰，稔其兵力之強弱」。他震驚於西方資本主義社會城市的繁榮與發達，當他到達法國馬賽港口時，驚嘆道：「至此始知海外闤闠之盛，屋宇之華。格局堂皇，樓臺金碧，皆七八層。畫檻雕闌，疑在霄漢；齊雲落星，無足炫耀。街衢寬廣，車流水，馬遊龍，往來如織。燈火密於星辰，無異焰摩天上……環遊市廛一週，覺貨物殷闐，人民眾庶，商賈驕蕃。」（王韜：《漫遊隨錄》，卷二，第82頁）

在巴黎，王韜看到：

「法京巴黎，為歐洲一大都會。其人物之殷闐，宮室之壯麗，居處之繁華，園林之美勝，甲於一時，殆無與儷……道路坦潔，凡遇石塊煤漆稍有不平，石匠隨時修補。車聲轔轔，徹夜不絕……大商巨鋪，格局堂皇。酒樓食肆，亦復櫛比。客至呼肴，咄嗟立辦。市廛之中，大道廣衢，四通八達。每相距若干裡，必有隙地間之，

圍以鐵欄，廣約百畝，盡栽樹木，樾蔭扶疏……蓋藉以疏通清淑之氣，俾居人少疾病焉。」

王韜還在巴黎觀看了電影，感到了電影的神奇：

「余觀影戲，時不期而集者千數百人，余座頗近，觀最明晰。所有山水人物、樓臺屋宇，彈指即現，生新靈動，不可思議。其中有各國京城，園亭綺麗，花木娟妍，以及沿海景象，蒼茫畢肖……已之者，真不啻環行歐洲一周矣。」（王韜：《漫遊隨錄》，卷二，第85頁）

王韜在倫敦參觀了電信總局，他在遊記中寫道：

「總局樓閣崇宏，棟宇高敞，左為郵部，右為電房，宰各數百楹……堂中字盤縱橫排列，電線千條，頭緒紛錯。司收發者千餘人……其利甚溥，其效甚捷。凡屬商民薈萃之區，書柬紛馳，即路遙時遠，頃刻可達，濟急傳音，人咸稱便。」

王韜對西方的「機器製造之妙」和「格致之精」也大為驚嘆。他在乘坐火車時感嘆西方機器妙用遠非中土之人力或畜力所能比擬。他這樣描寫火車：

「泰西利捷之制，莫如舟車，雖都中往來，無不賴輪車之迅便。其制略如巨櫃，啟門以通出入，中可安坐數十人，下置四輪或六輪不等。行時數車聯絡，連以鐵鉤，前車置火箱。火發機動，輪轉如飛，數車互相牽率以行。」

王韜對電梯的使用更是驚喜萬分：

「寓在敖司佛街（OXford　Street，即牛津大街），樓宇七層，華敞異常，客之行李皆置小屋中，用機器旋轉而上。」

其他如在印刷廠參觀了大批量機器印刷技術；在造船廠見到了汽錘和軋鋼機「擊物無所不糜，所碾鐵皮均齊劃一，出之甚速」的

情景；在紡織廠感受到工人操縱機器「力不費而功倍捷，誠巧奪天工矣」。王韜所到之處，所見所聞無一處沒有機器，因此寫道：「水火二氣之用，至此幾神妙不可思議矣。」

在驚奇、艷羨的同時，由於文化習慣的差異，遊記中對西方的有些生活習慣也有種種不解和批評。如斌椿在參加西方人的婚禮後賦詩道：「白色花冠素色裳，縞衣如雪履如霜。旁觀莫誤文君寡，此是人家新嫁娘」，這裡表達了對西方人視白色為吉祥之色的新奇和不解。另外，由於受封建傳統「男女授受不親」思想的影響，遊記作者在社交舞會上見到「男與女面相向，護衛攜持，男以一手摟女腰，女以一手握男膊，旋舞於中庭......」表現出的態度先是「詫異萬分」，繼而是「譏笑」。西方的女子「名媛幼婦，即於初見之頃，亦不相避，食則並席，出則同車......」也使遊記作者強烈地感受到西方女子與中國女子的謹守閨房、三從四德大有區別，缺少閨閣之氣。遊記作者看到巴西國王與王后離開自己的國家到英國遊歷，更是大惑不解，因為在中國的文化觀念中，一國之君如果不是昏君，是不可以不顧國家大事，恣意遠遊的。

總之，近代遊記以大量的域外遊記為主，與古代遊記相比，具有鮮明的時代特點，表現了部分先進的知識分子向西方尋找救國救民道路的決心和意志，也開啟了中國走向世界的步伐，促進了中西文化的交流。當然，在近代還有許多描寫西方各國自然風光的詩文，這些作品繼承了傳統的旅遊文化思想，以純文學的形式再現了異國山川以及人文風情之美，也是近代旅遊文學的重要的收穫。

3.體現政治抱負

此時期域外遊記的作者身分多為留學生以及擔負考察任務的政府官員，或者是商務、軍事、政務等某一領域的專家、學者，因此，遊記的文學性相對較弱，政治功利性比較明顯，表現在遊記中的寫作視角比較直接，多為客觀事物、現象的描述和評價，較少文

學創作中的想像和情感抒發。

　　遊記這種創作傾向的改變，並不僅僅是因為創作者的身分特徵而決定的，而是有著文化根源的。當時在思想界具有很大影響力的兩位學者嚴復和梁啟超都是文學功利主義的倡導者。在嚴復看來，學術和文化必須具備科學精神，以有用為主，否則，「其為禍也，始於學術，終於國家」。文學對於科學、社會和國家來說，甚至是有害的：「若夫詞章一道，本與經濟殊科，詞章不妨放達，故雖極蜃樓海市，惝恍迷離，皆足移情遣意。一及事功，則淫遁邪生於其心，害於其政矣；苟且粉飾，出於其政者，害於其事矣。而中土不幸，其學最尚詞章，致學者習與性成，日增慢。」這段話表明，在嚴復眼裡，文學只能流連情感，陶冶人的情性，沒有實實在在的意義。而文學的講究文辭，追求想像和誇張，不徵於實，對於現實生活、政治和經濟都有負面影響。

　　梁啟超也是這樣，而且他的影響要超過嚴復。梁啟超的文學思想，以作於1902年的《論小說與群治之關係》為代表，被視為近現代功利文學觀的先驅。在《論小說與群治之關係》中，梁啟超說：「欲新一國之民，不可不先新一國之小說。故欲新道德，必新小說；欲新宗教，必新小說；欲新政治，必新小說；欲新風俗，必新小說；欲新學藝，必新小說；乃至欲新人心，欲新人格，必新小說。何以故？小說有不可思議之力支配人道故。」在這裡，梁啟超雖然講的是小說，但是他的這種理論使小說和文學工具化，把文學緊緊地和政治捆綁在一起，對當時的文學創作影響是不容忽視的。

　　嚴復、梁啟超所主張的文學功利化思想並非是空穴來風，而是對當時的文化現象和趨勢的總結。在此之前的許多政論家、文學家已經開始利用文藝進行思想宣傳。例如王韜，他是一位從事經書翻譯的政論家，曾於1867赴英國、法國、俄國遊歷，3年後回到香港，擔任香港《循環日報》的主筆。在他的《漫遊隨錄》中，最早

向國人介紹了近代歐洲社會和資本主義文明，為中國人瞭解西方提供了一份寶貴資料。當中國絕大部分知識分子還埋頭於詞章考據之學、沉浸於科舉之中時，王韜能夠認識到科學技術對國計民生的重要性，可以說他不但「明智通達」，而且堪稱時代的先覺者。他對西洋科學技術的介紹，無疑是對中國傳統的「道本器末」、「貴義賤利」的價值觀的否定和批判。他的遊記，有的雖然是走馬觀花，所見所感多流於表面，但他透過比較中外兩種制度，認識到資本主義無論在哪一方面都要比封建社會優越。王韜在其遊記中已經表現出了他的藝術主張，即「寫懷抱，言閱歷」，文章應該因時而變，「貴在乎紀事述情，自抒胸臆」（《弢園文錄外編自序》）。王韜遊記中的這種不刻意求工、曉暢明白的創作理念，促進了文章的通俗化，也表現了知識分子對政治問題的關注興趣。

1883年，唐廷樞偕袁祖志等遊歷歐洲各國，回國後，為袁祖志所作遊記寫序，內稱處今之世，瞭解外國，應該「身歷其境，心識其事，略其小，詳其大，揣其本，明其末，事事以利中國家、利我商民為務，而不為紙上鑿空之談」。這幾句話，可以看作近代知識分子走向世界、心繫國家的寫照，代表了當時大多數知識分子域外旅遊和創作的心態。當時的許多封建士大夫以及青年學子求學的目的已經不再是謀求個人的仕途發展，而是在喚醒民眾，進行文化啟蒙。特別是甲午戰爭以後，「學者不在斗室篷廬，而在梯山航海」，「盡吾力，竭吾能，焦吾唇，敝吾舌，灑吾血淚，拼吾頭顱，以喚醒國人也」。由此可見，知識分子積極參與政治活動已經成為當時的一種主流意識。

域外遊記的政治性主要表現在有些遊記內容上偏重國家大事，表現出鮮明的瞭解西方、學習西方、改革中國弊政的創作意識。比如梁啟超的《新大陸遊記》。1903年，梁啟超自日本橫濱起航，開始了到美洲歷時9個月的旅行。在美國，梁啟超著重瞭解了美國的政治經濟、社會文化、人情風俗等，《新大陸遊記》記錄了此次

行程的見聞和思想，其內容專記「美國政治上、歷史上、社會上種種事實」，對「無關宏者」、「耗人目力」之「風景之佳奇」、「宮室之華麗」則不載。遊記敏銳而深刻地剖析了美國的現實，同時又深深地思考著中國問題，被視為「1903年前後中國輿論界的『執牛耳者』」，「一部全面介紹19世紀末20世紀初的美國政治、經濟、文化、社會等情況的綜合性著作」，「國內秘密傳佈的維新立憲名著」，「散文雜著第一書」。梁啟超則被視為「中國知識分子第一人」。

　　《新大陸遊記》是中國人以親身實地考察的感受撰寫的第一部全面介紹美國、評價美國，並進行中美比較的著作。梁啟超給自己規定的任務是「以其所知者貢於祖國」。20世紀之初的美國既是一個先進的資本主義國家，又是一個很有特色的國家。梁啟超對「美國之特色」深感興趣，從許多方面進行了探究。其中分析最多的，是美國的政治特色：「美國之政治，實世界中不可思議之政治也。何也？彼美國者，有兩重之政府；而其人民，有兩重之愛國心者也。質而言之，則美國者，以四十四之共和國而為一共和國也。故非深察聯邦政府與各省政府之關係，則美國所以發達之跡，終不可得明。」梁啟超還對紐約於19世紀與20世紀之交所產之「怪物」———托拉斯的利弊進行了分析，指出其「由個人而變為統一，由自由而變為專制」的本質所在，並進而聯繫到中國，提出「國內托拉斯進而為國際托拉斯，而受害最劇者，必在我中國」，具有一定的警示和啟發作用。梁啟超在看到紐約的貧民窟後，發出了「天下最繁盛者莫如紐約，天下最黑暗者亦莫如紐約」的嘆聲，指出在紐約同樣可以親眼看到「朱門酒肉臭，路有凍死骨」的現象，而這顯然是財產分配不均所造成的。由此梁啟超發出這樣的慨嘆：「吾觀於紐約之貧民窟，而深嘆社會之萬不可以已也。」總之，在《新大陸遊記》中，梁啟超每到一處都能夠以政治家的視角對在美國的見聞進行見解獨到的分析，這不僅反映了梁啟超個人的

一次旅行經歷，還開啟了國人認識美國社會的一扇大門，對改變國內思想界的觀念造成了重要的作用。

有些域外遊記還記載了發生在西方的重大政治事件，如張德彝在《三述奇》中記錄了所目睹的巴黎公社事件。不過，受當時思想的侷限，張德彝把巴黎公社的群眾武裝鬥爭稱為「紅頭」，與中國的太平軍相等同。

（三）現當代旅遊文學與現當代社會文化

從1919年開始到1949年結束的中國現代文學階段，文學創作繼承了中國近代文學關注社會、民族、政治的傳統，並融合了「五四」以後的社會發展新形勢，在傳統與現代之間走出了一條突破與創新之路。中國傳統旅遊的人文精神在新的時代背景下得到了新的發展，旅遊文學創作獲得了內容上和形式上的新拓展。

20世紀初期的新文化運動目的是突破傳統束縛，創造新的文化形態，在新與舊的矛盾衝突中實現思想和文化上的現代化改造。「五四」以後文學創作的各個領域都出現了巨大的變化，而推動這些變化的主要動因是文學理念的重新確立。現代文學與封建時代文學不同，現代文學已經不再是上層社會人們的消遣品，而是承擔了對普通民眾進行思想啟蒙的重任。在這一點上，現代文學階段與近代思想家、文學家的倡導一脈相承，步伐走得更加堅定和自覺。這個特點源於知識分子對中國自鴉片戰爭以來積貧積弱的現實狀況的逐步認識。在19世紀末葉，中國備受帝國主義列強欺辱，各種不平等條約的簽訂以及清王朝閉關鎖國的政策和腐敗無能的統治狀態，迫使有志之士認識到發展實用技術和發展軍事力量的重要性，洋務運動於是興起，與此相聯繫的是留學生的派出，從少到多，從無到有。留學生到西方發達國家學習的經歷使他們大大開闊了眼

界，拓展了認識世界的深度和廣度，這是中國文化與世界文化融合的開端，也是中國走向現代的前奏。從19世紀末葉到20世紀上半葉，大量留學生回國後，為中國帶來了思想上、文化上的巨大變化。由於他們走出國門時肩負著國家和民族的重託和希望，因此這些留學生在國外也以強烈的民族責任感對待留學生活，他們在這段經歷中強化了國家意識和民族意識，感受了中國與世界之間的差距，因此，在各個時代的知識分子中，沒有哪一個時代的知識分子像他們那樣如此決絕地與封建的傳統文化相對峙，也沒有哪個時期像「五四」時代那樣富於創造的激情和活力。許多人將他們的思想和情感記錄在了遊記作品中，使此時期的遊記作品帶有鮮明的時代特點。

在海外遊記繼續大量刊出的同時，國內遊記也得到了前所未有的發展。與近代遊記創作不同的是，此時期的遊記作者大多是文學造詣很深的作家或學者。他們積極配合文學革命的號召，用白話文進行創作實踐，因此，此時期的白話美文創作幾乎成為一種時尚，特別是在1920、30年代，經過朱自清、徐志摩、周作人、冰心、俞平伯、郁達夫等文人的大力倡導和創作實踐，白話美文的創作走向了巔峰時代，這其中有很大一部分作品屬於旅遊文學，旅遊文學的創作也因此開創了全新的局面。

在現代遊記發展繁榮的基礎上，當代的遊記發展出現了「馬鞍」狀的起伏。伴隨著新中國建立之初的激情與理想，十七年期間（1949—1966）遊記的創作在較為單一的思想統領下，出現了一個創作的高潮，作品迭出，湧現出了包括葉聖陶、冰心、豐子愷、碧野、賀敬之、峻青、劉白羽、楊朔等在內的一大批散文作家。作家們懷著赤誠之心，在遊記中表現了對新中國建設事業的憧憬，對美好山河的讚歎，對建設者的歌頌。隨著十年「文化大革命」的發動，整個當代文化領域遭到了毀滅性的破壞，許多作家被取消了創作的自由，遊記創作也同樣跌入了荒蕪期，一片蕭條。遊記創作的

恢復與再次繁榮是改革開放以後二三十年間的事，自1980年代初中國實行改革開放政策以來，「遊記創作取得了很大收穫，無論是事業的開拓，主題的深化，還是藝術風格的豐富，表現手法的更新，都有了可喜的進展」。

從總體上看，現當代旅遊文學的特徵表現為域外遊記蓬勃發展，對域外文化從驚羨發展到領悟與借鑑直至進行當代的文化交流和對話；國內遊記創作精彩紛呈，從關注現實人生、張揚個性到人文關懷，為文化啟蒙和文化創造貢獻力量；現當代女作家的旅遊文學創作成就斐然，講究藝術形式和藝術效果，成為現當代散文領域一朵奇葩。

1.域外遊記蓬勃發展──從物質艷羨走向文化平等對話

現代階段的海外遊記一個突出的特點是遊記所涉及的國家和地區比較集中，以比較發達的國家為主，如歐洲的英國、法國、德國，美洲的美國、加拿大，亞洲的日本、南洋等。遊記的作者絕大多數是海外留學生。一些著名作家出版了自己的海外遊記專輯，如茅盾曾於1946年年底至1947年春訪問前蘇聯，著有《蘇聯見聞錄》；朱自清曾於1931年8月至1932年7月取道西伯利亞到歐洲旅遊，著有《歐遊雜記》；王統照於1934年自費到歐洲考察，1935年回國，出版了《歐遊散記》；冰心1923至1926年赴美國留學，在美期間創作了《寄小讀者》；鄭振鐸1927年旅居巴黎，1928年出版了《歐行日記》；巴金1927年赴法國旅居，途經蘇伊士運河、地中海，寫成《海行雜記》一書；徐志摩1925年取道西伯利亞赴歐洲旅遊，經前蘇聯、德、意、英、法等國，1933年出版《自剖集·歐遊漫錄》；孫伏園1928年赴法國留學，與曾仲鳴、孫福熙合著《三湖遊記》，1931年出版；鄒韜奮1933年因國民黨政府迫害，流亡海外，曾周遊歐美各國和前蘇聯，1935年回國，出版了《萍蹤寄語》初集、二集、三集和《萍蹤憶語》；蕭乾

1939年起任英國倫敦大學東方學院講師兼任《大公報》駐英國記者，1944年後兼戰地記者，《人生採訪》是蕭乾的散文特寫集，其中上部是國外卷，包括子：西歐（1945年至1946年），醜：美洲（1945年春），寅：英倫（1939 年秋至1940 年），卯：南洋四大部分；瞿秋白1920年以北京《晨報》記者身分赴蘇聯訪問，在旅俄途中和駐俄期間創作了《俄鄉紀程》和《赤都心史》。

除了遊記專輯以外，還有一些作家的海外遊記雖然沒有結集出版，但因其新鮮活潑的內容以及濃郁的文學特色也有重要意義。像郁達夫對日本留學生活的回憶錄和1938 年底郁達夫到新加坡宣傳抗日時遊覽馬六甲海峽所寫的遊記；像艾蕪記述的在緬甸、新加坡的漂泊流浪生活，還有凌叔華、方令孺等作家記錄的海外短暫旅遊生活等。

此時期海外遊記在內容上的特點表現為強烈的民族意識和國家意識以及對中外政治生活以及文化生活的全方位關注和思考。在遊記中突出表現政治理想和抱負的作家，具有代表性的是瞿秋白和鄒韜奮。

1920年代的瞿秋白，是一個真摯熱情地追求真理的青年新聞工作者。1920 年10 月，瞿秋白以《晨報》駐俄特派記者的身分起程赴俄，歷經兩年的時間，考察了當時在人們心目中被認為是「光明照遍了大千世界」、「遍地的紅花染著戰血」的列寧的故鄉，瞭解了那裡的政治、經濟、文化、外交、民族等各個領域的情況，採訪了上至領袖、教授，下至老嫗、幼童的三教九流的各色人等，寫下了《俄鄉紀程》和《赤都心史》兩本散文集，成為中國第一位系統報導十月革命後蘇俄情況的記者。在《俄鄉紀程》和《赤都心史》中，瞿秋白最早向國內介紹了世界上第一個社會主義國家蘇聯革命初期的情況，記錄了自己受十月革命影響成為共產主義者的思想歷程。他在遊記中不僅記載了在蘇聯的所聞所見，而且融入了自

己的整個心靈，寫出了自己的所思所感。這兩部遊記集既是當年蘇俄「社會的畫稿」，又是後來成為中國共產黨主要領導者之一的瞿秋白的「心理記錄的底稿」。從作品中我們能夠看到，新生的蘇維埃政權既有令人振奮的新氣象，又有不容迴避的新問題。如瞿秋白看到列寧受到工人群眾熱烈擁戴的場面，親身感受到了革命勝利的氣氛，為之振奮；看到蘇維埃政權保護優秀文化和藝術遺產、努力普及教育、不遺餘力地救濟饑荒，發現這裡人與人之間形成一種平等關係（如「醫學博士」與「老媽子」「攜手同歌」），為之感動。瞿秋白也看到了負面東西，如在戰時共產主義時期實行餘糧收集制過程中，他「時時聽見農民反抗的事」；他還發現推行新經濟政策後，政權機關中的人又從中謀私，產生腐敗（例如一個濃妝艷抹、出手闊綽的「新妓女」是一個「委員」的相好，這種情況，路人皆知）；他還發現存在相當普遍的「官僚問題」，在街頭上、商舖中他還瞭解到一些百姓對新政權的冷淡，一個地主被剝奪土地財產而致瘋等，對於這類現象所顯現的社會矛盾和革命的嚴酷性，他都作了客觀的記敘。因此，《俄鄉紀程》和《赤都心史》裡對蘇俄社會狀貌的描寫，具有珍貴的史料價值。

鄒韜奮也是一位對社會政治具有巨大熱情的新聞工作者，他在30年代曾經因為國民黨的政治迫害而流亡國外，前往義大利、瑞士、法國、英國、比利時、荷蘭、德國、前蘇聯和美國，在兩年間創作了遊記《萍蹤寄語》三集和《萍蹤憶語》。在遊記《世界公園的瑞士》中鄒韜奮明確表明了此次到歐洲遊歷的目的：「記者此次到歐洲去，原是抱著學習或觀察的態度，並不含有娛樂的雅興。」因此，無論他走到哪裡，我們都可以發現他對社會政治的關心和熱情。如在《大瀑布》一文中，作者與一位朋友參觀尼加拉瓜大瀑布，參觀時作者注意到「那些遊客，多是所謂的有閒階級，這個現象不免引起我和P在蘇聯名勝雅爾達所見的回憶。在雅爾達，你可以看到工農大眾以及一般工作者享用名勝的快樂景象，這當然不是

在今日的尼加拉瓜大瀑布所希望得到的。我在這裡特加『今日的』這個形容詞，因為看到美國革新運動在這幾年來的猛進，依這個大勢所趨，尼加拉瓜大瀑布開放給大眾──大眾都可有閒暇和力量來享受這個自然界的偉大的美──並不是沒有這一天的」。這段話表現了鄒韜奮對大眾生活的關注和同情，這是蘇聯十月革命勝利後對中國知識分子在思想上產生重大影響的結果。

現代作家所處的時代國內政局動盪，戰爭頻繁，國家遭受帝國主義的欺凌和掠奪，國力貧弱。旅遊海外的學子常常由於身為中國人而遭受歧視和不公正的待遇。這在許多遊記作品中都有體現。

凌叔華在《登富士山》中寫自己在登山途中，感到侍女和拉馬人對中國人很瞧不起，心裡感到難受，連登山的興趣都消失了。方令孺的《遊日雜記》中也寫了日本海關對中國人盤查得最嚴，很不友好，令作者氣憤：

「我在旁聽那關員口中吐出破碎不完全的英語，柳葉式的眼內漏著詭譎疑慮的光，我真傷心！幾天來在船上一些真率、悠恬的夢，到此破了，消了，連一點痕跡都沒有！」

李健吾的《拿波里漫遊短札》記敘他被彭貝古城旅遊看守當作日本人，被問一些叫中國人難堪的問題，他感到非常不快。這種情形鄒韜奮在《佛羅倫薩》一文中也有表現：

「遊了意國的四個地方……不知怎的他們對於黃種人就那樣地感到奇異，走在街上，總是要對我們望幾眼，有的還竊竊私議，說我們是日本人，同行中有的聽了很生氣，但既不能對每個人聲明，也只有聽了就算了。他們何以只想到日本而不會想到中國？有人說他們覺得所謂中國人，就只是流落在國外的衣衫襤褸的中國小販，衣冠整潔的黃種人便都是日本人。這種老話，我在小學時代就聽見由外國留學的人回來說起，不料過了許多年，這個觀念仍然存在──倘若上面的揣測是不錯的話，但是我想倘若僅一衣服整潔替

中國人爭氣，這也未免太微末了。」

　　由此可見這些遊歷於異邦的愛國文人所具有的強烈的民族自尊意識，看到外國人對自己、對中國人的不尊重，難過而氣憤。這種民族自尊心，只有旅居國外，才體會得那麼深刻，感覺那麼強烈。

　　在旅外遊記中，除了以上作家表現出來的政治熱情和民族意識以外，許多文人和學者已經經過了對西方現代文明艷羨的階段，開始理性地思考域外文化的獨特性，對域外文化的精神實質進行深入瞭解和體會。例如，對於日本文化，許多作家都在遊記中給予了關注和描寫。方令孺在《遊日雜記》中寫道：

　　「日本人酷愛自然，崇尚簡易，不慣居住在高樓大廈裡。那裡離自然太遠，住在裡面心會不安，會煩躁，所以後來他們的房屋又漸漸縮小，返本歸真合乎自然去了。」

　　作者用一種欣賞的口吻來寫，認為日本人這種生活方式順乎自然，符合人的天性，簡樸的房子更適宜人類居住，能讓人超越都市的喧囂而獲得心靈的安寧。周作人在《日本的衣食住》裡，也表達了對日本的房子頗為喜愛：

　　「我喜歡的還是那房子的適用，特別便於簡單生活」。

　　從衣、食、住這些平常的生活中介紹日本民族和他們的文化，以小見大，平凡中蘊涵著深意。郁達夫也認為日本人：

　　「他們的文化生活，不喜鋪張，無傷大體；能在清淡中出奇趣，簡易裡寓深意，春花秋月，近水遙山，得天地自然之氣獨多......」

　　（《日本的文化生活》）

　　文化比較也是此時期域外遊記的重要內容。遊記作者面臨中西方文化的巨大反差，特別是面對著有悠久文明歷史的中華文化在現

代西方文化面前所呈現的種種尷尬情景。遊記作者以一種開闊的胸懷重新審視了中國的傳統文化，在比較中看到了傳統文化與西方文化各自之短長，這種比較與反思是一種十分有益的過程，也是一個自然而然的過程，在許多海外遊記中都有體現。如黃炎培在《東京風貌》中寫到了日本日常生活的儉樸，同時想起了中國普遍存在的奢侈浪費現象；林語堂的《談牛津》記敘了牛津大學種種先進的教育制度，認為牛津之所以偉大，是因為英人重視文化傳統、保持了優良的個性；老舍的《英國人與貓狗》寫英國人喜歡、愛護動物，而中國人卻因為貧窮，罕見憐惜動物之舉，作者調侃的語氣中透出內心的痛惜。在這些遊記作品中，作家們哀己不幸，學人之長，有著冷靜、清醒的認識，也顯示了中國現代知識分子開放的胸懷和自我反省反思的勇氣。

從1980年代初直至21世紀的今天，隨著中國經濟向國際化、全球化不斷邁進，中國各類人員與國外各階層的文化和思想交流也得到了空前的發展，從政府官員到留學生，從普通商人到觀光客，出國的人數逐年增加，訪問的國家也不斷拓展，甚至出國旅遊進入了平常百姓家庭。這一系列的變化，極大地促進了東西方文化的融合與交流，也促進了旅遊文學在新時代的大繁榮。

在全球物質生活和生產方式趨同的背景下，文化的差異性越來越為人矚目，特色文化成為人們關注的焦點，中國文化源遠流長的傳統無疑在東西方文化比較中占據了非常重要的地位。因此，文學家作為文化的承傳著、宣傳者，在這種文化大交流的背景下獲得了展示中華民族文化的強烈自主意識。在域外遊記中，遊記作家開始以一種對等的文化對話的態度看待中西方文化的差異，努力尋求著兩種文化交流的有效的途徑；在國內遊記中，遊記作家們同樣從文化入手，拋開模山範水的古老模式，拋開單一的歌頌和讚美，對旅遊景點進行更深層面的文化解讀，可以說，當代遊記對文化的持久關注成為一個重要特徵。

與現代遊記中常常表現對民族、國家的憂患不同，新時期遊記對西方文化的關注面非常寬泛，作家的創作心態也比較自由、平和，因此，對一些文化現象的關注角度更為多樣，更為細緻，也更為客觀。

　　如著名畫家吳冠中先生在遊記《北歐行·一首詩》中的記述。吳冠中先生在歐洲參觀各國博物館，看到「各種現代藝術的手法及處理同樣展現在各博物館裡，比方堆了一堆黑色的木炭，或一堆灰白的石頭，這都是展品，有人問：『這表現什麼？』講解員答：『不表現什麼，歐洲現代藝術全不表現什麼』，猶豫片刻，他補充了一句：『這是一首詩』」。儘管吳老先生看到歐洲人在看待他們的展品時，「那種對作品尊敬虔誠的神情，使人感到置身教堂之中」，但是，他還是認真地思忖了這種展品的真正價值：「在這一堆黑木炭與白石頭中去尋找黑色的詩與白色的詩，那與我們的詩畫概念是大相逕庭了。」進而言道：「近代西方藝術確乎受啟示於非洲和東方，東方的詩滲入了西方的畫，當然已全非詩畫相配的綜合性形式，但確令描摹物象的西洋繪畫為之變質。變質，變成多種多樣的質，有稀有珍貴之質，有腐敗惡臭之質，那黑炭之詩與白石之詩也混入萬般皆上品或皆下品之中吧。」吳先生實際上就西方繪畫對東方詩畫概念的借鑑方式提出了質疑。

　　到日本看櫻花是一件盛事，許多作家對此作過不同角度的描寫。在著名歷史學教授來新夏的筆下，中國人與日本人賞花有著不同的境界：

　　「在興奮的『花見』活動中，日本人真正地敞開了心扉，他們不再拘泥禮儀，也不再頻頻鞠躬，連聲道謝，而是盡情歡樂。在社交圈中未能看到日本人的真性情，在這裡可以像看玻璃體那樣透亮。櫻花在暮春比較一致地綻放，並立即以光彩奪目的景象奪取人們的鍾愛，似乎正適合日本人喜歡長期蘊積、突然勃興的性格……

中國人對花也有自己的愛好，相沿有『濂溪（宋代周敦頤）蓮』、『淵明（晉代陶潛）菊』、『和靖（宋代林逋）梅』等等把名人與名花聯繫起來的讚譽，保持了中國人一種冷靜孤傲的性格。而日本人對櫻花的狂熱醉心，從我們的上野探櫻中得到確認。」

（來新夏《走進日本·上野探櫻花》）

文化比較在域外遊記中是一個十分自然又十分普遍的話題。許多遊記作家樂此不疲，也真正比較出了一些情趣。如來新夏先生在《美國兩瞥·兩個雅典城》中寫到中國人和美國人不同的紀念習慣：

「美國人總喜歡把紀念放在腳下，不但亞特蘭大的公園如此，洛杉磯影城附近的中國劇院門口的水泥地上，許多名人也爭相把自己的名字或手足模存留在地下，任人踐踏以為榮；中國人也有留名於金石的習慣，但總是把自己的名字刻在城牆或石碑上，甚至以『某某到此一遊』的形式濫寫於古蹟上作為紀念，從不願讓人在自己的名字上踏上一腳，而且還是無休止的踏。也許這就是中外文化觀念的不同吧！」

在新時期域外旅遊文學的創作中，一個值得關注的現象是，許多研究者將自己的文化研究課題與旅遊觀感相結合，寫下了富有思想深度的文化研究遊記專著。出版業界也將這種文化遊記專著以系列叢書的形式推向市場，使文化遊記創作更成規模，更有一種勢不可擋的氣勢。比如，出版社曾經推出了由學者編著的一套環球視角叢書，易丹先生在這套叢書中的一本、他的《觸摸歐洲》一書序言中這樣總結他所做的工作：

「當我面對電腦螢幕敲下一個又一個漢字的時候，當我不斷翻閱各種英文書籍文章苦苦思索的時候，我實際上是試圖用文字和書的形式，為自己眼前的丹麥拍攝一張相片。我的聚焦點在丹麥，歐洲是我的背景。不同的是，在我關於丹麥文化與歐洲文化的研究課

題中，丹麥不是一尊靜止的美人魚雕像，歐洲也不像一艘在背景中航行的客船那般簡單……我相信自己的文字沙堡，還是在他短暫的生命中，為周圍的世界和主體的觀察與思考，留下了可供研讀的影像。」

易丹先生的這段話可以作為新時期旅遊文學創作特點的新詮釋，說明旅遊文學已經超越了原來單純的審美評價和感受階段，進入了一個與文化相關連的思想更為深厚、意義更為深遠的新層面。

2.國內遊記精彩紛呈──由關注人生、張揚個性到人文關懷

與域外遊記作品的蓬勃發展相輔相成的是國內旅遊文學的發展。在二三十年代，當大批旅外作家相繼回國後，先後出版的旅外遊記帶動了國內遊記的寫作。同時，現代新聞報刊業突飛猛進的發展，也為遊記文學的興盛提供了支持。到了當代，特別是1980年代以來，旅遊業隨著經濟的高速發展走向了正規化、規模化，參與國內外旅遊的遊客急劇增加，出版業市場大繁榮，當代傳媒迅速發展，這些都為旅遊文學創作的繁榮提供了充分的物質條件。總之，在現當代文學發展過程中，旅遊文學取得的成績不容忽視。

國內旅遊文學在創作上受時代影響，不同時期形成了不同的創作特點。在整個現代文學發展階段，旅遊文學關注人生、張揚個性的特點非常突出。

人生派是文學創作的主要流派。人生派文學家主張作家用現實主義的創作方法關注普通人的人生世相，倡導描寫真實的人生感悟。在人生派的散文中，紀遊寫景的小品文占多數，說明當時作家將旅遊生活作為散文創作的主要取材對象，表現作家在緊張的矛盾鬥爭中對清靜與自由境界的追求理想。

「五四」時代的作家普遍具有深厚的傳統文化素養，同時又受西方文化的洗禮，追求精神的自由與民主，因此，表現在旅遊文學

的創作上，具有多方面的審美追求和理想。

　　自由的無拘無束的審美境界是早期旅遊散文表現的重要內容之一。作家著力於在社會之外創造一個藝術化的世外桃源，在那裡擁有寧靜，擁有和諧，不滿足於單調乏味的城市生活。如葉紹鈞在《沒有秋蟲的地方》就表達了這種意願：

　　「若是在鄙野的鄉間，這時候滿耳朵是蟲聲了。白天與夜間一樣地安閒；一切人物或動或靜，都有自得之趣；嫩暖的陽光和輕淡的雲影覆蓋在場上，到夜呢，明耀的星月和輕微的涼風看守著整夜，在這境界這時間裡唯一足以感動心情的就是秋蟲的合奏。它們高低宏細疾徐作歇，彷彿經過樂師的精心訓練，所以這樣地無可批評，躊躇滿志。其實它們每一個都是神妙的樂師；眾妙畢集，各抒靈趣，哪有什成人間絕響的呢？」

　　但是，這樣的情景卻只是一種奢望，現實中「可是沒有，絕對沒有！井底似的庭院，鉛色的水門汀地，秋蟲早已避去唯恐不速了。而我們沒有它們的翅膀與大腿，不能飛又不能跳，還是死守在這裡。想到『井底』與『鉛色』，覺得像徵的意味豐富極了」。

　　無獨有偶，朱自清在他的散文《荷塘月色》中也在傾力歌唱這種自然賦予的寧靜和自由：

　　「沿著荷塘，是一條曲折的小煤屑路。這是一條幽僻的路；白天也少人走，夜晚更加寂寞。荷塘四面，長著許多樹，蓊蓊鬱鬱的。路的一旁，是些楊柳，和一些不知道名字的樹。沒有月光的晚上，這路上陰森森的，有些怕人。今晚卻很好，雖然月光也還是淡淡的。路上只我一個人，背著手踱著。這一片天地好像是我的；我也像超出了平常的自己，到了另一個世界裡。我愛熱鬧，也愛冷靜；愛群居，也愛獨處。像今晚上，一個人在這蒼茫的月下，什麼都可以想，什麼都可以不想，便覺是個自由的人。白天裡一定要做的事，一定要說的話，現在都可不理。這是獨處的妙處；我且受用

這無邊的荷香月色好了。」

　　作者獨自享受著自由和清寂，把融入自然當作是擺脫生活困境的最好辦法。

　　《綠》也是朱自清著力表現的那種自覺地融入自然、因愛著自然而欣賞它的美韻的積極的歌詠：

　　「我的心隨潭水的綠而搖盪。那醉人的綠呀，彷彿一張極大極大的荷葉鋪蓋，滿是奇異的綠呀……這平鋪著，厚積著的綠，著實可愛。她鬆鬆的皺纈著，像少婦拖著的裙幅；她輕輕的擺弄著，像跳動的初戀的處女的心……她又不雜些塵滓，宛然一塊溫潤的碧玉。」

　　朱自清的心被大自然的綠所激動，他用詩的語言寫出對綠的頌歌。在他的筆下，自然並不是一種異類，也不是無生命的無情之物。綠，是一種美的化身，是一種人化也化人的有情有義有趣的自然精靈。

　　人與自然的和諧是現代寫景紀遊文學作品的另一個重要表現內容。在一些作家的筆下，自然山水的美與人的活動結合起來，創造出一幅天人合一的和諧圖畫。如許地山的《春的林野》正是這樣的作品，作者賦予自然界以人類生命的靈性，天中的雲雀、林中的金鶯以美妙的歌喉詠唱著爛漫的春光，桃花、小草則為春光所陶醉。與這種場景相應，許地山描寫「林下一班孩子正在那裡撿桃花的落瓣」，做著天真無邪的遊戲，他們正是春之春。春是靈動，是和諧，是自然與人的共同創造：「雲雀和金鶯的歌聲還佈滿了空中和林中。在這萬山環抱桃林中，除那班愛鬧的孩子以外，萬物把春光領略得心眼都迷濛了。」

　　用精緻的語言創造詩意的意境，是此時期遊記文學作品的又一特色。在這一方面，作家充分發揮了自己的創造天賦，同時展示了

白話文在意境創造方面的獨特魅力。俞平伯和冰心都是這方面的突出代表。俞平伯散文的語言極具韻致。他有舊文學的深厚功力，在白話散文中吸收傳統詩文的表達技巧，文白雜糅調製出有特色的語言滋味。如在《槳聲燈影裡的秦淮河》中，作者描寫夕陽下的秦淮河：

「又早是夕陽西下，河上妝成一抹胭脂的薄媚。是被青溪的姊妹們所薰染的嗎？還是勻得她們臉上的殘脂呢？寂寂的河水，隨雙槳打它，終是沒言語。密匝匝的綺恨逐老去的年華，已都如蜜餳似的融在流波的心窩裡，連嗚咽也將嫌它多事，更哪裡論到哀嘶。心頭，宛轉的淒懷；口內，徘徊的低唱；留在夜夜的秦淮河上。」

俞平伯以工筆的手法寫月下秦淮河的景緻，以及遊春感受，敘寫綿密以至給人有膩滑之感，其間溢出文人對金粉之地的賞戀之情。作者賞戀秦淮河，在於他能在這裡獲得一種精神的放逸。

冰心遊記的語言也很有特色。散文批評家李素伯曾評價說：「（冰心的）文字是那樣的清新雋麗，筆調是那樣的輕倩靈活，充滿著畫意和詩情，真如鑲嵌在夜空裡的一顆顆晶瑩的星珠。又如一池春水，風過處，揚起錦似的漣漪。」冰心愛海，她總是美化著藍色的大海，將海虛擬成一個美妙的神話世界，那裡有女神生活著：

「她住在燈塔的島上，海霞是她的扇旗，海鳥是她的侍從；夜裡她曳著白衣藍裳，頭上插著新月的梳子，胸前掛著明星的瓔珞，翩翩地飛行於海波之上」，「黃昏的時候，霞光燦然，便是她回波電笑，雲髮飄揚，豐神輕柔的瀟灑」。

（冰心《往事》十四）

此時期的旅遊文學還有一個重要的表現內容：閒適和雅趣。這是以周作人、俞平伯、鍾敬文、廢名為代表的一派散文作家共同的審美趣味。他們追求作品的平淡與自然，同時講究在文章中表現雅

趣。如周作人鍾情於對草木蟲魚、風情習俗的敘寫，他頗嚮往「清茶閒話」的生活。「茶添話語香」，「清談煮茗不論杯」一向就是歷史上文人逸士生活藝術的「專利」。1923 年，他在《雨天閒話·序》中寫道：「如在江村小屋裡，靠著玻璃窗，烘著白炭火鉢，喝清茶，同友人談閒話，那是頗為愉快的事。」一年後，在《喝茶》中又寫道：「喝茶當於瓦屋紙窗之下，清泉綠茶，用素雅的陶瓷茶具，同二三人共飲，得半日之閒，可抵十年的塵夢。」這種情景透露了周作人內心深處所嚮往的文人雅趣。

俞平伯的閒適表現在在鬧市聲之中尋得一份屬於自己的閒情逸趣。俞平伯是現代寫作紀遊散文的高手，《槳聲燈影裡的秦淮河》、《西湖的六月十八夜》、《陶然亭的雪》等都是他的名篇。《西湖的六月十八夜》寫作者與朋友倆「和兩小姐，背著夕陽，打槳悠悠然去」；《陶然亭的雪》寫與人踏雪遊陶然亭，所獲得的「如行雲流水般的不關痛癢」、「乍生乍滅」的「閒閒的意想」。總之，俞平伯的這些作品寫的是有閒者的閒情逸致，與一般的社會生活是相隔的。

與現代旅遊文學作品相比，當代旅遊文學作品更多地表現出了一種文化探尋精神和人文關懷精神，凸顯文化意識，文化遊記影響巨大。

肩負文化使命是遊記文學自古以來的優良傳統，這種傳統在當代得到了發揚光大，但在整個發展過程中並不是一帆風順的。在1950、60年代，由於歷次政治運動的影響，遊記文學創作的自由受到了一定的限制，原來遊記創作上多姿多彩的個性化表現形式和思想狀態不同程度地受到了拘束。「文革」期間，這些方面更是受到了重創。直至80 年代中期，中國文壇興起的「文化熱」和「文化尋根熱」再度激發了作者在遊記中承擔文化使命的熱情，思考傳統文化的哲學意蘊、反思歷史的文化流變成為一種潮流，並為遊記

創作帶來了濃郁的文化韻味。

　　當代文化遊記的創作以余秋雨最具代表性。在他的文化遊記代表作《文化苦旅》的序言中，他講到了自己與歷史文化之間難以割捨的情緣：

　　「我發現自己特別想去的地方，總是古代文化和文人留下較深腳印的所在，說明我心底的山水並不完全是自然山水而是一種『人文山水』。這是中國歷史文化的悠久魅力和它對我的長期薰染造成的，要擺脫也擺脫不了。每到一個地方，總有一種沉重的歷史氣壓罩住我的全身，使我無端地感動，無端地喟嘆。常常像傻瓜一樣木然佇立著，一會兒滿腦章句，一會兒滿腦空白。我站在古人一定站過的那些方位上，用與先輩差不多的黑眼珠打量著很少會有變化的自然景觀，靜聽著與千百年前沒有絲毫差異的風聲鳥聲，心想，在我居留的大城市裡有很多儲存古籍的圖書館，講授古文化的大學，而中國文化的真實步履卻落在這山重水複、莽莽蒼蒼的大地上。大地默默無言，只要來一二個有悟性的文人一站立，它封存久遠的文化內涵也就能嘩的一聲奔瀉而出；文人本也萎靡柔弱，只要被這種奔瀉所裹卷，倒也能吞吐千年。結果，就在這看似平常的佇立瞬間，人、歷史、自然混沌地交融在一起了，於是有了寫文章的衝動。」

　　余秋雨先生的文章果然因為這奔瀉而出的久遠的文化內涵而獲得了巨大的成功，他憑藉敏銳的文化感悟力和精彩的文學表述才能，借山水風物將中國文化的古老根脈娓娓道來，同時也對古老文化的靈魂、生命的意義、文人的人格構成等文化話題進行了深度探尋。余秋雨在這條道路上走得堅定而執著，伴隨他丈量中外文化遺蹟的腳步，他先後出版了《文化苦旅》、《文明的碎片》、《山居筆記》、《千年尋拜》、《借我一生》、《千年一嘆》、《霜冷長河》、《行者無疆》、《出走十五年》、《笛聲何處》、《中國之

旅》、《非亞之旅》、《歐洲之旅》、《心中之旅》、《晨雨初聽》等遊記集。在這些遊記中，余秋雨的人文關懷精神備受矚目。

例如，他在《蘇東坡突圍》一文中寫蘇東坡，不去歌頌他的才情，不去同情他的遭遇，而是把他看作一個活生生的人，透過他的遭遇，審視中國文化的習慣以及文人人格的缺陷：

「蘇東坡到黃州來之前正陷於一個被文學史家稱為『烏臺詩獄』的案件中，這個案件......即便站在朝廷的立場上，這也完全是一個莫須有的可笑事件。一群大大小小的文化官僚硬說蘇東坡在很多詩中流露了對政府的不滿和不敬，方法是對他詩中的詞句和意象作上綱上線的推斷和詮釋，搞了半天連神宗皇帝也不太相信，在將信將疑之間幾乎不得已地判了蘇東坡的罪......

批評蘇東坡的言論為什麼會不約而同地聚合在一起呢？我想最簡要的回答是他弟弟蘇轍說的那句話：『東坡何罪？獨以名太高。』他太出色、太響亮，能把四周的筆墨比得十分寒傖，能把同代的文人比得有點狼狽，引起一部分人酸溜溜的嫉恨，然後你一拳我一腳地糟踐，幾乎是不可避免的。在這場可恥的圍攻中，一些品格低劣的文人充當了急先鋒。」

從蘇東坡的這起冤案中，余秋雨看到了中國傳統文化中殘酷的一面：

「越是超時代的文化名人，往往越不能相容於他所處的具體時代。中國世俗社會的機制非常奇特，它一方面願意播揚和轟傳一位文化名人的聲譽，利用他、榨取他、引誘他，另一方面從本質上卻把他視為異類，遲早會排拒他、糟踐他、毀壞他。起鬨式的傳揚，轉化為起鬨式的貶損，兩種起鬨都起源於自卑而狡黠的覷覦心態，兩種起鬨都與健康的文化氛圍南轅北轍。」

余秋雨的這些剖析實際上並非僅僅是針對這一歷史事件，對當

126

今的一些文化現象也具有一種警示的效果。余秋雨的人文關懷，關懷的最終對像是現代的文化、現代的文人，這使得他的遊記文學獲得了更加長久的生命力和感召力。

3.女作家遊記創作成就斐然——從愛與恨的傾訴到詩與美的追求

「五四」運動以來，在尊重人權、男女平等的時代思想的推動下，女性走上了歷史的前臺，獲得了與男性一樣的受教育和參與社會活動的機會和能力。在現當代作家群中，活躍著一大批女性作家，她們別具一格的文學創作可以說是現當代文壇的重要收穫。

女性參與創作在中國古已有之，但是從來沒有像現當代這樣積極，這樣廣泛。在旅遊文學創作領域，女性也同樣大有作為。她們以獨特的心靈世界觀照山水，改變了遊記文學的美學風貌。她們的遊記作品，或描寫獨特的個性感悟，或抒寫民族的憂憤，或參與時代主旋律的歌唱，富含豐富的文化精神。這些女性作家的旅遊文學作品，有的有專集，如冰心的《寄小讀者》；有的以單篇的形式刊登在報紙雜誌上或者選錄在作品集中。女作家以女性特有的輕靈心性、纖敏感悟和細膩筆觸描摹自然景觀，在獨特的審美視角上把女性特質融入山水風物，展示對人性理想的追求與期待，體現著至真至純的人格美。

在女性作家的心裡和筆下，「愛」是永恆的主題，在她們的遊記中，也同樣表達著對「愛」的執著追求，她們愛自然的山川，愛孩子的天真，愛親朋好友，愛一切美好的事物。冰心是這種「愛」的哲學最忠實的表現者。在她的作品中，讀者能夠感受到其對美與真的崇尚，對愛的執著。

《寄小讀者》是冰心在1920年代留美期間為《晨報》副刊撰寫的通訊體遊記，遊記以清新秀麗的文筆描繪了大自然的美妙景色，如在《寄小讀者》通訊七中她寫道：

「她現在橫在我的眼前。湖上的月明和落日，湖上的濃陰和微雨，我都見過了，真是儀態萬千。小朋友，我的親愛的人都不在這裡，便只有她——海的女兒，能慰安我了。Lake Waban，諧音會意，我便喚她做『慰冰』。每日黃昏的遊泛，舟輕如羽，水柔如不勝槳。岸上四圍的樹葉，綠的，紅的，黃的，白的，一叢一叢的倒影到水中來，覆蓋了半湖秋水。夕陽下極其艷冶，極其柔媚。將落的金光，到了樹梢，散在湖面。我在湖上光霧中，低低的囑咐它，帶我的愛和慰安，一同和它到遠東去。」

在冰心的筆下，山川湖泊、波光樹影、雨雪霞霧，無不是有生命意義的存在。山水時而像情感豐富的精靈，排解著冰心去國思鄉的憂愁；時而又如善解人意的朋友，傾聽著冰心細語綿長的述說。

在《寄小讀者》（二十八）中表達了冰心海外歸來對母親的眷戀和愛戴：

「親愛的母親！我的腳已踏上了祖國的田野，我心中複雜的蘊結著歡慰與悲涼！二十七日的黃昏，三年前攜我遠遊的約克遜號，徐徐的駛進吳淞口岸的時候，我抱柱而立。迎著江上吹面不寒的和風，我心中只掩映著母親的慈顏。三年之別，我並不曾改，我仍是三年前母親的嬌兒，仍是二十餘年母親懷抱的嬌兒！

上海苦熱，回憶船上海風中看明月的情景，真是往事都成陳跡！二十六夜海波如吼，水影深黑，只在明月和我之間，在水上鋪成一條閃爍碎光的道路。看著船旁爆然飛濺的浪花，這一星星都迸碎了我遠遊之夢！母親，你是大海，我只是剎那間濺躍的浪花。」

冰心的遊記攬景繪心，傾墨描寫美妙的自然景緻，抒發真摯熱烈的愛之情，春花秋月、青山綠水、晨曦晚霞，無不姿態萬千，變幻無窮，而字裡行間漫溢的愛更讓人怦然心動。

女詩人方令孺同樣富有一副博愛心腸。她的《琅琊山遊記》洋

洋灑灑萬餘字，為我們展現了一幅賞心悅目的山水畫卷，隨便截取一段，都能夠令人嚮往：

「我愛的是蒼茫的郊野，嵯峨的高山，一片海嘯的松林，一泓溪水。常常為發見一　條澗水，一片石頭，一座高崖，岩上長滿了青藤，心中感動得叫起來，恨不得自己是一隻鹿在亂石中狂奔。『淡懷自得梅花味，逸興還同野鹿群。』一個年青的沒有嘗過人世辛酸的人，確有這種沖淡，閒散的興味。」

「春樹的枝條在月光裡灑下姍姍的影子，像一個古美人拖著飄逸的裙裾一樣。濯纓泉這時澄黑如墨。佛殿上的鐘聲已悠渺下去……山中的月夜真幽冷，山蘭花發出一陣陣的清香。三人中間有一個人心裡正填滿了苦恨，說不久就要走到寥遠的南方入山去了。在這寂靜的空山明月下，在這天真無滓的祇園中，這個人把他的悲愁用輕輕地像微風拂草，又從草上悠悠地落到澗底卜，跟著泉水在石子中間哽咽的聲音向我們訴說。月光與這個人眼中的淚光交相輝映。這正是宜於在這深山裡月光底下傾聽人說心事！我好像聽了一段淒涼的夜曲，默默的站起來，跑到藤蘿架那邊去徘徊。」

遊記中不僅有美妙的月光，還有淒美的故事和美麗的人情，讀來讓人感動。

與冰心和方令孺不同的另一位女性散文家謝冰瑩，在遊記中表現出了對現實生活更多的理性思考和熱情。她的遊記作品《愛晚亭》、《獨秀峰》、《濟南散記》、《龍隱岩》等一方面表現了女性作家的細膩和婉約，一方面也表現了積極向上的奮鬥精神。在《龍隱岩》中，作者追憶「跳石」的情景：

「我把那一個一個的高低不平的石頭，比成擺在我們面前的艱難險阻的難關，不管它是怎樣滑，怎樣難走，怎樣危險，但我總要朝著目的地前進。如果不小心掉在水裡，爬起來又踏著『跳石』一個一個走過去，只要不怕，無論多麼難走的『跳石』都可走完

的。」

在這段文字中我們看到了女作家獨特的思想和氣質。

女性走向社會經歷了比男性更艱苦的歷程，其中許多人需要同頑固的封建思想桎梏作頑強的抗爭，表現出與傳統相悖的叛逆性格和精神。在眾多女性作家中，盧隱正是這樣一位現代性特點鮮明的作家。她的遊記表現了對自由的渴望以及在追求自由過程中的失落與痛苦、喜悅與歡笑。在《異國秋思》中，作者看到一群「驕傲於幸福的少女們」「吃著喝著，高聲談笑著」，盡情揮灑著「青春的愛嬌，活潑快樂的心情」，想到了自己走過的崎嶇坎坷之路，不禁感言道：

「哦！流年，殘酷的流年呵！它帶走了人間的愛嬌，它蹂躪英雄的壯志，使我站在這似曾相識的樹下，只有咽淚，我有什麼方法，使年光倒流呢！唉！」

盧隱曾經與這群少女一樣孕育過玫瑰色的希望，但是現實中盧隱的生活卻充滿了痛苦：

「我走的是崎嶇的世路，我攀緣過陡削的崖壁，我由死的絕谷裡逃命，使我嘗著忍受由心頭淌血的痛苦，命運要我喝乾自己的血汁，如同喝玫瑰酒一般……」

盧隱的生活狀況並不是獨特的個例，在20年代，像她一樣掙扎在精神痛苦中的女性還有很多。她們把自己的痛苦表現在作品中，連旅遊也不能擺脫鬱鬱之情。

石評梅也是這樣一位富有才情卻生活在痛苦之中的女作家。她在給盧隱的信中寫道：

「廿餘年來在人間受盡了畸零，忍痛含淚扎掙著，雖弄得遍體鱗傷，鮮血淋淋，仍緊嚼著牙齒作勉強的微笑！我希望在顛沛流離中求一星星同情和安慰以鼓舞我在這人世界戰鬥的勇氣；然而得到

的只是些冷諷熱笑，每次都跌落在人心的冷森陰險中而飲泣！此後我禁受不住這無情的箭鏃，才想逃避遠離開這冷酷的世界和人類。」

石評梅的遊記也表現了自己在痛苦中追求獨立性格的不屈精神。在遊記《煙霞餘影·翠巒清潭畔的石床》中，石評梅寫下了夜遊萬壽山的哀婉心情：

「一個人坐在那石床上，聽水澗底的聲音，對面陰濃蕭森的樹林裡，隱隱現出房頂；冷靜靜像死一般籠罩了宇宙。不幸在這非人間的，深碧而穹渺的清潭，映出我迷離恍惚塵影；我臥在石床上，仰首望著模糊淚痕的月兒，靜聽著清脆激越的水聲，和遠處梅隱淒涼入雲的歌聲，這時候我心頭湧來的淒酸，真願在這般月夜深山裡盡興痛哭；只恨我連這都不能，依然在和人間一樣要壓著淚倒流回去。蓬勃的悲痛，還讓它埋葬在心坎中去展轉低吟！而這顆心恰如林梢月色，一樣的迷離慘淡，悲情蕩漾。」

在當代女性作家的筆下，愛和恨都不再帶有濃厚的時代色彩。當代女性作家具有了更為自覺的女性意識和寫作視角，對詩與美的追求更為從容和堅定，表現出了獨特風采和情懷，其中，鮮明的反叛精神、獨立思考的特點特別值得玩味。

湖南籍女作家葉夢在《羞女山》一文中一反眾人對「羞女」的種種非議，以女性的審美視角讚美了資水邊羞女山的美麗：

「我擦了擦眼睛，那斜斜地靠著陡峭的山崗，仰面青天躺著的，不就是羞女麼？她那線條分明的下頜高高翹起，瀑布般的長髮軟軟地飄垂，健美的雙臂舒展地張開，勻稱的長腿，兩臂微微彎曲著，雙腳浸入清清的江流。還有，她那軟細的腰，稍稍隆起的小腹和高高凸出的乳峰。在暖融融的斜照的夕陽下，羞女『身體』的一切線條都是那樣地柔和，那樣地逼真，那樣地凸現，那樣地層次分明：活脫脫一個富有生氣的少女，赤裸裸地酣睡在那夕陽斜照的山

崗。我似乎感覺到了她身體的溫馨，看得見她呼吸的起伏。我祈求汽車開慢一點再慢一點。我使勁盯著不敢眨眼。我擔心我眨眼那工夫，那『羞女』便會呼地坐了起來。

我被羞女完美的『體態』震懾了，心靈沉浸在一種莫名的顫慄之中。我感嘆造化的偉力......呵，羞女山，你不只是女神偶像的山，你是一種溫暖，一種信念，一種感化的力量！」

葉夢對羞女山的讚美，是從女性的人文關懷角度、從審美的角度發出的，與舒婷的《神女峰》有幾分神似。舒婷在她著名的詩作《神女峰》中，也對自然的造化——神女峰進行過一番女性視角上的解讀：

「美麗的夢流下美麗的憂傷

人間天上，代代相傳

但是，心

真能變成石頭嗎

為眺望遠天的杳鶴

錯過無數次春江月明

沿著江岸

金光菊和女貞子的洪流

正煽動新的背叛

與其在懸崖上展覽千年

不如在愛人肩頭痛哭一晚」

神女峰是巫峽上的一座小山峰，千百年來作為堅貞女性的化身受到文學家、藝術家的禮讚，有關神女峰的傳說美麗而憂傷。舒婷沒有步眾多文學家的後塵，去讚美神女峰守貞千年的典範精神，而

是以女性的慈悲和仁愛，探尋著神女內心的痛苦，「心真能變成石頭嗎？」實際上作者是在問：「什麼樣的痛苦和殘忍能把一個女人的心變成了石頭？」舒婷從理解和關切的角度指出：「與其在懸崖上展覽千年，不如在愛人肩頭痛哭一晚。」舒婷對男權社會下對女性的道德約束表示了懷疑，這種懷疑帶有深刻的人文關懷精神和堅定的叛逆精神，表達著鮮明的女性意識，女性不應該為了虛無的貞女節婦的名聲犧牲自己的真實幸福。毫無疑問，這首詩是女性為追求生命的本真發出的呼喚，是新時期女性心聲的代言。

即便是面對荒涼的戈壁沙漠，女作家也不會放棄對情感和女性人生觀的審視。王英琦就是這樣一位追求自我的真實品格的女作家。她在《向戈壁》中，表達了對傳統世俗愛情觀的思考，表現了當代女性自尊、自強的覺醒意識。

王英琦被稱作「大陸三毛」，她本人有三毛那樣浪跡天涯的經歷，也有三毛那樣在寫作上不羈的個性。她的遊記作品，有歷史的追尋，也有文化的思考，以一種快言快語的方式表達著粗獷豪爽之美，同時兼具女性作家的委婉含蓄。

菡子的遊記則以文筆優美、詩意盎然而著稱。她的《香溪》因洋溢著對美好生活的激情和詩意而入選中學生課本。在這篇遊記中，作者寫王昭君故鄉的現實生活，時時融入對王昭君美好形象和情感的想像，使遊記在詩情中蕩漾：

「這里長長的流水，都像鏡面一樣，也許昭君不止一次在這裡對水梳妝，她的脂粉成了香溪的來源。三月桃汛，河面浮遊著一群群的『桃花魚』，輕得像白色的泡沫，但在碧波之上艷若桃花，人說這就是昭君的脂粉。三月一過，『桃花魚』倏然不見了。那麼，三月，該是昭君回來省親的時期吧？唉，這動人的香溪與昭君隔著那麼久遠的年代，而現在一切的傳說和見聞，人們離昭君卻是這麼近啊！」

菡子的《香溪》，像一縷花香，在人們的心中久久地飄散著。

　　馬麗華也是一位把遊記當作詩來寫的作家，她的遊記充滿了詩性的穎悟。她筆下的西藏，是精神的西藏、富有情感的西藏、聖潔而神秘的西藏、值得永遠領略與感悟的西藏，也就是「詩意」的西藏。如她在《西部開始的地方》　（《藏北遊歷》第一章）中表達的對西藏的感悟：

　　「西藏仍處於英雄史詩的年代」，「稍稍深入一下藏北，便會強烈感受到這裡並存著的兩個世界：現實的物質世界和非現實、超現實的精神世界......沒有了神話之光的照耀，遊牧生活將黯淡許多。至少，人們會備感孤獨」，「大草原正是牧人自己的形象——大自然與草原人已融合為一。」

　　她在《在神山岡仁波欽的一次精神之旅》（《西行阿里》第四章）中對「自我體驗」作了極致的描述：

　　「環繞神山是精神的旅行，是靈魂對於自我的檢驗過程」，「我走遍了西藏，這　是令人愉悅的生命靈魂之旅」，「儘管它本身不具備更多，除了石頭和冰雪，但透過對它的凝視，它給予的一瞥成為無限。」

　　在她眼裡——「美是艱難的，優秀需要苦難」；在她的筆下，始終有一個潔淨真純的世界——「這個世界有多種境界，且讓我一如既往地遠物質，重精神，避喧囂，多沉思，終生面向優良境界並為世界作這一方面的代言人」。

現當代遊記創作論

一、現當代遊記創作概況

中國現當代遊記繼承並發揚了古代遊記的優秀傳統，同時有了更新的發展。遊記的內容更為豐富了，遊記的形態和藝術表現方式更多樣了，遊記與社會生活之間的關係也更切近了。縱觀現當代遊記的發展過程，可分為以下兩個時期：

（一）發生、發展時期（1919年—1949年）

本時期的遊記完成了從文言到白話的轉換，經歷了五四的文化啟蒙、30年代的白色恐怖以及40年代的抗戰烽火等艱難的發展歷程，一大批享譽中外的遊記文學大家脫穎而出，遊記的創作也由文白轉型期走向了現代白話文創作的成熟期，出現了一批具有較高審美意蘊的遊記美文。遊記的內容有了新開拓，以社會生活風貌為主要描寫對象的遊記與山水遊記平分秋色，域外遊記創作非常活躍。遊記的創作形式有了進一步的發展：出現了具有總體設計思想的系列性遊記；對自然山水的描寫呈現多層次多角度；借鑑了一些西方現代表現手法，增強了藝術表現效果。現代遊記的創作高峰期是30年代，鍾敬文的《西湖漫拾》、《湖上散記》，郁達夫的《屐痕處處》、《達夫遊記》，陳友琴的《川遊漫記》，陳萬里的《西行日記》，巴金的《旅途隨筆》，俞平伯的《燕知草》，沈從文的《湘行散記》等都是上乘佳作。

（二）繁榮時期（1950年—現在）

新時期以後，遊記創作再次出現了新的高潮，以個性化和文化反思為重點，余秋雨的《文化苦旅》是典型的代表。由於旅遊趨向大眾化，電視、報刊、網絡等傳播媒介迅速發展，遊記的創作也呈現出了精英與大眾並舉的狀貌。遊記創作的數量、出產的速度都遠遠超過從前，遊記題材也進一步拓展。人們不再拘泥於傳統遊記的單純文字表達方式，而是將圖、音像，甚至動畫與文字結合起來，使遊記更具有趣味性、娛樂性、可讀性。專題遊記豐富多彩。域外遊記反映的旅遊生活也更為廣泛、深入。隨著跨文化交流的進一步拓展和加深、文化研究熱潮的推動，一些專家、學者在出國訪問、考察、學習中，有意識地關注異域文化，撰寫了大量具有學術價值的文化遊記，這些遊記為當代遊記的創作增添了厚重感和文化的深度。

二、現當代遊記的審美特徵和旅遊文化價值

（一）審美特徵

現當代遊記是中國現當代社會發展的記錄和反映，與古代遊記的審美特徵有明顯不同，具有強烈的時代感、廣泛的社會性和鮮明的現代性。

1.強烈的時代性

現當代遊記既繼承了古代遊記中的隱逸意識、山水意識，同時更注重表現富有時代特色的憂患意識和愛國情感。特別是在現當代

社會生活中具有重大影響力的個性主義、民主主義、愛國主義、馬克思主義以及其他一些西方現代思想等都在現當代遊記中有充分的體現。

2.廣泛的社會性

現當代遊記的題材得到了空前的擴展。除了表現傳統遊記中常見的大川暢遊、名山賞景、訪古問勝等過程外，由於現代交通工具、交通條件的改善，旅遊範圍不斷擴大，跨文化交流需求旺盛，因此現當代遊記增加了考察社會、瞭解民情、交流文化、探知奧秘等內容，特別是表現出國留學、參觀訪問、國際往來等內容的作品非常豐富，而且還涉及政治、經濟、文化等方方面面，使現當代遊記成為瞭解特定時期，特定地域社會生活的重要文獻材料。

3.鮮明的現代性

現當代遊記的文體特徵和語體特徵均與古代遊記有別。在文體上，現當代遊記除了以紀實性敘述、描寫和抒情為主的紀遊散文外，還增加了書信、特寫、報告文學、小品、隨筆等新的文體。語體上的變化更為突出，現當代遊記以白話代替了文言，語言表達更加明白曉暢、自然生動，許多現代漢語的表達方式諸如各種修辭格的巧妙運用，給現當代遊記帶來了新的面貌。同時，現當代遊記中大量借鑑西方現代派藝術表現技巧，如意識流、蒙太奇、變形誇張等，大大增強了遊記的審美效果。

（二）旅遊文化價值

現當代遊記是現當代旅遊文化的重要組成部分。現當代遊記對旅遊文化建設意義重大。

1.旅遊資源開發的評價和參謀價值

遊記為開拓和挖掘旅遊資源服務。遊記雖然是個人的個性化的創作，但所描寫的內容是客觀的。遊記中所表現的域外或境內各地域不同的社會思想、文化生活、風俗習慣、山川風貌等，既是該地區旅遊資源特徵的真實表現，同時也可以成為人文和自然旅遊資源開發與建設的重要依據和參照。有些旅遊景點在開發過程中表現出的過於「文人氣」和過於「商業氣」，都是旅遊文化建設的偏失，這些在遊記中有非常明顯的反映。在此意義上講，遊記可以被視為旅遊資源開發的參謀。旅遊資源開發成功的經驗和失敗的教訓都在遊記中有所記述。

2.旅遊文化的傳播和教育價值

優秀的遊記可以提升遊客思想境界。隨著旅遊業的不斷發展，擴展旅遊文化的內涵、提升旅遊品質是大勢所趨。當旅遊不僅僅作為繁榮社會經濟的手段和社會發展的窗口，而且是作為人們文化生活方式的自覺選擇時，旅遊的文化意蘊必將在一定程度上借文學創作的方式而張揚，可以說，遊記是旅遊文化中最具有生命力的因素。當遊客欣賞到優秀的遊記時，不但可以使旅遊資源的文化意蘊獲得遊客的充分領會，還可以陶冶遊客的情操，因而具有深刻的文化傳播和道德教育意義。

三、現當代遊記的言語表達特點

現當代旅遊文學包含許多不同的文體，遊記、紀遊詩、景點介紹是最傳統的旅遊文學，導遊詞是旅遊業大發展背景下產生的旅遊文學樣式，而音、像、文相結合的電視旅遊文學和網絡旅遊文學是數字電子傳媒環境下的旅遊文學樣式。這些不同的文體形式在言語交際方式上各不相同，遊記、紀遊詩、景點介紹是書面形式，導遊詞是口語形式，電視旅遊文學和網絡旅遊文學是文字、聲音、圖像

等多種因素相結合的形式。不同的文體形式對言語表達有不同的要求，從而形成了不同特點。這裡主要探討現當代遊記的言語表達特點，下文中提到的遊記均指現當代遊記。

在研究方法上，我們借鑑結構—功能語言學理論，將遊記創作過程視為一種言語交際過程，其中俄形式主義批評家羅曼·雅各布森在其代表作《結束語：語言學和詩學》中提出的語言六要素和六功能說是最主要的參考依據。按照此學說的觀點，我們把遊記創作視為一種特殊的言語交際活動，交際的目的和效果受交際過程中的各種語言因素影響，其中包括說話者（作者）、受話者（讀者）、語境、訊息、接觸、代碼等。言語交際過程中對不同語言因素的側重表現出不同的言語功能，例如：側重說話者表現出情感功能，側重受話者表現出意動功能，側重語境表現出指稱功能，側重訊息表現出詩的功能，側重接觸表現出交際功能，側重代碼表現出元語言功能，等等。具體在遊記中，與上述語言要素和語言功能相對應的表現內容分別為作者個性化的表達、讀者的反應、對主客觀環境的敘述、審美感受和體驗、書面交際的表達形式，語言文字特有的節奏、韻律等，這些因素、功能和內容之間的關係如圖所示：

語境（指稱功能）（主客觀環境的敘述）

訊息（詩的功能）（審美感受和體驗）

作者（情感功能）..................................... 讀者（意動功能）

（個性化的表達）.................................. （對言語的反應）

接觸（交際功能）（書面語的含蓄性交際內容）

代碼（元語言功能）（漢語言文字的音韻、節奏）

遊記創作始於作者，終於讀者。遊記的創作和閱讀是一個　在作者和讀者之間完成的言語交際過程，其交際效果如何，並非僅取決於訊息因素，而是各個因素相結合的結果。正如特倫斯·霍克思

所言：「訊息不提供也不可能提供交流活動的全部『意義』，交流的所得，有相當一部分來自語境、代碼和接觸手段。」不同的語言因素在言語交際過程中借助表達的內容造成不同的作用。比如語境，語境指的是與訊息相關的主客觀環境，當遊記中的言語側重於語境時，言語便具有指稱功能，此時的言語表達內容主要是對作者自身以外的時空環境的敘述，諸如遊蹤、時間、地點以及旅行方式的說明等，語言是具體的、客觀的、說明性的，語言的工具性表現得更明顯。再如訊息，當遊記中言語的表達側重於訊息自身時，便表現出了語言的詩的功能，所謂言語集中於自身，是指言語不指向外在的人和事物，不起具體的指示作用，而把注意力集中於語言的音韻、措辭、句法和審美意義，此時的言語與作者的審美思維相統一，審美的過程也是言語表達的過程，此時的語言是詩化的語言。

無論是詩化的語言還是非詩的語言，在整個遊記創作中，都不可或缺。其他語言因素和表現功能也一樣，都是遊記創作和欣賞過程中的有機組成部分。如代碼，語言文字作為交際的媒介，與以口語或者圖畫、音像為媒介的導遊詞、專題片解說詞大不相同，特別是語言文字自身特有的表達形式，是其他媒介不能企及的。再如書面接觸形式，書面文字接觸形式是遊記的交際方式，這種交際方式為作者提供了廣闊的表達空間，也賦予讀者更多的想像空間。還有遊記中的作者，作者是這個交際過程的充分參與者，其情感表達處於最自由狀態，個性特徵因此得到了最充分的展現，這又與導遊詞以及旅遊景點介紹等旅遊文學樣式區別開來，後者是代人立言，言語內容是大眾化的，表達公眾共同認可的審美經驗而非導遊者的個性。而與作者相對應的讀者因素在遊記中是隱沒的，這種隱沒雖然有多種形式，但無論哪種形式，讀者的反應都是被動的。這種情況正好驗證了霍克斯的另一個觀點，就是各要素的地位不是相等的，「交流活動在一種情景中會傾向於語境，在另一種情景中會傾向於代碼，在其他情景中還會傾向於接觸，如此等等」。

總的來看，在一篇遊記中，由於受不同語言因素和表達功能的影響，遊記的言語方式有時是敘述性的，有時是說明性的，有時是抒情性的，這些言語方式的變換正是以不同語言因素為表現側重點的結果，表面上看起來似乎無跡可尋，但是，遊記的言語方式無論怎樣變化，總是有一些固有的言語特點左右其間，這裡試對此加以論述。

（一）從作者和讀者的交際地位看，遊記的言語表達具有高度自由的單向性

　　遊記以書面接觸形式為特點，這一特點與導遊詞的口語接觸方式不同，大多數遊記的言語者（作者）與受話者（讀者）之間的關係是泛指的、不確定的，即便是有些遊記的閱讀對像是確定的，如以書信形式為主的遊記有明確的受話者，但受話者也處於非顯現的地位，不能左右言語交流的過程。由於這種交流關係的不確定性、鬆散性和非顯現性，使得作品內容（訊息）的控制更多地由作者（說話者）占主導地位，作者（說話者）的興趣點、情感傾向和主體性特徵表現得更加充分和自然，作者不必考慮受話者的地位、年齡、接受程度，也不必考慮讀者是否樂意接受其觀點，只要是自己的真實感受、真實經歷都可以寫，言語表現的方法和內容具有巨大的發揮空間。在這種高度自由狀態下，自言自語式和虛擬對話式表達比較有代表性。

　　1.自言自語式表達

　　在許多遊記中，說話者面對觀賞對象，沉浸其中，自我陶醉，自我感動，遊記言語近似於自言自語。如王蒙的《凝思》：

　　「一朵蓮花，純潔得動人，一池水，溫柔無語。荷葉平靜豁達，飽經世事卻孩子般坦誠，全無遮蔽。水面上的遊蟲，很有章法

地屈動著肢體，我行我素地有趣。

古老的青蛙，以默然的平靜思考著。

石橋石坊，清白方整，玲瓏如戲。迴廊九曲，如柱脫漆，猶有沒有你我時的字跡。好柔媚的字啊，如舞女的身體。

不要走，不要改變地位，就這樣看一眼，再看一眼，看一個小時，再看一個小時。我不要別的角度，我不要別的景緻，我不要重疊和淡化，只要這一個景，這一幅畫永遠保留在我的心裡。」

（崔建飛《王蒙漫遊美文》）

作者的這種自言自語式言語形式，把一個靜謐的畫面不僅印刻在自己心中，同時透過文字傳達給讀者。作者與讀者之間的交流不是透過直接的言語而是透過畫面和情感的認同而達成，這段文字使讀者體會到一種人與景互相欣賞的心情和境界。

2.虛擬對話式表達

一些遊記中，作者有意偕讀者同遊，在文中為讀者指點迷津，以期讓讀者產生身臨其境的感覺。如碧野的《天山景物記》：

「朋友，你到過天山嗎？天山是西北邊疆的一條大山脈，連綿幾千里，橫亙準噶爾盆地和塔里木盆地之間，把廣闊的新疆分為南北兩半......　如果你願意，我陪你進天山去看一看......當落日沉沒，周圍雪峰的紅光逐漸消褪，銀灰色的暮靄籠罩著草原的時候，你就看見無數點點的紅火光，那是牧民們在燒起銅壺準備晚餐......朋友，天山的豐美景物何止這些，天山綿延八千里，不論高山、深谷，不論草原、湖泊，不論森林、河流，處處都有豐饒的物品，處處都有奇麗的美景，你要我說我可真的說不完，如果哪一天你有豪情去遊天山，臨行前別忘了通知我一聲，也許我可以給你當一個不很出色的嚮導。不過當嚮導在我只是一個漂亮的藉口，其實我私心裡也很想找個機會去重遊天山。」

［楊滕西《中國當代遊記選》（上）］

　　文中作者將讀者視為「朋友」，讓讀者以「你」的形式出現在言語中，作者似乎在與「你」親切地對話，但這僅僅是一種敘述策略，只不過相比於自言自語式的敘述，這種敘述形式更讓人感到溫暖和親切。以朋友身分出現的讀者仍然是泛指的，雖然文中的「你」不斷出現，但作為讀者的「你」並沒有獲得言語回應的機會。

　　有個別作品特別設計了固定的受話者角色，比如將所描寫的山水擬人化，作者與山水對話，或者將同遊的某個夥伴作為對話的對象，還有的以寫信的形式將旅遊見聞描述給親朋好友等，這樣的設計雖然使作品的言語有了明確的表達方向，但作者對旅遊景觀的感覺、評價以及情感表達的自由沒有受到限制，只是根據受話對象的身分、地位相應地作了一些話語形式的調整，受話者也沒有機會參與到言語交流之中來。這種相對固定的受話者的安排，相比於泛化的受話者安排來講，只是使言語表達更加多樣化，更活潑、獨特、與眾不同，但總體上沒有改變說話者的絕對主導地位。

（二）從語境因素的影響看，遊記的言語表達呈現了鮮明的個性化

　　語境分主觀和客觀兩種。從客觀語境上講，遊記所表現的事物本身雖然千差萬別，但並不是產生遊記言語個性的主要原因，因為，同樣的山川風物在不同作者的筆下，會呈現迥然不同的狀貌。遊記言語表達方式的個性化是主觀語境影響的結果。主觀語境表現為作者的性格、性別、學識、修養、年齡、情感傾向等，這些因素影響著作者的創作風格和言語風格，特別是作者的情感傾向和性格特徵在作品言語的個性表現上的影響尤為明顯，可以說有多少個遊

記作家就有多少種個性鮮明的遊記言語，這裡僅以林語堂和吳冠中為例說明。

1.幽默的個性與幽默的言語

林語堂向來以幽默著稱，是1930年代的語言幽默大師。即便是表現憤怒的情感，也同樣不忘幽默。如他在遊杭州時，看到了一個展覽會紀念塔極不相稱地擺在西湖邊，為了表示他的憤怒，在《春日遊杭州》中這樣寫道：

「路過蘇堤，兩面湖光瀲灩，綠洲蔥翠，宛如由水中浮出，倒影明如照鏡。其時遠處盡為煙霞所掩，綠洲之後，一片茫茫，不復知是山是湖，是人間，是仙界。畫畫之難，全在畫此種氣韻，但畫氣韻最易莫如畫湖景，尤莫如畫雨中的湖山；能攫得住此波光回影，便能氣韻生動。在這一幅天然景物中，只有一座燈塔式的建築物，醜陋不堪，十分礙目，落在西子湖上，真同美人臉上一點爛瘡。我問車伕這是什麼東西，他說是展覽會紀念塔，世上竟有如此無恥之尤的留學生作此惡孽。我由是立志，何時率領軍隊打入杭州，必先對準野炮，先把這西子臉上的爛瘡，擊個粉碎。後人必定有詩為證云：

西湖千樹影蒼蒼，

獨有醜碑陋難當。

林子將軍氣不過，

扶來大砲擊爛瘡。」

（夢琳《林語堂散文經典全編》第四卷）

林語堂對於燈塔式建築物表現出了近似於嫉惡如仇般的厭惡，建築物被喻為「美人臉上一點爛瘡」，自封為「林子將軍」，為了表達對醜陋的痛恨，立志率領軍隊打入杭州，目的是對準野炮，先

把這西子臉上的爛瘡擊個粉碎。為了明志還專門題寫了一首打油詩，其語言幽默，行為也不失趣味，讓人讀後忍俊不禁。

2.嚴肅的個性與理性的言語

相比之下，吳冠中先生就嚴肅得多。吳冠中作為一代藝術大師的代表，對藝術的理解和批評有常人難以企及的深度。因此，他的批評也從來不是表面化的，而是深刻並且富有啟發意義的。他的遊記《衣冠楚楚》寫的是作者在千禧之年觀看公祭大禹陵，作者沒有和常人一樣描繪公祭的盛大場面，而是出於藝術家的直覺對大禹塑像進行了仔細的觀察，作者發現這個在傳說中三過家門而不入的治水英雄被塑造成了「寬袍大袖，冠帶端莊，五綹長鬚的帝皇富態相」，聯想開來，西湖岳王廟裡的岳飛和不少諸葛亮的塑像也同樣被塑造成衣冠楚楚，五綹長鬚的福相，官相，因此，作者感言：

「我們的民族文化有著非常濃厚的官本位意識，一切以官為至上，以官為指歸......以官為美的民族審美意識、官本位的思想框框對藝匠的創造力是一種扼殺。」

〔來新夏、韓小蕙《名人文化遊記》（國內卷）〕

像這樣的旅遊文學作品，言語中透露著情感和思想的趣味性和深刻性。林語堂和吳冠中的言語是自身個性特徵的生動表現，因此，作品自成高格，能夠使人在閱讀中體會出作者個性的魅力、智慧和文化的份量。遊記中表現出來的這種個性，使遊記具有了獨特的魅力。

（三）從訊息表達的內容看，遊記的言語表達呈現了多樣的詩化形式

存在主義哲學家海德格爾在思索人類的生存本質時曾經借用過

何爾德林的一行詩：「人建功立業，但詩意地棲居在這個大地上。」拋開海德格爾「詩意」和「大地」的特別含義，我們僅從旅遊和文學的角度進行感悟，旅遊文學無疑是人類在自然和人文社會生活中詩意棲居的發現和表達，這種表達與其感悟一樣是詩化的。

作者言語的詩化和他的個性是緊密相連的。越是有個性的作者，其作品言語的藝術性也相對較強。遊記言語的詩化主要表現為作者對旅遊景觀審美體驗的表達，個性化的體驗往往是獨特藝術表達形式的重要基礎，作者將不同的藝術感悟表現為風格獨特的言語方式，正如童慶炳先生所言：「在文學作品中，作家為什麼這樣選擇和安排詞句，而不是那樣選擇和安排詞句，這是因為語言的運用是與作家的藝術直覺同一的。他們這樣運用語言，不是單純擺弄某種技巧，乃是因為他們如詞語這般感覺生活。」

「如詞語這般感覺生活」說的就是遊記作者在表情達意過程中審美感覺與言語形式的和諧統一。旅遊是對自然美和人文美的體驗過程，遊記是審美過程的記錄。遊記以真實的情態、以飽滿的熱情和形神畢現的言辭表達作者的所見所聞所感，在遊記中，山川風物的自然美、名勝古蹟的人文美和遊記語言的藝術美得到了完美的結合。此時的言語關注的是怎樣近意，用什麼樣的表達形式完整而真切地表達心中的感覺。由於山水之美和人文之美的多樣化，也由於作者個性的豐富性，因此遊記言語的詩化表現形式也是多種多樣的，其中對於自然景物的詩化表現常常使用白描式、工筆式或者比喻、誇張、通感等形象化修辭形式，而對於人文景觀和名勝古蹟則較多地使用分析式、追溯式、對比式等藝術形式，以體現景觀深刻的內蘊。有的遊記在情境的敘述中還採用講故事式或者情節想像式等詩化形式。

1.自然景觀描寫的主要詩化形式：白描式、工筆式與多種修辭形式

白描式和工筆式常見於描畫自然景物的靜態美。白描式用於遠觀景，作者用簡潔明快的言語勾勒景色的整體狀貌。工筆式用於近觀景，作者用精雕細刻的言語，表現對風景細緻的觀察和體驗。如汪曾祺在《初訪福建·武夷山》和《天山形色·火焰山》中的兩段描寫：

　　「玉女峰亭亭玉立，大王峰虎虎而蹲。晒布岩直掛而下，石色微紅，寸草不生，壯觀而耐看。天遊是絕頂，一覽眾山，使人有出塵之想。」

　　「火焰山，前人記載，都說它顏色赤紅如火。不止此也。整個山像一場正在燃燒的大火。凡火之顏色、形態無不具。有些地方如火方熾，火苗高竄，顏色正紅。有些地方已經燒成白熱，火頭旋搏如波濤。有　處火頭得了風，火借風勢，呼嘯而起，橫拽成了一條很長的火帶，顏色微黃。有幾處，下面的小火為上面的大火所逼，帶著煙沫氣流，倒溢而出。有幾個小山岔，褶縫間黑黑的，分明是殘火將熄的煙炱……」

　　（汪曾祺散文集《昆明的雨》）

　　這兩段文字，前者用的是白描式手法，後者用的是工筆式手法，兩者相比，描寫景物一遠一近，一略一詳，各有所長，也各得其所。遊記中白描式與工筆式描寫的選擇是與遊覽的狀態以及景觀的特點相聯繫的，遊武夷山時，玉女峰、大王峰和晒布岩等景觀都是在九曲溪上遠遠觀看，玉女、大王、晒布等都是人們想像的形象，是約略的、大致的、不能細細追究的，因此，它們留給人們的印象就是整體的輪廓而不是具體的細節。火焰山則不同，千百年的風化造就了火焰山鬼斧神工般的特異形貌，作者在山腳下驅車而行，實際上處於火焰山的包圍之中，火焰山的一切細節歷歷在目，因此，描寫起來便是細緻的、具體的。

　　除了白描式、工筆式的言語形式外，許多可以產生生動、形象

藝術效果的修辭形式也在遊記中大量使用。如石評梅在《煙霞餘影》中描繪龍潭時，使用了許多生動的比喻句，調動了視覺、聽覺，將龍潭飛瀑描寫得有聲有色：

「這便是龍潭，兩個青碧的岩石中間，洶湧著一朵一片的絮雲，它是比銀還晶潔，比雪還皎白；一朵一朵的由這個山層飛下那個山層，一片一片的由這個深澗飄到那個深澗。

它像山靈的白袍，它像水神的銀鬚；我意想它是翠屏上的一幅水珠簾，我意想它是裁剪下的一匹白綾。但是它都不能比擬，它似乎是一條銀白色的蛟龍在深澗底迴旋，它迴旋中有無數的仙雲擁護，有無數的天樂齊鳴！

我痴立在岩石上不動，看它瞬息萬變，聽它鐘鼓並鳴。一朵白雲飛來了，只在青石上一濺，沒有了！一片雪絮飄來了，只在青石上一掠，不見了！我站在最下的一層，抬起頭可以看見上三層飛濤的壯觀：到了這最後一層遂匯聚成一池碧澄的潭水，是一池清可見底、光能鑑人的泉水。

（佘樹森、喬征勝《中國風景散文三百篇》）

石評梅的這段描寫展現了作者「痴立在岩石上」對眼前的一道飛瀑和深潭的所見所感，融入了作者許多美妙的想像，感覺的豐富和細膩表現了一個年輕而心情抑鬱的女作家思維空靈而縹緲的特點。同樣的飛瀑在一個地理學家或者一個政治家的筆下，會完全是另一副面貌。

2.人文景觀描寫的詩化形式：分析式、追溯式和對比式

分析式、追溯式和對比式的言語形式，主要用於作家對自然景物或者人文景物進行文化剖析或者理性觀照，這種言語方式仍然與作者的文化趣味有關。如呼倫貝爾草原，在那裡，作者翦伯贊除了看到平坦、廣闊、空曠的草原以外，還發現了一個歷史的秘密：

「為什麼大多數的遊牧民族都是由東而西走上歷史舞臺，現在問題很明白了，那就是因為內蒙東部有一個呼倫貝爾草原。假如整個蒙古是遊牧民族的歷史舞臺，那麼這個草原就是這個歷史舞臺的後臺。很多遊牧民族都是在呼倫貝爾草原打扮好了，或者說在這個草原裝備好了，然後才走出馬門。當他們走出馬門的時候，他們已經不僅是一群牧人，而是有組織的全副武裝了的騎手、戰士。」

[楊滕西《中國當代遊記選》（上）]

同樣是在這篇遊記中，翦伯贊用歷史追溯式的言語方式看待呼和浩特和包頭這兩座城市：

「現在的大青山，樹木不多，但在漢代，這裡卻是一個『草木茂盛，多禽獸』（《漢書·匈奴傳》）的地方。古代的匈奴人曾經把這個地方當作自己的苑囿。一直到蒙古人來到陰山的時候，這裡的自然條件還沒有什麼改變。關於這一點，從呼和浩特和包頭這兩個蒙古語言的地名可以得到說明。呼和浩特，蒙古語意思是青色的城；包頭的意思是有鹿的地方。這兩個蒙古語的地名很清楚地告訴了我們，直到13世紀或者更晚的時候，這裡還是一個有森林、有草原、有鹿群出沒的地方。」

[楊滕西《中國當代遊記選》（上）]

分析式、歷史追溯式是許多表現歷史古蹟內容的遊記慣於使用的言語方式。對比式的應用範圍比較廣，如今昔對比、中外對比，或者不同生活方式的對比等，只要是具有一定意義上的可比性，都可以進行對比。很顯然，分析式、追溯式和對比式的言語方式為讀者提供的是更有意義的知識和思想，在遊記中理性化較強。

3.情境敘述的詩化形式：故事式和情節想像式

遊記中除了表現自然景觀和人文景觀的狀貌外，還表現一些與傳說或歷史人物有關的情境，對這些情境的展現是敘述性的而不再

是描寫性的，其手法同樣多種多樣，而故事式和情節想像式是比較常見的兩種形式。

故事式和情節想像式都是將零散的歷史人物的生活片段或者傳說連綴成情節，使人們在聯想和想像中拉近與歷史人物的距離，或者將沉寂的歷史事件生動化。當代許多文化遊記使用這種言語敘述方式，既給人留下了深刻的印象，又使遊記避免了冗長的敘述帶來的呆板和沉悶。

王冶秋在他的《神宮變異記》中描述山西芮城的永樂宮時，使用的就是講故事的方式：

「話說山西省芮城縣，靠近黃河北岸的地方，有個永樂鎮，鎮上有座永樂宮。老鄉們過去把它叫『神宮』，說是魯班爺派了仙女一天一夜修成的。可也真是修得好，你看那山門進來，接連四重大殿，坐北朝南，高聳雲霄，朱欄玉戶，畫棟雕樑。頭一層殿叫做『龍虎殿』，進得殿來，但見那牆壁上畫著天丁、力士，個個威武勇猛，像是降妖捉怪的能手……」

[楊滕西《中國當代遊記選》（上）]

這樣的敘述形式好像說評書一樣，語句簡短而且口語化明顯，方便理解和接受，可以直接用來講給老人和孩子聽，雅俗共賞。

情節想像式是將歷史或者傳說復活，作者好像在導演一幕情節戲劇，透過想像將人的情態、動作，周圍的環境等栩栩如生地表現出來。如郭啟宏在《當塗採石之旅》中對太白撈月落水傳說的描寫：

「明月的清輝灑落在水面上，滿江如霜如霰，如玉如銀。江心分明一輪圓月，詩人傾杯豪飲，把盞邀月。蘆葦蕩裡掠過幾聲雁叫，復歸寂靜。詩人把劍插入水中，輕輕攪弄，只見那皎潔的一輪散了又聚，聚了又散，波光與月色齊輝，一片粼粼。偶爾傳來輕吟

低詠的風聲，不時響起柔波拍舷聲、潑刺刺魚兒跳浪聲，隱約可聞平平仄仄的詩的格律聲。詩人一不小心劍落江底，他略不加意地看了看，繼續用手掬水，水中月變成一片白的光亮，光亮漸漸擴散，科頭跣足、渾身素白的詩人的輪廓漸漸模糊起來，終於融化在波光中……」

[朱新夏、韓小蕙《名人文化遊記》（國內卷）]

在這段敘述中，作者依據自己對傳說的理解，將李白醉酒撈月的故事演繹得逼真、生動、形象。作者對周圍景色的描寫、對人物心態的揣度、對詩意朦朧的意境的把握，都維妙維肖，讀後令人感到此情此景如在眼前。作者在這裡虛實結合，實現了審美情感與言語表達的和諧統一。

（四）從書面交際形式和文字表達方式看，遊記的言語表達具有含蓄性和裝飾性

遊記以書面文字形式寫成，書面文字屬於靜態的，適宜於意會。文字本身意蘊深厚的優勢構成了遊記言語表達的優勢，文字為讀者提供了廣闊的想像空間，讀者根據自己的理解，可以對遊記裡描述的情景進行再創造等。總之，遊記透過書面文字可以取得言有盡而意無窮的藝術效果，更容易表現含蓄美。另外，書面文字的詞語選擇、音節韻律的協調以及長短句搭配產生的節奏感、韻律感，都是遊記不可多得的表現優勢，具有很強的裝飾性。

1.書面交際形式與遊記言語的含蓄性

含蓄是用文學語言表現心理感覺的一種藝術效果。在遊記創作中，言語的指稱功能和表現功能都能體現出含蓄性。

指稱語言在遊記中通常是對時空環境或者遊蹤的客觀記述，但

有時也能夠造成指稱之外的藝術作用。如季羨林先生在《遊臺小記》中的一段記述：

「我在臺北十天。除了臥病的那兩天外，天天是從富都大飯店上車，或到會場下車，或到法鼓山下車，或到中央研究院下車，或到臺灣大學下車，或到故宮博物院下車，或到圓山大酒店下車，根本沒逛過街。」

[來新夏、韓小蕙《名人文化遊記》（國內卷）]

短短幾個排比句，概括性地點出了季羨林教授臺灣行的主要行蹤，這樣寫一方面大大節省了逐一介紹所到之處的筆墨，另一方面又讓人感受到了老先生的來去匆匆和臺灣學界對季羨林教授的盛情款待，這是言語之外透露的情感和訊息。

相比而言，言語的表現功能更能體現語言的含蓄性。如張歧的《蓬萊閣紀遊》描繪了登蓬萊閣時所見的景色和感受：

「丹崖山，直插入海，懸崖絕壁，陡峭如削。山腳下，洪波起伏，怪礁嶙峋，濤浪擊崖，濺起千堆雪沫，濃如重霧，淋如大雨，發出沉雷般的轟鳴。我正扶欄朝崖下張望，忽然一陣大霧由山腳下升起，滾滾騰騰纏住了丹崖山腰，把閣和山分開來了。往下看，只聞濤聲不見海，向遠望，但聽犬吠不見村，天地間渺渺溟溟，只剩下個閣子了。」

（佘樹森、喬征勝《中國風景散文三百篇》）

文中寫到的「只聞濤聲不見海」、「但聽犬吠不見村」都是虛景，為人們展開想像提供了空間。幾個連續的比喻句「濃如重霧，淋如大雨，沉雷般的轟鳴」以及富有表現力的語句「濤浪擊崖，濺起千堆雪沫」、「滾滾騰騰」、「渺渺溟溟」等既製造了聲勢又使靜態的文字富有了動感，更表現了置身蓬萊仙境中的幻化感覺。而那種虛無縹緲、凌空飛昇的感覺正是作者所體驗到的，也是作者想

傳達給讀者的。

　　書面文字還可以將具體的事物抽象化，使生活中常見的事物詩化，在平常事物中表達不平常的思想，化腐朽為神奇。這樣的文字可以幫助人們大大提升審美水平，擴大言語的表現力。這也是書面交際形式使言語具有含蓄性的一種表現。如賈平凹的《敦煌鳴沙山記》：

　　「沙成山自然不能凝固，山有沙因此就有生有動：一人登之，沙隨足墜落，十人登之，半山就會軟軟瀉流，千人萬人登過了，那高聳的驟然挫低，肥壅的驟然減瘦。這是沙山之形啊。其形變之時，又出奇轟隆鳴響，有悶雷滾過之勢，有鐵騎奔馳之感。這是沙山之聲啊。沙鳴過後，萬山平平，一夜風吹，卻更出奇的是平堆竟為丘，小丘竟為峰，輒復還如。這是沙山之力啊。進入十里，有一泉水，周回千數百步，其水澄澈，深不可測，彎環形如半月，千百年來不溢，不涸，沙漏不掉，沙掩不住，明明淨淨在沙中長居。這是沙山之神秘啊……」

　　（佘樹森、喬征勝《中國風景散文三百篇》）

　　作者一唱三嘆地摹寫了沙山之形、沙山之力、沙山之神秘等，言語之間夾雜著古典文辭，使文章產生了儒雅的情趣和味道。透過作者對沙山的獨特理解，使人們對沙山產生了敬慕之感，對沙山之美有了新的認識，沙山不再是荒涼之地，而是那樣富有生命力和感染力，那麼神奇又不可小覷，沙山具有了人文的品格，令人讚嘆，也令人折服。

　　2.文字表達形式與遊記言語的裝飾性

　　漢語言文字的音義結合以及現代漢語以雙音節結構為主的表達方式，也使遊記的言語形式在藝術性追求上獨具特色，作家可以透過長短句式的搭配創造起伏有致的旋律，透過語言對稱的格局創造

整飾的語言美，還有音韻的和諧美，等等，這些言語形式使遊記語言具有很強的裝飾性。

如王蒙的《蘇州賦》開篇這樣寫道：

「左邊是園，右邊是園。

是塔是橋，是寺是河，是詩是畫，是石徑是帆船是假山。

左邊的園修復了，右邊的園開放了。有客自海上來，有客自異鄉來。塔更挺拔，橋更洗練，寺更幽靜，河更熱鬧，石徑好吟詩，帆船應入畫。而重重疊疊的假山，傳至今天還要繼續傳下去的是你的匠心真情，是你的參差坎坷的魅力。

這是蘇州。人間天上無一不二的蘇州。中國的蘇州。」

（崔建飛《王蒙漫遊美文》）

王蒙的這段文字參差錯落，融合了漢語言對稱、押韻等特有的組織特點，排比、擬人、對仗等修辭手法信手拈來，讀起來不僅有抑揚頓挫之感，而且，優美的文字成為園林景觀的最好襯托，城與園、園與文成為不可分割的美的組成部分。

山水之美、人文之美，對於詩人、文學家或者普通的遊客來講是永遠歌詠不盡的。在人們的筆下，山水風情或如小橋流水、詩情畫意，或如擎天巨峰、巍峨壯觀，或如長河落日、靜穆縹緲，給人以震撼和快樂。好的旅遊文學作家其實不僅僅具備一副才高詞盛的筆墨，胸中還有感應山水的別才，眉下有一雙觀察山水的別目。在表現山水、人文美的同時，還要表現山水賦予人的情韻和趣味以及思想內涵，這些又為書面旅遊文學作品的言語表達開拓了另一個廣闊的空間。現當代許多旅遊文學大家中，許多都具有這樣的別才和別目。他們不僅僅能夠維妙維肖地描摹出山水的美，出神入化地描摹山水的神韻，還能夠以獨特的審美視角對景物進行審美批評，表現出個性的魅力，別開生面地感悟其中的文化特質，令人茅塞頓

開。旅遊文學言語表達的豐富性同其表現的山水一樣變化無窮，奧妙無窮，旅遊文學作品的言語與自然山水和人文山水相諧美，描畫出一幅幅不可替代的文字山水，這也正是一些人喜歡捧讀遊記臥遊而不願意親臨景點觀看的重要原因。

四、現當代遊記與語境

　　語境是寫文章或說話所處的具體環境，也是語言使用的環境。1923年英國人類學家馬林諾夫斯基（B. Malinowski）將語境劃分為「情景語境」和「文化語境」，本文將以此為據，分析情景語境和文化語境對現當代旅遊文學作品言語表達的影響。

（一）情景語境下言語表達的多樣性

　　情景語境是指交際主體從事言語交際活動當時的具體情景。情景語境是一種現場語境，包括言語交際行為發生的具體時空環境、言語行為雙方當時的感知能力所能達到的限度，還包括與這次言語行為相關的各種交際要素組成的抽象環境，如言語的主題、場合、交流的方式、交際雙方的地位以及相互之間的關係、彼此之間瞭解的程度等。旅遊文學創作在一定意義上也是一種言語交際活動，只不過這種交際活動的受話者處於隱匿狀態，而且並不確定。但即便是這樣，言語交際理論中有關情景語境的內容仍然適用於旅遊文學的創作實際。情景語境對旅遊文學作品言語形式的影響具體表現在兩個方面。

1.言語方式隨客觀情景語境的變化而變化

　　客觀情景語境主要指時空環境。對於遊記創作來說，同一個作者，所處的時空語境不同，作品的創作目的、閱讀對象不同，作品

的言語表達方式便不同。

　　如冰心在1920年代創作《寄小讀者》時，身在國外，孤苦伶仃，滿懷愁緒，思親心切。她的文章主要寫給國內的小朋友，她既要把在國外的見聞如實告訴國內的小讀者，又要表達自己的寂寞情懷，還要像個大姐姐的樣子為小朋友做榜樣。這些情景的特殊性都表現在了她的言語中。在她的遊記裡，我們能夠讀出她對親人的無限思念之情，能夠領略她以敏捷的才思捕捉到的有意思的生活瞬間和場景，她為小朋友源源不斷地寄回了不尋常的禮物，還以大姐姐的身分為小朋友送去真心的關懷和囑託。她的言語方式是憂鬱的，同時又是活潑的、親切的、雅緻而隨和的。1961年，年逾花甲的冰心作為中國作家代表團代表訪問日本，之後創作了著名的遊記《櫻花贊》。此時的冰心已經是全國著名的作家、教授、文化使者，她的身分和社會地位使她更多地肩負起了社會責任。出訪日本雖然是一個文化活動，但是具有重要的政治意義。因此，我們看到在《櫻花贊》裡，冰心雖然用她細膩婉轉的筆觸描寫了不同地方櫻花盛開的不同景緻，但她的心情全不在讚美櫻花上，她寫到了日本出租車司機工會組織為了歡送中國代表團而延遲了罷工時間，記述了那位端詳穩重、目光注視著前面的司機謙和的一句話：「促進日中人民的友誼，也是鬥爭的一部分啊！」還有，冰心注意到了「街旁許多的汽車行裡，大門敞開著，門內排列著大小的汽車，門口插著大面的紅旗，汽車工人們整齊地站在門邊，微笑著目送我們這一行車輛走過」。所有這些都讓冰心大為感動，她感到「我的眼前仍舊輝映著這一片我所從未見過的奇麗的櫻花！」「汽車司機的一句深切動人的、表達日本人民對於中國人民的深厚友誼的話，使得我眼中的金澤的漫山遍地的櫻花，幻成一片中日人民友誼的花的雲海，讓友誼的輕舟，激箭似地，向著燦爛的朝陽前進！」與20年代遊記的憂鬱與活潑不同，此時冰心的作品言語經過了仔細斟酌，變得穩重而成熟，並且運用想像和聯想的方法將所要表達的深意與

眼前的櫻花美景相結合，使美景富有像徵意義，達到了見微知著的目的。這種變化是冰心個人心智變化的結果，也是其身分地位變化的結果，總之這種言語方式和特徵的變化是客觀情景語境帶來的。

客觀情景語境對旅遊文學言語形式的影響還可以從導遊員針對不同遊客使用不同的講解方式得到印證。導遊員的講解是口語形式的旅遊文學樣式，與遊記這種書面語表達形式不同。導遊詞雖然有較為固定的內容和表達形式，但總的來看屬於一種比較靈活的現場導遊應用材料，導遊員可以而且必須針對遊客的具體需求變通使用導遊詞，既不能過於追求自身的個性，也不能千人一面。不同年齡、不同學識背景以及不同審美愛好的遊客的需求，共同構成了變化多端的客觀情景語境，導遊員的言語形式會隨著這些情景語境的變化不斷調整言語方式。如針對孩子，需要以師長的面貌出現，並根據孩子的視角和理解能力講解景觀的特點，用語言或行動互動的形式達到集中孩子注意力、提高其觀賞興趣的目的。而對於老年遊客，則應表現出晚輩對長輩的尊重和照顧態度，講解時的語音、語調、內容等要適合老年遊客的接受特點。

2.言語方式隨主觀情景語境的變化而變化

由主觀因素構成的情景語境就是主觀情景語境。主觀情景語境主要與作者的情感、情緒、志趣、學識、修養等有關。同一個作者喜、怒、哀、樂情感狀態的不同，不同的作者對同一個地方、同一次出遊情感狀態的不同，都會影響旅遊文學言語表達的態度和言語方式。主觀情景語境的多變也為言語表達的豐富性奠定了基礎。

比如同是寫北平，孫福熙在《北京乎》一文中表現了久別重逢後的喜悅與興奮：

「經過豐臺以後，火車著慌，如追隨火光的蛇急急遊行。我，停了呼吸，不能自主地被這北京南歸的無形的力量所吸引。」

（佘樹森、喬征勝《中國風景散文三百篇》）

作者用「火車著慌」來表達自己內心中難以抑制的激動，這種移情寫法生動傳神。老舍在《想北京》中則表現了一個與北京血肉相連的老北京對故鄉那種細緻的愛：

「巴黎不像北平那樣既複雜而又有個邊際，使我能摸著——那長著紅酸棗的老城牆！面向著積水潭，背後是城牆，坐在石上看水中的小蝌蚪或菜葉上的嫩蜻蜓，我可以快樂地坐一天，無所求也無可怕，像小兒安睡在搖籃裡。」

（佘樹森、喬征勝《中國風景散文三百篇》）

作者沒有寫北平標誌性的歷史故事與建築，只是選取了記憶中的一些細枝末節，唯其如此才更讓我們感覺到老舍對北平想念的真切，這樣的細膩感覺沒有長期生活的浸潤是很難感覺到並這麼自然地寫出來的。

林語堂的《說北平》把北平當作了一個饒有興味的欣賞對象，讀他的文章，讓我們感到，作者雖然生活在北平，但是沒有老舍那樣息息相關的感覺，而依然是用外鄉人的眼光觀察著這個充滿誘惑的城市，作者的言語策略是用一連串比喻句形象地表達對北平的賞識和讚美：

「北平好像是一個魁梧的老人，具有一種老成的品格」；「北平好像是一株古木老樹，根脈深入地中，藉之得暢茂」；「北平像是一個國王的夢境，它有宮殿、御園、百尺寬的大道、藝術博物院、專校、大學、醫院、廟塔、藝商、與舊書攤林立的街道。」

對於北京人，作者這樣寫道：

「北平最迷人的是住在那裡的常人......看到車伕們沿途互相取笑，笑著別人的不幸遭遇，你會有莫名其妙之感......在晚上返家途中，你也許會遇到一個襤褸的老年人力車伕，他向你講述他的遭遇

時，口吻詼諧清雅。如果你以為他年紀過老，想要下車步行時，他一定要強拉你回家。但是如果你突然跳了下來，然後把車錢照付，他向你表示的那種竭誠感激，是你有生以來從未見過的。」

（佘樹森、喬征勝《中國風景散文三百篇》）

「莫名其妙之感」，「有生以來從未見過的」這些句子除了表現出北京人的特點以外，還表現出了作者的局外人的角色定位。林語堂的這些感覺老舍是不會有的。

郁達夫的《北平的四季》同樣是一個局外人描寫在北平的生活，但作者努力使自己融入北平，在平常生活中感到樂趣並唸唸不忘。作者懷念北京的冬天：

「從風塵灰土中下車，一踏進屋裡，就覺得一團春氣，包圍在你的左右四周，使你馬上就忘記了屋外的一切寒冬的苦楚。若是喜歡吃酒，燒燒羊肉鍋的人，那冬天的北方生活，就更加不能夠割捨；酒已經是禦寒的妙藥了，再加上以大蒜與羊肉、醬油合煮的香味，簡直可以使一室之內，漲滿了白濛濛的水蒸溫氣。玻璃窗內，前半夜，會流下一條條的清汗，後半夜就變成了花色奇異的冰紋。」

（佘樹森、喬征勝《中國風景散文三百篇》）

在他這個南方人的眼裡，沒有什麼比北方的冬天更讓他印象深刻的了，在風雪中到北平的郊外過夜，在冬天的夜裡會聚好友閒談少年時在家鄉的事事物物，這些事情唯有具有狂放、浪漫性格的郁達夫才有可能做得出來，也唯有郁達夫這樣敏感和細膩的人才能感受得到。郁達夫讓他的這些美好懷念「在記憶中開花」，讓人感到既真實又貼切。不同作者眼中有不同的北平，言語表達的風格和情感傾向也迥然相異，這樣的豐富性是主觀情景語境帶來的。

（二）文化語境下言語表達的相對穩定性

文化語境是指與言語交際相關的社會文化背景。有的學者認為文化語境是語言形式賴以存在的社會文化形態，它涉及人類生活的各個方面，包括從衣食住行、風俗習慣到價值觀念等。按此思路理解，文化語境就應該是寫文章或說話所處的文化環境。對文學創作影響巨大的文化環境莫過於社會生活形態和時代潮流。旅遊是社會生活的一部分，隨著社會經濟的發展而發展。旅遊文學呈現著各個不同歷史時期的社會生活以及思維方式的獨特軌跡。不同時期的文化語境不可避免地影響著旅遊文學的言語表達特點，同時又具有時代特徵的相對穩定性。

1.1920年代旅遊文學言語展現繁華之美

20年代的旅遊文學創作受語言文白之爭和規範、普及白話文的時代氛圍的影響，語言處於文白過渡階段，白話旅遊文學的創作基本上是從建立白話文創作規範的角度進行的，特別是白話文的擁護者，他們的創作帶有證明白話文不遜於文言文、白話文具有強大的文學表現力的使命感和責任感，因此，此時期的旅遊文學作品以遊記和紀遊詩為主，語言繽紛絢麗，多姿多彩。作者大多具有深厚的國學功底，因此這些白話旅遊文學作品文化意蘊深厚，語言既具有白話文的自由和舒展，又具有文言文的古樸和優雅。朱自清、俞平伯、徐志摩、冰心、郁達夫、鍾敬文等文學大家的遊記作品，在將白話文由俗推向雅的文化進程中功不可沒。翻開那個時代的遊記，撲面而來的是由於作家內心的自信而表現出來的語言的繁華之美。如朱自清《槳聲燈影中的秦淮河》中的語言：

「那晚月兒已瘦削了兩三分。她晚妝才罷，盈盈的上了柳梢頭。天是藍得可愛，彷彿一汪水似的；月兒便更出落得精神了。岸上原有三株兩株的垂楊樹，淡淡的影子，在水裡搖曳著。它們那柔

細的枝條浴著月光，就像一支支美人的臂膊，交互的纏著，挽著；又像是月兒披著的發。而月兒偶然也從它們的交叉處偷偷窺看我們，大有小姑娘怕羞的樣子。岸上另有幾株不知名的老樹，光光的立著；在月光裡照起來，卻又儼然是精神矍鑠的老人。遠處——快到天際線了，才有一兩片白雲，亮得現出異彩，像是美麗的貝殼一般。白雲下便是黑黑的一帶輪廓；是一條隨意畫的不規則的曲線。這一段光景，和河中的風味大異了。但燈與月竟能並存著，交融著，使月成了纏綿的月，燈射著渺渺的靈輝；這正是天之所以厚秦淮河，也正是天之所以厚我們了。」

（佘樹森、喬征勝《中國風景散文三百篇》）

好像一幅細密勾勒的工筆畫，作者大量運用疊音字，創造了溫婉優美的藝術氛圍，連篇的妙喻更顯語言的活潑生動，清新綺麗。

冰心的《山中雜感》則展示了初出茅廬的作者細膩、溫婉的語言才華：

「溶溶的水月，螭頭上只有她和我。樹影裡對面水邊，隱隱的聽見水聲和笑語。我們微微的談著，恐怕驚醒了這濃睡的世界。——萬籟無聲，月光下只有深碧的池水，玲瓏雪白的衣裳。這也只是無限之生中的一剎那頃！然而無限之生中，哪裡容易得這樣的一剎那頃！

夕照裡，牛羊下山了，小蟻般緣走在青岩上。綠樹叢顛的嫩黃葉子，也襯在紅牆邊。——這時節，萬有都籠蓋在寂寞裡，可曾想到北京城裡的新聞紙上，花花綠綠的都載的是什麼事？

只有早晨的深谷中，可以和自然對語。計劃定了，岩石點頭，草花歡笑。造物者呵！我們星馳的前途，路站上，請你再遙遙的安置下幾個早晨的深谷！

陡絕的岩上，樹根盤結裡，只有我俯視一切。——無限的宇

宙裡，人和物質的山，水，遠村，雲樹，又如何比得起？

　　然而人的思想可以超越到太空裡去，它們卻永遠只在地面上。」

　　這段文字清麗典雅，溫情脈脈，表現出了古典色彩濃郁的意境美，富於哲理性和抒情韻味。

　　徐志摩的《北戴河海濱的幻想》，文辭絢麗，語言錯綜，張弛有度，音調和諧，韻味無窮，美麗的詞句如繽紛的落英，使整篇遊記詩意盎然：

　　「在這艷麗的日輝中，只見愉悅與歡舞與生趣、希望，閃爍的希望，在蕩漾，在無窮的碧空中，在綠葉的光澤裡，在蟲鳥的歌吟中，在青草的搖曳中──夏之榮華，春之成功。春光與希望，是長駐的；自然與人生，是調諧的。

　　在這處有福的山谷內，蓮馨花在坡前微笑，稚羊在亂石間跳躍，牧童們，有的吹著蘆笛，有的平臥在草地上，仰看變幻的浮遊的白雲，放射下的青影在初黃的稻田中縹緲地移過。在遠處安樂的村中，有妙齡的村姑，在流洞邊照映她自製的春裙；口銜煙鬥的農夫三四，在預度秋收的豐盈，老婦人們坐在家門外陽光中取暖，她們的周圍有不少兒童，手擎著黃白的錢花在環舞與歡呼。

　　在遠──遠處的人間，有無限平安與快樂。無限的春光……」

　　這些文字以其優美、雅緻成為了白話文的經典，也成為旅遊文學的典範之作。試想如果沒有「五四」時期知識分子心靈的自由解放，沒有朱自清、俞平伯、冰心、郁達夫、徐志摩等文學家對白話文的情有獨鍾，怎麼可能有這樣的文字盛宴？

　　2.1930、40年代旅遊文學言語具有憂傷情調

　　30、40年代的旅遊文學漸漸失去了20年代的華麗與優雅，取

而代之的是國難家仇帶來的悲哀和痛苦，內憂外患的社會生活環境為作家的心靈蒙上了陰影，也為此時期的旅遊文學作品的語言增加了灰暗的色調。如郁達夫的《揚州舊夢寄語堂》，作者原本初次到揚州，夢想著親眼見識一番揚州「青山隱隱水迢迢」的詩情畫意以及「錦帆十里，殿角三千，后土祠瓊花萬朵，玉鈎斜青冢雙行」的名勝古蹟，卻沒想到：「所見風景，都平坦肅殺」，天寧寺裡「不見一個和尚，極好的黃松材料，都斷的斷，拆的拆了，像許久不經修理的樣子」。原來：

「這幾年，兵去則匪至，匪去則兵來，住的都是城外的寺院，寺院的坍敗，原是應該，和尚的逃散，也是不得已。」

最後，作者無奈地勸告朋友：

「你既不敢遊杭，我勸你也不必遊揚，還是在上海夢裡想像想像歐陽公的平山堂，王阮亭的紅橋......若長不醒，豈非快事，一遇現實，哪裡還有呢！」

（佘樹森、喬征勝《中國風景散文三百篇》）

在30、40年代的許多遊記中，多多少少都滲透著這樣的傷感，北戴河、青島等地海灘上外國商人對中國遊客到來表示出的驚訝、兵匪戰亂造成的民生凋敝情景、知識分子面對現實表現出的無奈和忿恨，等等，在遊記中表現得十分充分，而言語也是灰暗、沉悶和壓抑的。

3.大陸1950、60年代的旅遊文學言語表現泛化的激情

50、60年代的旅遊文學創作是另一番景象。新中國成立後，作家和其他戰線上的建設者一樣，在當家做主的精神鼓舞下，以主角的姿態和飽滿的熱情奔走在各個建設工地上。旅遊文學的創作同樣熱烈地響應著這種時代激情，在各種遊記中，作家們幾乎不約而同地表現了對祖國的熱愛，對時代的歌頌，對工、農、兵形象的敬

佩之情。作家們借對自然、人文山水美的讚頌，謳歌著時代和社會的大主題，充當著時代和人民代言人的角色。如謝冰瑩的《盧溝橋的獅子》，作者在敘述了盧溝橋歷史長、獅子多和景色美之後，展開了這樣的聯想：

「我靜靜地站在橋頭，俯視著橋下的流水，是這樣混濁而稍帶深紅色，因為有高坡的緣故，水流得特別急，也特別大。這紅水似乎象徵著戰士們的鮮血，那咆哮的急流聲，象徵著當年戰士們衝鋒殺敵的吶喊，那滾滾的浪濤，是這樣一個挨一個地流著，那漩渦，也像有機器引導著似的迅速地旋轉著，波濤遇漩渦在互相地搏鬥，互相地衝擊......盧溝橋，這響亮而神聖的名詞，它永遠地烙印在我心裡，永遠地烙印在每個中華兒女的心裡。」

（佘樹森、喬征勝《中國風景散文三百篇》）

這樣的描寫方式和言語傾向性不單單是作者本人藝術追求的結果，而且還是作者追求時代思想的結果。這篇創作於1963年的遊記，清晰地保留著當年人們心目中對抗日戰爭的記憶以及在這種記憶鼓舞下的鬥志。作者看到紅色的水便聯想起了勇士和烈士們的鮮血，這樣的聯想在當時是非常自然而普遍的，表現了當年的時代氛圍。

在這一時代的遊記中，作者往往採用遠距離、大場面的概括方法，對人物和事件使用泛指和泛稱，即便是描寫了一個人，關注的重點也不是他的獨特之處，而是將他描寫成一類人的典型代表，如楊朔筆下的老泰山形象，包括前述冰心的《櫻花贊》也是這樣。這種言語特徵的形成，更多的是時代的要求而不是作者的風格使然，唯其如此，作品才能夠得到社會的認可，作家只是自覺不自覺地順應著時代的要求，自由發揮的餘地不大。作家的個性隱沒在時代的共性之下，在當時的文化語境中，遊記的言語表達呈現出這樣的特徵是必然的。

4.1980、90年代旅遊文學追求文化意蘊

80年代以後，特別是90年代以後，社會語境有了新的變化。作家擺脫了「文革」期間的各種思想束縛，個人的思想空間增大了，展現社會生活的自由度也增大了。與此同時，市場經濟的規則充斥著社會生活的各個角落，物質文明與精神文明之間出現了嚴重的失衡，作家受各種社會思想的影響，情感追求、思想追求、文化追求逐漸由單一而明晰變得多元而模糊。當旅遊成為人們逃避社會現實問題、逃避激烈的競爭環境、尋求精神放鬆與獨立的方式的時候，旅遊文學的創作也隨之轉向了個性化的精神追求軌道。其中，文化旅遊和文化遊記的出現正是對這種社會生活環境變化的必然回應。

在文化遊記中，作家們訪古探勝，把關注的焦點集聚到了一個個古代的人物和事件上，透過對歷史文化的探尋，進行自己獨特的思考。沒有哪個時代的遊記像當代遊記這樣遠離傳統的模山範水的模式，專注於歷史文化精神的索求。在語言表達上，敘事、議論代替了大篇幅的描寫和抒情。如同樣是寫西湖，20年代俞平伯的《西湖的六月十八夜》寫得如夢似幻：

「中宵月華的皎潔，是難於言說的。湖心悄且冷；四岸浮動著的歌聲人語，燈火的微茫，合攏來卻暈成一個繁熱的光圈兒圍著它，我的心因此也不落於全寂，如平時夜泛的光景；只是伴著少一半的興奮，多一半的悵惘，軟軟地跳動著。燈影的歷亂，波痕的皺皺，雲氣的奔馳，船身的動盪......一切都和心象相溶合。柔滑是入夢的唯一象徵，故在當時已是不多不少的一個夢。」

（佘樹森、喬征勝《中國風景散文三百篇》）

60年代宗璞的《西湖漫遊》把西湖寫得神采飛揚：

「在花港觀魚，看到了又一種綠。那時滿池的新荷，圓圓的綠

葉，或亭亭於水上，或婉轉靠在水面，只覺得一種蓬勃的生機，跳躍滿池。綠色，本來是生命的顏色。我最愛看初春楊柳的嫩枝，那樣鮮，那樣亮，柳枝兒一擺，似乎蹬著腳告訴你，春天來了。荷葉，則要持重一些，初夏，則更成熟一些，但那透過活潑的綠色表現出來的茁壯的生命力，是一樣的。再加上葉面上的水珠兒滴溜溜滾著，簡直好像滿池荷葉都要裙袂飛揚，翩躚起舞了。」

（余樹森、喬征勝《中國風景散文三百篇》）

俞平伯和宗璞的遊記雖然在風格上不同，但有一點是相同的，就是對景物的描寫追求真實、形象、生動、細膩的效果，這種描寫方式繼承了山水遊記文學的模山範水傳統。

到了90年代，在余秋雨的《西湖夢》中，西湖則是充滿了文化色彩的所在：

「西湖勝蹟中最能讓中國文人揚眉吐氣的，是白堤和蘇堤。兩位大詩人、大文豪，不是為了風雅，甚至不是為了文化上的目的，純粹為瞭解除當地人民的疾苦，興修水利，浚湖築堤，終於在西湖中留下了兩條長長的生命堤壩。

......

但是，就白居易、蘇東坡的整體情懷而言，這兩道物化了的長堤還是太狹小的存在。他們有他們比較完整的天下意識、宇宙感悟，他們有比較硬朗的主體精神、理性思考，在文化品位上，他們是那個時代的峰巔和精英。他們本該在更大的意義上統領一代民族精神，但卻僅僅因辭章而入選為一架僵硬機體中的零件，被隨處裝上拆下，東奔西顛，極偶然地調配到了這個湖邊，搞了一下別人也能搞的水利。我們看到的，是中國歷代文化良心所能做的社會實績的極致。儘管美麗，也就是這麼兩條長堤而已。」

（《西湖夢》，載《心中之旅》）

余秋雨的文化散文大多像《西湖夢》一樣，並不關注美麗的風景，只關注風景中的歷史人物、文化意義，在對歷史遺存的思索中，探討關於文化傳承、保存和知識分子的文化人格等嚴肅的問題，讓人從中感受到作者對社會、對歷史、對文化的深切關懷，感受到其不同尋常的思考問題的方式和他的知識、信唸給作品帶來的力量。余秋雨對文化的感悟是獨到的，同時對文字的駕馭也是富有創造性的，這兩個方面的因素加起來，使其作品具有了轟動效應，也使當代遊記開闊了胸襟，表現內容和領域從物質世界走向了精神世界。像余秋雨這樣致力於表現人文景觀的文化思想、文化蘊含的作家不在少數，他們的創作甚至成為一種潮流，其作品被稱為「文化大散文」。

五、現當代遊記的創作技巧賞析

　　以下選取了現當代11位作家的著名遊記篇目，對其中的重點段落進行了藝術技巧分析。這些遊記在創作上既是不同時代優秀白話文的典範之作，又表現了不同作家的審美個性和藝術表現才能。讀這些經典遊記，可以使我們更加深刻地體會旅遊文學的魅力。

槳聲燈影裡的秦淮河（節選）

朱自清

　　那時河裡熱鬧極了；船大半泊著，小半在水上穿梭似的來往。停泊著的都在近市的那一邊，我們的船自然也夾在其中。因為這邊略略的擠，便覺得那邊十分的疏了。在每一只船從那邊過去時，我們能畫出它的輕輕的影和曲曲的波，在我們的心上；這顯著是空，且顯著是靜了。那時處處都是歌聲和淒厲的胡琴聲，圓潤的喉嚨，確乎是很少的。但那生澀的，尖脆的調子能使人有少年的，粗率不

拘的感覺，也正可快我們的意。況且多少隔開些兒聽著，因為想像與渴慕的做美，總覺更有滋味；而競發的喧囂，抑揚的不齊，遠近的雜沓，和樂器的嘈嘈切切，合成另一意味的諧音，也使我們無所適從，如隨著大風而走。這實在因為我們的心枯澀久了，變為脆弱；故偶然潤澤一下，便瘋狂似的不能自主了。但秦淮河確也膩人。即如船裡的人面，無論是和我們一堆兒泊著的，無論是從我們眼前過去的，總是模模糊糊的，甚至渺渺茫茫的；任你張圓了眼睛，揩淨了眦垢，也是枉然。這真夠人想呢。在我們停泊的地方，燈光原是紛然的；不過這些燈光都是黃而有暈的。黃已經不能明了，再加上了暈，便更不成了。燈愈多，暈就愈甚；在繁星般的黃的交錯裡，秦淮河彷彿籠上了一團光霧。光芒與霧氣騰騰的暈著，什麼都只剩了輪廓了；所以人面的詳細的曲線，便消失於我們的眼底了。但燈光究竟奪不了那邊的月色；燈光是渾的，月色是清的，在混沌的燈光裡，滲入一派清輝，卻真是奇蹟！那晚月兒已瘦削了兩三分。她晚妝才罷，盈盈的上了柳梢頭。天是藍得可愛，彷彿一汪水似的；月兒便更出落得精神了。岸上原有三株兩株的垂楊樹，淡淡的影子，在水裡搖曳著。它們那柔細的枝條浴著月光，就像一支支美人的臂膊，交互的纏著，挽著；又像是月兒披著的髮。而月兒偶然也從它們的交叉處偷偷窺看我們，大有小姑娘怕羞的樣子。岸上另有幾株不知名的老樹，光光的立著；在月光裡照起來，卻又儼然是精神矍鑠的老人。遠處——快到天際線了，才有一兩片白雲，亮得現出異彩，像是美麗的貝殼一般。白雲下便是黑黑的一帶輪廓；是一條隨意畫的不規則的曲線。這一段光景，和河中的風味大異了。但燈與月竟能並存著，交融著，使月成了纏綿的月，燈射著渺渺的靈輝；這正是天之所以厚秦淮河，也正是天之所以厚我們了。

【作者】朱自清（1898—1948），字佩弦。現代著名散文家、詩人、學者。江蘇揚州人。著有散文集《背影》、《歐遊雜

記》、《你我》等，詩文合集《蹤跡》。其詩文以文筆秀麗、洗練，感情真摯動人著稱。

【題解】1923年8月，朱自清與俞平伯相伴同遊秦淮河，並相約以《槳聲燈影裡的秦淮河》為題各寫一篇遊記，這兩篇遊記在20年代被視為現代白話文應用的典範。

【賞析】本文是現代遊記中的典範之作。在藝術上突出的特點是巧妙融合說明、描寫、記敘、議論等多種表達技巧，語言清新自然、富於變化，文章詩意盎然，意境優美。

本文採用移步換形的寫景技法描寫夜遊秦淮河的整個過程。移步換形是遊記寫作中最常見的寫景方法，指的是所描寫的景物隨觀察者位置和視點的變化而變化。也叫動點描寫。其特點是景物的展現呈活躍的動態，行蹤、視野與時間順序一致。《槳聲燈影裡的秦淮河》從作者上船開始寫起，開始以說明的方式寫秦淮河裡的船與其他各地方遊船的不同之處，先後介紹了大船和「七板子」的特點、內外裝飾以及躺臥在「七板子」船頭談天、遠望、夢想的情景。接著寫船行駛在河中過利涉橋到大中橋，一路觀水、聽歌、賞橋，御風而行，來到燈月交輝的秦淮河熱鬧處，在此，作者緊緊抓住「河上最能勾人的東西」——燈彩，進行了細針密線般的描繪。之後敘述了與兜攬生意的歌妓船之間發生的糾紛，在形神畢肖的敘述文字中，我們感受到了作者及其朋友、歌妓及夥計各個不同的心緒和情感。接下來又對因拒絕歌妓而引起的思想鬥爭進行了透徹的自我剖析，議論真誠而深刻，帶著鮮明的時代特徵。最後作者帶著不足之感，滿載著懊悔和悵惘回到岸邊。整篇作品就是具體遊程的記錄，結構自然，首尾呼應。其中有關遊船的說明、月色燈影的描寫、歌妓糾紛的記敘以及思想鬥爭的議論，都有自然的過渡和銜接，既增加了行遊的情趣又拓展了文章的主題。

文章最為精彩的部分是作者用工筆描寫手法對秦淮河沿途夜景

的細密勾畫。本文所選部分正集中體現了作者工筆描寫的技巧。工筆描寫，也稱細描，指透過精雕細刻的描寫和刻畫，將描寫對象的各個側面表現出來，讓讀者看到事物的總體形象。以細膩、精確、詳盡為特色。作者在文中多處運用了工筆描寫。如對渺渺燈火與纏綿月色相互交融的美景的描寫：「在我們停泊的地方，燈光原是紛然的；不過這些燈光都是黃而有暈的。黃已經不能明了，再加上了暈，便更不成了。燈愈多，暈就愈甚；在繁星般的黃的交錯裡，秦淮河彷彿籠上了一團光霧。光芒與霧氣騰騰的暈著，什麼都只剩了輪廓了；所以人面的詳細的曲線，便消失於我們的眼底了。但燈光究竟奪不了那邊的月色；燈光是渾的，月色是清的，在混沌的燈光裡，滲入一派清輝，卻真是奇蹟！」作者觀察得仔細也描寫得細緻，使這片燈光迷濛、素月依人的美景歷歷在目。

文章的語言清新綺麗，妙喻連篇。排比、擬人等修辭手法相互穿插、融合，使描寫更生動逼真。如：「黯淡的水光，像夢一般；那偶然閃爍著的光芒，就是夢的眼睛了。」再如：「那晚月兒已瘦削了兩三分。她晚妝才罷，盈盈的上了柳梢頭。天是藍得可愛，彷彿一汪水似的；月兒便更出落得精神了。岸上原有兩株三株的垂楊樹，淡淡的影子，在水裡搖曳著。它們那柔細的枝條浴著月光，就像一只只美人的臂膊，交互的纏著，挽著；又像是月兒披著的發。而月兒偶然也從它們的交叉處偷偷窺看我們，大有小姑娘怕羞的樣子。」

另外，作者大量運用疊音字，以創造溫婉優美的藝術氛圍。如：「縷縷的明漪」、「漾漾的柔波」、「疏疏的林」、「淡淡的月」、「清清的水影」、「薄薄的綠紗」、「人影的憧憧」、「歌聲的擾擾」等。作者還注意描寫各種聲音和顏色，使這幅夜遊秦淮河的圖畫更加豐富多彩。

北戴河海濱的幻想（節選）

徐志摩

　　在這艷麗的日輝中，只見愉悅與歡舞與生趣、希望，閃爍的希
望，在蕩漾，在無窮的碧空中，在綠葉的光澤裡，在蟲鳥的歌吟
中，在青草的搖曳中———夏之榮華，春之成功。春光與希望，是
長駐的；自然與人生，是調諧的。

　　在這處有福的山谷內，蓮馨花在坡前微笑，稚羊在亂石間跳
躍，牧童們，有的吹著蘆笛，有的平臥在草地上，仰看變幻的浮遊
的白雲，放射下的青影在初黃的稻田中縹緲地移過。在遠處安樂的
村中，有妙齡的村姑，在流洞邊照映她自製的春裙；口銜煙斗的農
夫三四，在預度秋收的豐盈，老婦人們坐在家門外陽光中取暖，她
們的周圍有不少兒童，手擎著黃白的錢花在環舞與歡呼。

　　在遠———遠處的人間，有無限平安與快樂，無限的春光……

　　在此暫時可以忘卻無數的落蕊與殘紅；亦可以忘卻花蔭中掉下
的枯葉，私語地預告三秋的情意；亦可以忘卻苦惱的僵癟的人間，
陽光與雨露的仁慈，不能感化他們兇殘的獸性；

　　亦可以忘卻庸俗的卑瑣的人間，行雲與朝露的豐姿，不能引逗
他們剎那間的凝視；

　　亦可以忘卻自覺的失望的人間，絢爛的春時與媚草，只能反激
他們悲傷的意緒。

　　我亦可以暫時忘卻自身的種種；忘卻我童年期清風白水似的天
真；忘卻我少年期種種虛榮的希冀；忘卻我漸次的生命的覺悟；忘
卻我熱烈的理想的尋求；忘卻我心靈中樂觀與悲觀的鬥爭；忘卻我
攀登文藝高峰的艱辛；忘卻剎那的啟示與徹悟之神奇；忘卻我生命
潮流之驟轉；忘卻我陷落在危險的漩渦中之幸與不幸；忘卻我追憶
不完全的夢境；忘卻我大海底里埋著的秘密；忘卻曾經刳割我靈魂
的利刃，炮烙我靈魂的烈焰，摧毀我靈魂的狂飆與暴雨；忘卻我的

深刻的怨與艾；忘卻我的冀與願；忘卻我的恩澤與惠感；忘卻我的過去與現在......

過去的實在，漸漸的膨脹，漸漸的不可辨認，現在的實在，漸漸的收縮，逼成了意識的一線，細極狹極的一線，又裂成了無數不相關聯續的黑點......黑點亦漸次的隱翳。幻術似的滅了，滅了，一個可怕的黑暗的空虛......

（選自《徐志摩散文全集》，花山文藝出版社，1994年版）

【作者】徐志摩（1896—1931），著名詩人。浙江海寧人。著有詩集《志摩的詩》、《翡冷翠的一夜》、《猛虎集》、《雲遊》，散文集《落葉》、《巴黎的鱗爪》等。

【賞析】本文是徐志摩1924年發表在《晨報·文學旬刊》上的一篇遊記。文章以作者的思緒為主線，抒發了作者在理想與現實的矛盾之間無法解脫的痛苦情感。

徐志摩自1922年由英國回國後，無論其個人感情生活還是其政治抱負均遭受了幻滅的打擊。本篇遊記真切地表現了徐志摩此時期這種幻滅的情感。作者敘述了自己獨坐海邊放逐心靈的經過，在寂靜的冥想中為我們展示了如海潮一樣奔騰不息的內心世界。他忽而幻想自己是一個反叛的戰士，充滿了不屈不撓的抗爭精神；忽而又感受到無法擺脫的幻滅的悲哀；忽而又在明艷的日輝中，看到山谷中的蓮馨花、亂石中跳躍的稚羊、吹著牧笛的牧童、流澗邊映照春裙的村姑以及口銜煙鬥的農夫，感受到自然與生活和諧的美妙與快樂；幻想忘掉人間的苦惱、卑瑣和失望，忘掉自己過去與現在的一切。然而，幻想畢竟代替不了現實，當幻想破滅時，剩下的仍然只是「可怕的黑暗的空虛」。

這篇遊記的寫作技巧與徐志摩一貫的「跑野馬」的散文風格相一致。思緒的自然流動是行文的主要線索，心理描寫是主要目的，

以意識流為主要描寫技巧。

　　心理描寫是指對處在一定環境中的人物內心活動進行的描寫。是塑造人物形象、刻畫人物性格的重要手段。透過對人物心理的描寫，能夠直接深入人物心靈，揭示人物的內心世界，表現人物豐富而複雜的思想情感。在心理描寫的各種描寫技法中，意識流是現當代西方文藝創作中經常使用的技巧。主要用於小說創作，但在散文中也較為常見。其創作特點是：1.一般都是描寫在很短的時間內人物錯綜複雜的心理活動。2.打破時空及邏輯限制，完全按心理的自由流動來組織作品的結構，發揮想像、聯想和幻想的作用。3.在表述上，意識流作家為了更真實、準確地表現人物的心理活動，經常使用擬聲詞、不正常句式、無標點敘述等手段。本文意識流的運用主要表現在文章結構上，作者充分發揮了幻想的作用，使思緒和情感的表達意象紛繁，富於變化。

　　本篇遊記的語言具有繪畫美和音樂美的特點。繪畫美指語言富有表現力，文辭絢麗多彩。音樂美指語言音調和諧，韻味無窮。徐志摩將詩化的語言用於遊記創作中，語言錯綜，張弛有度。各種句式錯落有致，修辭手法也極富創造性，美麗的詞句如繽紛的落英，使整篇遊記詩意盎然。如作者在冥想中寫道：「我的心靈，比如海濱，生平初度的怒潮，已經漸次的消翳，只剩有疏鬆的海沙中偶爾的迴響，更有殘缺的貝殼，反映星月的輝芒，此時摸索潮餘的斑痕，追想當時洶湧的情景，是夢或是真，再亦不需問，只此，唇邊的微哂，以足解釋無窮奧緒，深深的蘊伏在靈魂的微纖之中。」此段文字總體是一個比喻，作者將「心靈」比作「海濱」，海濱曾經有「洶湧」的「怒潮」，但現在一切都「漸次的消翳」，喻心靈的潮湧也漸漸平息，只剩一點「斑痕」蘊伏在心底，像「殘缺的貝殼，反映星月的輝芒」。這段文字中先後出現的詞句如「疏鬆的海沙」、「殘缺的貝殼」、「星月的輝芒」、「潮餘的斑痕」、「眉梢的輕皺」、「唇邊的微哂」，等等，具體而形象，具有生動的表

現力。其中「濱」、「痕」、「真」、「問」、「晒」等字前後押韻，讀來朗朗上口，富有詩意。

霞

冰心

四十年代初期，我在重慶郊外歌樂山閒居的時候，曾看到英文《讀者文摘》上，有個很使我驚心的句子，是：

May there be enough clouds in your life to make a beautiful sunset.

在我一篇短文裡曾把它譯成：「願你的生命中有夠多的雲翳，來造成一個美麗的黃昏。」

其實這個sunset應當譯成「落照」或「落霞」。

霞，是我的老朋友了！我童年在海邊，在山上，她是我的最熟悉、最美麗的小夥伴。她每早每晚都在光明中和我說「早上好」或「明天見」。但我直到幾十年以後，才體會到：雲彩更多，霞光才愈美麗。從雲翳中外露的霞光，才是璀璨多彩的。

生命中不是只有快樂，也不是只有痛苦，快樂和痛苦是相生相成、互相襯托的。

快樂是一抹微雲，痛苦是壓城的烏雲，這不同的雲彩在你生命的天邊重疊著，在「夕陽無限好」的時候，就給你造成一個美麗的黃昏。

一個生命到了「只是近黃昏」的時節，落霞也許會使人留戀、惆悵。但人類的生命是永不止息的。地球不停地繞著太陽自轉。

東方不亮西方亮，我窗前的晚霞，正向美國東岸的慰冰湖上走去……

【作者】冰心（1900—1999），現代著名女作家。原名謝婉瑩。祖籍福建長樂。「五四」時期開始寫作，以小說創作而名世，以散文創作成就最高。主要散文集有《往事》、《寄小讀者》、《南歸》、《關於女人》等。

【賞析】《霞》是一篇寓情於景、情理諧一的散文佳作。

文章的構思新穎中透露著深刻。構思新穎指的是文章要在常人的眼光之外，表現作者獨特的發現、理解和感受，於平凡中顯出不平凡。本文作者要寫霞，但沒有從一般的對霞的形態描寫開始，而是選取了一個別緻的角度，從四十年前曾經翻譯的一個英文句子寫起。那時作者曾經翻譯過一個句子：「願你的生命中有足夠的雲翳，來造成一個美麗的黃昏。」四十年後，作者仍然記得這個句子，但此時對「sunset」的理解由「黃昏」變成了「落霞」，從而引出了霞以及對霞的發現、理解和感受。作者並沒有僅就霞而寫霞，而是將對人生的理解與感悟融入其中，使主題得到進一步深化。

文章立意深刻要求作者不停留在描寫事物和生活的表象，而是能夠挖掘出其深層的意義，使文章富有哲理性和凝重感。本文中作者所意識到的「黃昏」與「落霞」的變化，體現的並不是作者單純對詞義理解的差異，而是表現了作者經歷了幾十年的人生坎坷後對生命的頓悟。「黃昏」給人的感覺是暗淡的，也是痛苦的，雲翳和黃昏都給人以沉重的壓迫感，所以四十年前當作者看到此句時感到了「心驚」；而「落霞」給人的感覺全然不同，是多彩的，也是快樂的。在作者心目中之所以同樣的雲在不同的時代有不同的感覺，是因為作者對生活有了更深刻的理解和認識：「直到幾十年後，才體會到：雲彩更多，霞光才愈美麗。從雲翳中外露的霞光，才是璀璨多彩的」，從而認識到「生命中不是只有快樂，也不是只有痛苦，快樂和痛苦是相生相成、互相襯托的」。作者從一個英語單詞

175

寫到了對人生的體悟，起筆看似隨意，落墨卻深刻獨到，充滿哲理意味。

　　文章的選材具體而微，但開掘較深，言簡意豐。文章僅在千字之內表達了作者對霞的熟悉、熱愛和深刻理解等種種感情，而且透過對霞內涵的理解表現了作者積極樂觀的人生態度，特別是在文末，思想有了新的昇華，我們看到作者不僅表達了自己對生命的熱愛之情，還表達了對人類美好生命的追求，表現了冰心一貫的博愛思想。

　　文章採用了對比式結構。對比式結構指文章的層次之間，在內容上呈對照比較關係。對比有縱比和橫比兩種。縱比是現在和過去或現在和未來相對比，以顯示事物的發展變化；橫比是此事物與彼事物相對比，以揭示事物的本質或說明某種獨特性。本文的對比是縱比，而且對比是多重的。同樣是霞，對童年的作者和老年的作者意義不一樣，在童年時代，霞是老朋友、美麗的小夥伴，到了老年，是精神慰藉；同樣一個句子，四十年前後有截然不同的理解，其中飽蘸著幾十年滄桑的人生經驗。這樣的對比跨越了時空，強化了對情感的表達力度。

　　文章的語言情感豐富，清麗自然。作者善於調動各種修辭手法使語言表達活潑生動，如：「她（指霞）每早每晚都在光明中和我說『早上好』或『明天見』」，將霞比擬為一位溫柔的女子；「快樂是一抹微雲，痛苦是壓城的烏雲，這不同的雲彩在你生命的天邊重疊著，在『夕陽無限好』的時候，就給你造成一個美麗的黃昏」，這裡將快樂和痛苦比喻為不同形態的雲，將生命比作天空，而將生命的晚年比作美麗的黃昏，這種比喻充滿了感情和意趣，具有一種繪畫的美。

　　在許多人的記憶中收藏著許多普普通通的景象，這些景象因為平凡不為人注意，但經過開掘，也可以展示不同尋常的意味，就像

《霞》所表現的那樣。如果在導遊過程中捕捉這些平凡景像帶給人的不平凡感覺，充分調動遊客自主思想的積極性，開拓人們思維的空間，將大大提高導遊過程的趣味性和賓主關係的融洽程度。

西湖的雪景（節選）

鍾敬文

在冬天，本來是遊客冷落的時候，何況這樣雨雪清冷的日子呢？所以當我們跑到庵裡時，別的遊客一個都沒有，——這在我們上山時看山徑上的足跡便可以曉得的——而僧人的眼色裡，並且也有一種覺得怪異的表示。我們一直跑上最後的觀海亭。那裡石階上下都厚厚地堆滿了水沫色的雪，亭前的樹上，雪著得很重，在雪的下層並結了冰塊。旁邊有幾株山茶花，正在艷開著粉紅色的花朵。那花朵有些墮下來的，半掩在雪花裡，紅白相映，色彩燦然，使我們感到華而不俗，清而不寒，因而聯憶起那「天寒翠袖薄，日暮倚修竹」的佳人來。

登上這亭，在平日是可以近瞰西湖，遠望浙江，甚而至於那浩茫的滄海的，可是此刻卻不能了。離庵不遠的山嶺、僧房、竹樹，尚勉強可見，稍遠則封鎖在茫漠的煙霧裡了。

空齋踏壁臥，忽夢溪山好。

朝騎禿尾驢，來尋雪中道。

石壁引孤松，長空沒飛鳥。

不見遠山橫，寒煙起林梢。

（《雪中登黃山》）

我倚著亭柱，默默地在咀嚼著漁洋這首五言詩的清妙；尤其是結尾兩句，更道破了雪景的三昧。①但說不定許多沒有經驗的人，要笑它是無味的詞句呢。文藝的真賞鑒，確實是件不容易的事。

本來擬在僧房裡吃素面的，不知為什麼，竟跑到山門前的酒樓喝酒了。老李不能多喝，我一個人也就無多興致乾杯了。在那裡，我把在山徑上帶下來的一團冷雪，放進酒杯裡混著喝，堂倌看了說：「這是頂上的冰淇淋呢。」

　　半因為等不到汽車，半因為想多玩一點雪景，我們決意步行到岳墳才叫划子去遊湖。一路上，雖然走的是來時汽車經過的故道，但在徒步觀賞中，不免覺得更有意味了。我們的革履，踏著一兩寸厚的雪泥前進，頻頻地發出一種清脆的聲音。有時路旁樹枝上的雪塊，忽然丟了下來，著在我們的外套上，正前人所謂「玉墮冰柯，沾衣生濕」的情景。我遲回著我的步履，曠展著我的視域，油然有一派濃重而靈秘的詩情，浮上我的心頭來，使我悠然意遠，漠然神凝。鄭綮對人說他的詩思，在灞橋風雪中，驢背上，真是懂得冷趣的說法。

　　當我們在岳王廟前登舟時，雪又紛紛的下起來了。湖裡除了我們的一只小舟子以外，再看不到別的舟楫。平湖淇漠，一切都沉默無嘩。舟穿過西泠橋，緩泛裡西湖中，孤山和對面諸山及上下的樓亭房屋，都白了頭，在風雪中兀立著。山徑上，望不見一個人影；湖面連水鳥都沒有蹤跡，只有亂飄的雪花墮下時，微起些漣漪而已。柳宗元詩雲：「千山鳥飛絕，萬徑人蹤滅。孤舟蓑笠翁，獨釣寒江雪。」我想這時如果有一個漁翁在垂釣，它很可以借來說明眼前的景物。

　　舟將駛近斷橋的時候，雪花飛飄得更其凌亂，我們向北一面的外套，差不多大半白而且濕了。風也似乎吹得特別緊勁些，我的臉不能向它吹來的方面望去。因為革履滲進了雪水的緣故，雙足尤冰凍得難忍。這時，從來不多開過口的舟子，忽然問我們道：「你們覺得此處比較寒冷麼？」我們問他什麼緣故，據說是寶石山一帶的雪山風吹過來的原因。我於是默默的聯想到智識的範圍和它的獲得

等問題上去了。

　　我們到湖濱登岸時，已是下午三點多鐘了。公園中各處都堆滿了雪，有些已經變成泥濘，除了極少數在等生意的舟子和別的苦力之外，平日朝夕在此間舒舒地來往著的少男少女，老爺太太，此時大都密藏在「銷金帳中，低斟淺酌，飲羊羔美酒」，——至少也靠在騰著紅焰的火爐旁，陪伴家人或摯友，無憂無慮地大談其閒天，——以享受著他們「幸福」的時光，再不願來風狂雪亂的水涯，消受貧窮人所慣受的寒冷了！

　　十八年一月末日寫成

　　【作者】鍾敬文（1903—2002），散文家、著名民俗學家、教授。廣東海豐人。主要作品有：散文集《荔枝小品》、《西湖漫拾》、《湖上散記》，新詩集《海濱的二月》　《未來的春》，詩論集《詩心》等。

　　【註釋】①三昧：指事物的訣竅或精義。

　　【賞析】這是一篇風格沖淡靜默的遊記。

　　作者特意選取了冬雪中的西湖，帶著「高朗其懷，曠達其意，攬景會心，便得真趣」的思想，飽覽了西湖的雪景，遊興就有別於一般。作者心中裝滿了古代文人詠雪名篇，一路寫來，美景伴隨佳句，盛情輔以名文，情趣、景趣、意趣融於一體，令人回味無窮。

　　本文在審美情調上以清冷幽寂為主。為了將雪後的西湖寫出韻味，寫出情致，作者大量運用鋪陳、烘托等手段渲染氣氛，描寫景物，使西湖雪景之美、之奇躍然紙上。鋪陳，也寫作「敷陳」或「賦陳」，是一種詳細敘述、詳加羅列的寫作技法。本文在描寫雪景時，多次使用鋪陳技法。比如：「車過西泠橋後，漸漸駛行於兩邊山嶺林木連接著的野道中，所有的山上，都堆積著很厚的雪塊，雖然不能如瓦屋上那樣鋪填得均勻普遍，那一片片清白的光彩，卻

儘夠使我感到宇宙的清寒、壯曠與純潔了。常綠樹枝葉上所堆著的雪和枯樹上的很有差別，前者因為有葉子襯托著之故，雪片特別堆積的大塊點，遠遠望去，如開滿了白的山茶花，或吾鄉的水錦花。後者則只有一小小塊的雪片能夠在上面黏著不墮落下去，與剛著花的梅李樹絕對相似。實在，我初頭幾乎把那些近在路旁的幾株錯認了。」這段描寫非常細緻，如非親歷不會寫出如此細微的差別。烘托，指對作品所描寫的主要對象不作正面的刻畫，而是透過寫周圍的人物或環境使其鮮明突出。本文在描寫韜光庵的雪景之美時，選取了幾株正在盛開的山茶花作為陪襯：「那花朵有些墮下來的，半掩在雪花裡，紅白相映，色彩燦然，使我們感到華而不俗，清而不寒，因而聯憶起那『天寒翠袖薄，日暮倚修竹』的佳人來。」雪野中的幾株山茶花，頓時將單調的白色點染得富有生機，更有趣味。

除了清寒壯曠景色的渲染外，文中還充滿了情趣、意趣。作者興之所至將一團冷雪「放進酒杯裡混著喝，堂倌看了說：『這是頂上的冰淇淋呢』」。賞雪不夠還要嘗雪，足見作者對雪的愛意。在觀雪景時，作者經常想像古詩古韻的情境，使我們感受到作者畫中遊、詩中遊的意趣。

廬山真面（節選）

豐子愷

廬山的名勝古蹟很多，據說共有兩百多處。但我們十天內遊蹤所到的地方，主要的就是小天池、花徑、天橋、仙人洞、含鄱口、黃龍潭、烏龍潭等處而已。夏禹治水的時候曾經登大漢陽峰，周朝的匡俗曾經在這裡隱居，晉朝的慧遠法師曾經在東林寺門口種松樹，王羲之曾經在歸宗寺洗墨，陶淵明曾經在溫泉附近的栗裡村住家，李白曾經在五老峰下讀書，白居易曾經在花徑詠桃花，朱熹曾經在白鹿洞講學，王陽明曾經在捨身岩散步，朱元璋和陳友諒曾經在天橋作戰……古蹟不可勝計。然而憑弔也頗傷腦筋，況且我又不

是詩人，這些古蹟不能激發我的靈感，跑去訪尋也是枉然，所以除了乘便之外，大都沒有專誠拜訪。有時我的太太跟著孩子們去尋幽探險了，我獨自高臥在海拔一千五百公尺的山樓上看看廬山風景照片和導遊之類的書，山光照檻，雲樹滿窗，塵囂絕跡，涼生枕簟，倒是真正的避暑。我看到天橋的照片，遊興發動起來，有一天就跟著孩子們去尋訪。爬上斷崖去的時候，一位掛著南京大學徽章的教授告訴我：「上面路很難走，老先生不必去吧。天橋的那條石頭大概已經跌落，就只是這麼一個斷崖。」我抬頭一看，果然和照片中所見不同：照片上是兩個斷崖相對，右面的斷崖上伸出一根大石條來，伸向左面的斷崖，但是沒有達到，相距數尺，彷彿一腳可以跨過似的。然而實景中並沒有石條，只是相距若十丈的兩個斷崖，我們所登的便是左面的斷崖。我想：這地方叫做天橋，大概那根石條就是橋，如今橋已經跌落了。我們在斷崖上坐看雲起，臥聽鳥鳴，又拍了幾張照片，逍遙地步行回寓。晚餐的時候，我向管理局的同志探問這條橋何時跌落，他回答我說，本來沒有橋，那照片是從某角度望去所見的光景。啊，我恍然大悟了：那位南京大學教授和我談話的地方，即離開左面的斷崖數十丈的地方，我的確看到有一根不很大的石條伸出在空中，照相鏡頭放在石條附近適當的地方，透視法就把石條和斷崖之間的距離取消，拍下來的就是我所欣賞的照片。我略感不快，彷彿上了資本主義社會的商業廣告的當。然而就照相術而論，我不能說它虛偽，只是「太」巧妙了些。天橋這個名字也古怪，沒有橋為什麼叫天橋？

含鄱口左望揚子江，右望鄱陽湖，天下壯觀，不可不看。有一天我們果然爬上了最高峰的亭子裡。然而白雲作怪，密密層層地遮蓋了江和湖，不肯給我們看。我們在亭子裡喫茶，等候了好久，白雲始終不散，望下去白茫茫的，一無所見。這時候有一個人手裡拿一把芭蕉扇，走進亭子來。他聽見我們五個人講土白，就和我招呼，說是同鄉。原來他是湖州人，我們石門灣靠近湖州邊界，語音

相似，我們就用土白同他談起天來。土白實在痛快，個個字入木三分，極細緻的思想感情也充分表達得出。這位湖州客也實在不俗，句句話都動聽。他說他住在上海，到漢口去望兒子，歸途在九江上岸，乘便一遊廬山。我問他為什麼帶芭蕉扇，他回答說，這東西妙用無窮：熱的時候搧風，太陽大的時候遮蔭，下雨的時候代傘，休息的時候當坐墊，這好比濟公活佛的芭蕉扇。因此後來我們談起他的時候就稱他為「濟公活佛」。互相敘述遊覽經過的時候，他說他昨天上午才上山，知道正街上的館子規定時間賣飯票，他就在十一點鐘先買了飯票，然後買一瓶酒，跑到小天池，在革命烈士墓前奠了酒，遊覽了一番，然後拿了酒瓶回到館子裡來吃午飯，這頓午飯，吃得真開心。這番話我也聽得真開心。白雲只管把揚子江和鄱陽湖封鎖，死不肯給我們看。時候不早，汽車在山下等候，我們只得別了「濟公活佛」回招待所去，此後「濟公活佛」就變成了我們的談話資料。姓名地址都沒有問，再見的希望絕少，我們已經把他當作小說裡的人物看待了。誰知天地之間事有湊巧，幾天之後我們下山，在九江的潯廬餐廳吃飯的時候，「濟公活佛」忽然又拿著芭蕉扇出現了。原來他也在九江候船返滬。我們又互相敘述別後遊覽經過。此公單槍匹馬，深入不毛，所到的地方比我們多得多。我只記得他說有一次獨自走到一個古塔的頂上，那裡面跳出一隻黃鼠狼來，他引湖州白說：「渠被吾嚇了一嚇，吾也被渠嚇了一嚇！」我覺得這簡直是詩，不過沒有葉韻。宋楊萬里詩云：「意行偶到無人處，驚起山禽我亦驚。」豈不就是這種體驗嗎？現在有些白話詩不講葉韻，就把白話寫成每句一行，一個「但」字占一行，一個「不」字也占一行，內容不知道說些什麼，我真不懂。這時候我想：倘能說得像我們的「濟公活佛」那樣富有詩趣，不葉韻倒也沒有什麼。

【作者】 豐子愷（1898—1975），作家、著名畫家、文學翻譯家。浙江崇德人。主要作品有：散文集《緣緣堂隨筆》、《緣緣

堂再筆》、《車廂社會》、《率直集》等，翻譯作品有俄國著名作家屠格涅夫的《獵人筆記》、日本著名古典文學巨著《源氏物語》等。

【賞析】《廬山真面》是一篇典型的以記敘為主要表現形式的遊記。

文章題為廬山真面，但文中並沒有表現廬山遠近高低各不同的景象，而是選取了與廬山緊密相連的幾個充滿情趣的故事，讓讀者從另一側面領略廬山的真面。特別值得關注的是，作者在敘述故事時，在寫作技法上成功運用了點染，使文章於質樸中見情趣。

點染是寫作中的重要技法。點，指點筆、亮底、畫龍點睛；染，指鋪陳、烘托、渲染。點染，即把「畫龍點睛」與「烘托渲染」有機結合起來，以提高藝術表現力的綜合性的藝術手法。點和染原本均為中國山水畫創作中的用墨之法，豐子愷先生作為現代著名的畫家，深諳箇中奧妙，在遊記創作上的運用也得心應手。比如有關天橋的故事。作者首先表明自己不是詩人，對廬山中比比皆是的名勝古蹟沒有一一到訪的熱情，當太太與孩子們去尋幽探險時，自己則獨自高臥看廬山風景照片和導遊書。天橋的照片引發了作者的遊興，於是去尋訪。途中老教授告知「天橋已跌落，只剩斷崖」，親臨斷崖所見情景也表明：圖片上的天橋的確已經跌落了。作者帶著遺憾在晚餐時探問管理員，卻被告知「本來沒有橋，那照片是從某角度望去所見的結果」。這一句便是「點筆」，前面的一系列鋪敘至此有了一個出人意料的結果，作者和讀者都恍然大悟，無不感到「太」巧妙了些。作者還進一步嗔怪「天橋這個名字也古怪，沒有橋為什麼叫天橋？」

有關「濟公活佛」的故事也是一樣。作者寫與之相遇的經過，事無巨細地敘寫了這個偶然相遇的湖州老鄉告知的一切，特別是他的妙用無窮的大芭蕉扇。這個操著「句句都動聽」的家鄉話的老人

為旅途增添了興致。作者如此細緻記敘結識老人的經過，為老人的第二次出現奠定了基礎，也渲染了氣氛。第二次見到老人互敘別後遊覽經歷時，老人又用湖州話告訴他，在一個少有人去的古塔頂上遇到一隻黃鼠狼，「渠被吾嚇了一嚇，吾也被渠嚇了一嚇！」這句樸素的湖州白與楊萬里「意行偶到無人處，驚起山禽我亦驚」的詩句表達了一樣的生活體驗，充滿了情趣，也充滿了詩意。這又是一個「點筆」，它的出現使前面的種種鋪敘驟然有了精神，雖然都是遊中插曲，但顯然這句富有詩意的即興之語給人留下了最深刻的印象。

這篇文章語言形象、幽默。比如寫上廬山時作者不言天氣越來越涼，而是寫「先藏扇子，後加衣裳」，既形象又生動；寫廬山上的招待所是「滿坑滿谷」；寫廬山之所以難見真面目，是因為「白雲在那裡作怪」；明白天橋本無橋後，形容心中的不快為「彷彿上了資本主義社會的商業廣告的當」等。這些形象又幽默的語言使事件的敘述變得活潑生動，令人回味無窮。

香山紅葉（節選）

楊朔

早聽說香山紅葉是北京最濃最濃的秋色。能去看看，自然樂意。我去的那日，天也作美，明淨高爽，好得不能再好了；人也湊巧，居然找到一位老嚮導。這位老嚮導就住在西山腳下，早年做過四十年的嚮導，鬍子都白了，還是腰板挺直，硬朗得很。

我們先邀老嚮導到一家鄉村小飯館裡吃飯。幾盤野味，半杯麥酒，老人家的話來了，慢言慢語說：「香山這地方也沒別的好處，就是高，一進山門，門檻跟玉泉山頂一樣平。地勢一高，氣也清爽，人才愛來。春天人來踏青，夏天來消夏，到秋天——」一位同遊的朋友急著問：「不知山上的紅葉紅了沒有？」

老嚮導說：「還不是正時候。南面一帶向陽，也該先有紅的了。」

於是用完酒飯，我們請老嚮導領我們順著南坡上山。好清淨的去處啊。沿著石砌的山路，兩旁滿是古松古柏，遮天蔽日的，聽說三伏天走在樹蔭裡，也不見汗。

老嚮導交疊著兩手搭在肚皮上，不緊不慢走在前面，總是那麼慢言慢語說：「原先這地方什麼也沒有，後面是一片荒山，只有一家財主雇了個做活的給他種地、養豬。豬食倒在一個破石槽裡，可是倒進去一點食，豬怎麼吃也吃不完，那做活的覺得有點怪，放進石槽裡幾個銅錢，錢也拿不完，就知道這是個聚寶盆了。到算工帳的時候，做活的什麼也不要，單要這個石槽。一個破石槽能值幾個錢？財主樂得送個人情，就給了他。石槽太重，做活的扛到山裡，就扛不動了，便挖個坑埋好，怕忘了地點，又拿一棵松樹和一棵柏樹插在上面做記號，自己回家去找人幫著抬。誰知返回來一看，滿山都是松柏樹，數也數不清。」談到這兒，老人又慨嘆說：「這真是座活山啊。有山就有水，有水就有脈，有脈就有苗。難怪人家說下面埋著聚寶盆。」

這當兒，老嚮導早帶我們走進一座挺幽雅的院子，裡邊有兩眼泉水，石壁上刻著「雙清」兩個字。老人圍著泉水轉了轉說：「我有十年不上山了，怎麼有塊碑不見了？我記得碑上刻的是『夢趕泉』。」接著又告訴我們一個故事，說是元朝有個皇帝來遊山，倦了，睡在這兒，夢見身子坐在船上，腳下翻著波浪，醒來叫人一挖腳下，果然冒出股泉水，這就是「夢趕泉」的來歷。

老嚮導又笑笑說：「這都是些鄉村野話，我怎麼聽來的，怎麼說，你們也不必信。」

聽著這個白鬍子老人絮絮叨叨談些離奇的傳說，你會覺得香山更富有迷人的神話色彩。我們不會那麼煞風景，偏要說不信。只是

一路上山，怎麼連一片紅葉也看不見？

老人說：「你先別急，一上半山亭，什麼都看見了。」

我們上了半山亭，朝東一望，真是一片好景，莽莽蒼蒼的河北大平原就擺在眼前，煙樹深處，正藏著我們的北京城。也妙，本來也算有點氣魄的昆明湖，看起來只像一盆清水。萬壽山、佛香閣，不過是些點綴的盆景。我們都忘了看紅葉。紅葉就在高山頭坡上，滿眼都是，半黃半紅的，倒還有意思。可惜葉子傷了水，紅得又不透。要是紅透了，太陽一照，那顏色該有多濃。

我望著紅葉，問：「這是什麼樹？怎麼不大像楓葉？」

老嚮導說：「本來不是楓葉嘛。這叫紅樹。」就指著路邊的樹，說：「你看看，就是那種樹。」

路邊的紅樹葉子還沒紅，所以我們都沒注意。我走過去摘下一片，葉子是圓的，只有葉脈上微微透出點紅意。

我不覺叫道：「哎呀！還香呢。」把葉子送到鼻子上聞了聞，那葉子發出一股輕微的藥香。

另一位同伴也嗅了嗅，叫道：「哎呀！是香。怪不得叫香山。」

老嚮導也慢慢說：「真是香呢。我怎麼做了四十年嚮導，早先就沒聞見過呢？」

我的老大爺，我不十分清楚你過去的身世，但是從你臉上密密的紋路裡，猜得出你是個久經風霜的人。你的心過去是苦的，你怎麼能聞到紅葉的香味！！我也不十分清楚你今天的生活，可是你看，這麼大年紀的一位老人，爬起山來不急，也不喘，好像不快，我們可總是落在後邊，跟不上。有這樣輕鬆腳步的老年人，心情也該是輕鬆的，還能聞不見紅葉香？

老嚮導就在滿山紅葉的香裡，領著我們看了「森玉笏」、「西山晴雪」、昭廟，還有別的香山風景。下山的時候，將近黃昏。一仰臉望見東邊天上現出半輪上弦的白月亮，一位同伴忽然想起來，說：「今天是不是重陽？」一翻身邊帶的報紙，原來是重陽的第二日。我們這一次秋遊，倒應了重九登高的舊俗。

　　也有人覺得沒看見一片紅葉，未免美中不足。我卻摘到一片更可貴的紅葉，藏到我心裡去。這不是一般的紅葉，這是一片曾在人生經過風吹雨打的紅葉，越到老秋，越紅得可愛。不用說，我指的是那位老嚮導。

　　【作者】楊朔（1913—1968），原名楊敏晉，山東省蓬萊縣人。當代散文家。主要著作有散文集《亞洲日出》、《東風第一枝》、《海市》、《楊朔散文選》等。

　　【賞析】《香山紅葉》是當代遊記中的典範之作。其特點是構思新穎巧妙，敘事活潑生動，語言簡潔，充滿詩意。

　　構思新穎巧妙體現在兩個方面：一是作者巧設比喻，借香山紅葉「經霜愈紅」的特點，讚美老嚮導積極健康的人生，「紅葉」與「老嚮導」取義別緻貼切，借物喻人，別出心裁。二是卒章顯志。卒章顯志是指在文章或文學作品的收束、結尾處顯露出主旨的結尾技法。本文中的老嚮導是一位普普通通的老人，與作者素昧平生，文章對老嚮導的讚美之情是在遊香山的過程中逐漸產生、逐漸強化、在文章最後得到體現的。一位精神矍鑠的白鬚老人，有著飽經風霜的人生經歷，恰如歷經春夏又經霜的秋葉，「越到老秋，越紅得可愛」，作者在文章最後表達了這份讚美的感情，把老人視為「可貴的紅葉」，珍藏在心裡，也使這位開朗、樂觀、樸實、可敬的老嚮導形象留在了讀者心中。

　　本文在敘事上也很有特點，一是作者不斷變化敘事角度，作者、同伴、老嚮導都參與敘事，因此，每一個角色的性格、興趣、

收穫都有客觀的體現，這樣的敘事方式使敘述語氣富於變化，敘述內容也活潑生動。敘事的第二個特點是作者運用正問句引導敘述話題的轉換。如：「不知山上的紅葉紅了沒有？」「怎麼連一片紅葉也看不見？」「這是什麼樹？怎麼不大像楓葉？」「我怎麼做了四十年嚮導，早先就沒聞見過呢？」隨問隨答，話題轉換非常自然，適合遊山的具體情境，也為作者抒情、議論創造了良好的契機。敘事的第三個特點是恰到好處地插敘民間故事傳說，關於「聚寶盆」的故事、「夢趕泉」的傳說，老嚮導慢言慢語的講述，既增加了香山的神秘，又表現了老嚮導對香山的熱愛之情。語言純樸，趣味盎然。

楊朔散文創作的語言向來以詩意濃郁著稱，本文亦不例外。但由於敘述角度不同，語言也表現出口語化和詩化語言並舉的特點。老嚮導的語言是口語化的，他講故事以及回答問題，用的都是口語，讓人感到自然親切。與之相對的是作者的抒情敘事充滿了詩意，語言簡潔、清新、流暢、別緻。如：「早聽說香山紅葉是北京最濃最濃的秋色。能去看看，自然樂意。我去的那日，天也作美，明淨高爽，好得不能再好了；人也湊巧，居然找到一位老嚮導。這位老嚮導就住在西山腳下，早年做過四十年的嚮導，鬍子都白了，還是腰板挺直，硬朗得很。」幾句話就將遊香山的時間、天氣、人物、心情都交待得清清楚楚。這些句子長短錯落有致，讀起來富於變化，感情充沛，言簡意豐，字裡行間透露著詩情畫意。

敦煌鳴沙山記（節選）

賈平凹

河西走廊，是沙的世界，少石岩，少飛鳥，稀罕樹木，也稀罕花草；荒荒寂寂的戈壁大漠，地是深深的洞，天是高高的空；出奇的卻是敦煌城南，三百里地方圓內，沙不平鋪，堆積而起伏，低者十米八米不等，高則二百米三百米直指藍天，壟條縱橫，遊峰迴

旋，天造地設地竟成為山了。沙成山自然不能凝固，山有沙因此就有生有動：一人登之，沙隨足墜落；十人登之，半山就會軟軟瀉流；千人萬人登過了，那高聳的驟然挫低，肥壅的驟然減瘦。這是沙山之形啊！其形變之時，又出奇轟隆鳴響，有悶雷滾過之勢，有鐵騎奔馳之感。這是沙山之聲啊！沙鳴過後，萬山平平，一夜風吹，卻更出奇的是平堆竟為丘，小丘竟為峰，輒復還如。這是沙山之力啊！進入十里，有一泉水，周回千數百步，其水澄澈，深不可測，彎環形如半月，千百年來不溢，不涸，沙漏不掉，沙掩不住，明明淨淨在沙中長居。這是沙山之神秘啊！漢書載：元鼎四年，有神馬（從泉中）出，武帝得之，作天馬歌。現天馬雖已遠走，泉中卻有鐵背遊魚、七星水草，相傳食之甘美，亦強身益壽。這是沙山之精靈啊！

敦煌久為文化古都，敦者，大也，煌者，盛也；舊時為絲綢之路咽喉，今日是西山高原公路交通樞紐。自莫高窟驚世駭俗以來，這沙山也天下稱奇，多少年來，多少遊客，大凡觀了人工壁畫，莫不再來賞這天地造化的絕妙地。放眼望去，一座沙山，一座沙山，偌大的蘑菇的模樣，排列中錯錯落落，紛亂裡有聯有繫：豎著的，順著的，脈絡分明，走勢清楚，梁梁相接，全都向一邊斜彎，呈弓的形狀；橫著的，岔著的，則半圓支疊，弘線套叉，傳一唱三嘆之情韻。這是沙山之遠景啊。沿沙溝而走，漫坡緩上，徐下漫坡，看山頂不高，濛濛並不清晰，萬道熱氣順陽光下注，浮陽光上騰，忽聚忽散，散則絲絲縷縷，聚則一帶一片，暈染夢幻，走近卻一切皆無；偶爾見三米五米之外有彩光耀眼，前去細辨，沙竟分五色：紅、黃、藍、白、黑，不覺大驚小叫，腳踹之，手掬之，口袋是裝滿了，手帕是包飽了，滿載欲歸，卻一時不知了東在哪裡，西在何方？茫然失卻方向了。這是沙山之近景啊。登至山巔，始知沙山之背如刀如刃，赤足不能穩站，而山下泉水，中間的深綠，四邊的淺綠，深綠綠得莊重的好，淺綠綠得鮮活的好。四周群山倒影又看得

十分明白，疑心山有多高，水有多深，那水面就是分界線，似乎山是有根在水，山有多高，根也便有多長。人在山巔抬腳動手，水中人就豆粒般的倒立，如在瞳仁裡，成千上萬倍地縮小了。這是沙山俯景啊。站在泉邊，借西山爽氣豁人心神，迎北牖涼風蕩滌胸次，解懷下臥，仄眼上眺，四面山坡無崖、無穴、無坎、無坑，漠漠上下，光潔細膩如豐腴肌膚。這是沙山之仰景啊。陰風之日，山山外表一尺左右團團一層迷離，不即不離，如生煙生霧，如長毛長絨，悲鳴齊響，半晌不歇，月牙泉內卻水波不興，日變黃色，下潑水底，一動不動，猶如泉之洞眼，盛夏晴朗天氣，四山空洞，如在甕底，太陽伸萬條光腳，緩緩走過，沙不流下瀉，卻絲竹管弦之音奏起，看泉中有魚躍起，亦是無聲，卻漣漪擴散，不瞭解這泉是一泓樂泉，還是這山是一架樂山？這是沙山動中靜、靜中動之景啊。

【作者】賈平凹（1953—　　　　），陝西丹鳳縣人。當代著名作家。主要著作有長篇小說7 部，其中《浮躁》獲1988 年第八屆美國飛馬文學獎；中短篇小說近30部，其中《滿月兒》獲首屆全國優秀短篇小說獎，《臘月·正月》獲得第三屆全國優秀中篇小說獎；散文集十餘部，其中《愛的蹤跡》獲首屆全國優秀散文集獎。

【賞析】《敦煌鳴沙山記》是以寫景抒情為主要特徵的遊記。

本文在結構上有突出的特點，即採用「扇面型結構」。扇面型結構指描寫、議論、抒情、記敘總是圍繞一個焦點或是中心，內容由此向廣度輻射、鋪陳，面面展開，猶如打開的扇子，又稱「扇面展開式結構」。這種結構形式在小說和散文創作中經常使用。扇面型結構重在同一側面的掃描，從而見事物全貌於一端。本文以敦煌鳴沙山為描寫中心，圍繞著鳴沙山，層層剝筍般從古到今、從形到神、從遠到近、從俯到仰、從動到靜等一一描述，使我們獲得了對鳴沙山無論哪個角度的全面的認識。而且每一個側面描寫之後，都用一個相類似的感嘆句做結語，諸如「這是沙山之形啊」，「這是

沙山之力啊」、「這是沙山之神秘啊」、「這是沙山之精靈啊」，這些感嘆句清晰地將各個不同的層面區分開來，既在內容上與其他描寫相隔開，又為新一個層面的描寫提供了轉換句式的機會。這種結構方式整飭而巧妙。

本文的語言也別具一格。首先，文章用語洗練典雅，古色古香，富有古典美。文中大量運用文言句式，同時夾雜通俗的白話，造成既俗又雅的語言特色。如：「河西走廊，是沙的世界，少石岩，少飛鳥，稀罕樹木，也稀罕花草」；又如：「敦煌久為文化古都，敦者，大也，煌者，盛也。」這類句式文中屢見不鮮。其次，語言乾淨利落，少有修飾，多用短句，講究對仗，和諧工整。如寫沙山之遠景：「豎著的，順著的，脈絡分明，走勢清楚，梁梁相接，全都向一邊斜彎，呈弓的形狀；橫著的，岔著的，則半圓支疊，弘線套叉，傳一唱三嘆之情韻。」又如寫沙山之仰景：「站在泉邊，借西山爽氣豁人心神，迎北牖涼風蕩滌胸次，解懷下臥，仄眼上眺，四面山坡無崖、無穴、無坎、無坑，漠漠上下，光潔細膩如豐腴肌膚。」再次，文章中有些句子造語新奇，給人耳目一新之感。如：「深綠綠得莊重的好，淺綠綠得鮮活的好。」

修辭格的運用也為文章增添了不少文采，文中用了多種修辭格。

有層遞：「一人登之，沙隨足墜落；十人登之，半山就會軟軟泄流；千人萬人登過了，那高聳的驟然挫低，肥壅的驟然減瘦。」有擬人：「太陽伸萬條光腳，緩緩走過。」

比喻則更是俯拾皆是：「一座沙山，偌大的蘑菇的模樣」；「登至山巔，始知沙山之背如刀如刃」；「人在山巔抬腳動手，水中人就豆粒般的倒立，如在瞳仁裡，成千上萬倍地縮小了」。

水鄉茶居（節選）

楊羽儀

在廣東水鄉，茶居是一大特色。

每個村莊，百步之內，必有一茶居。這些茶居，不像廣州的大茶樓，可容數百人；每一小居，約莫只容七八張四方桌，二十來個茶客。倘若人來多了，茶居主人也不心慌，臨河水榭處，灣泊著三兩畫舫，每舫四椅一茶几，舫中品茶，也頗有味。

茶居的建築古樸雅緻，小巧玲瓏，多是一大半臨河，一小半倚著岸邊。地板和河面留著一個漲落潮的落差位。近年的茶居在建築上有較大的變化，多用混凝土水榭式結構，也有磚木結構的，而我卻偏好竹寮茶居。它用竹子做骨架，金字屋頂上覆蓋著蓑衣或鬆樹皮，臨河四周也是松樹皮編成的女牆，可憑欄品茗，八面來風，即便三伏天，這茶居也是一片清涼的世界。

茶居的名字，舊時多用「發記茶居」、「昌源茶室」之類字號。現在，水鄉人也講斯文，常常可見「望江樓」、「臨江茶室」、「清心茶座」等雅號。

……

水鄉人飲茶，又叫「嘆」茶。那個「嘆」字，是廣州方言，含有「品味」和「享受」之意。不論「嘆」早茶或晚茶，水鄉人都把它作為一種享受。他們一天辛勤勞作，各自在為新生活奔忙，帶著一天的勞累和溽熱，有暇「嘆」一盅茶，去去心火，便是緊張生活的一種緩衝。我認為「嘆」茶的興味，未必比酒淡些，它也可以達到「醺醺而不醉」之境界。

「嘆」茶的特點是慢飲。倘在早晨，茶客半倚欄杆「嘆」茶，是在欣賞小河如何揭去霧紗，露出俏美的真容麼？瞧，兩岸的番石榴、木瓜、楊桃果實，或濃或淡的香氣滲進小河裡，迷濛、淡遠的小河便如傾翻了滿河的香脂。也許，是看大小船隻在半醒半睡的小

河中搖櫓揚帆來去，看榕蔭、朝日及小鳥的飛鳴吧！倘在傍晚，日光落盡，雲影無光，兩岸漸漸消失在溫柔的暮色裡，船上人的吆喝聲漸漸遠去。河面被一片紫霧籠罩。不知不覺，皎月悄悄浸在小河裡……此境此情，倘遇幽人雅士，固然為之傾倒，然而多是「卜佬」的茶客。他們「嘆」茶，動輒一兩小時，有如牛的反芻，也是一種細細品味──不是品味著食物，而是品味著生活。

　　一座水鄉小茶居，便是一幅「浮世繪」。茶被「沖」進壺裡，不論同桌的是知己還是陌路人，話匣子就打開了。村裡的新聞、世事的變遷、人間的悲歡，正史的還是野史的，電臺播的大道新聞還是鄉村小道消息，全都在「嘆」茶中互相交換。說著，聽著，有輕輕的嘆息，有呵呵的笑聲，也有憤世嫉俗的慨嘆。無怪乎古時柳泉居士蒲松齡先生要在泉邊開一小茶座，招呼過往客人，一邊「嘆」茶，一邊收集可寫《聊齋誌異》的故事了。

　　……

　　月已闌珊，上下瑩澈，茶居燈火的微茫，小河月影的皺皺，水氣的奔馳，夜潮的拍岸，一座座小小茶居疑在醉鄉中。一切都和心象相融合。我始覺這個「嘆」字的功夫，頗如藝術的魅力，竟使人「漸醉」……

　　【作者】楊羽儀（1940—　　），廣東省人。散文作家。著有散文集《古海裡的北星》、《南的微笑》、《水鄉茶居》、《香港眾生相》等。

　　【賞析】《水鄉茶居》為我們描繪了一幅廣東水鄉茶居的風俗畫。特色鮮明，充滿情趣。

　　作者楊羽儀心懷對家鄉茶居的眷念和熱愛，將水鄉茶居古樸雅緻的外觀、豐盛獨到的茶食以及悠閒「嘆」茶的習俗一一道來。文章的結構以茶居為中心，以作者對茶居的深厚感情和充分瞭解為紐

帶，用特有的情思包融、連綴內容，每一個場景、每一件事物無不契合著作者的心境和心境深處對家鄉風情美的讚美。文章的整體結構呈扇面形，在具體行文過程中又運用了對比的結構方式，如文章前半部分主要摹寫茶居的建築特色、茶居名字的由來以及茶居中各式各樣的茶點，都是靜態的描摹；在後半部分主要敘述了茶客「嘆」茶的情形，其中不但寫了茶客如何品味茶食，還寫了如何觀賞風景，如何談論生活，這一部分的描寫是動態的，諸種情態形神畢肖，令人難忘。

《水鄉茶居》是一篇情理相生的佳作。情理相生是抒情與說理有機結合、相互作用的一種寫作技法，其作用是使抒情增加理性深度，使說理具有抒情色彩。《水鄉茶居》一文以濃郁的主觀抒情色彩，描繪了由茶居及茶客組合的優美畫卷。作者除了要展現茶居的別緻、茶客的歡娛外，還要讚美人們富足美好的生活：「這樣『草草杯盤共一飲』，便是水鄉生活的詩，生活有了詩，『嘆』茶也如吃酒，且比酒味更醇，而世間最好的酒餚，莫過於生活中的詩了。」作者在這裡將充滿詩情畫意的水鄉意境昇華了，從中人們看到了水鄉人民充滿自信、充滿歡樂的生活和未來。

文章的語言表達富於變化。有說明，如：「每一小居，約莫只容七八張四方桌，二十來個茶客。」又如：「茶居的名字，舊時多用『發記茶居』、『昌源茶室』之類字號。現在水鄉人也講斯文，常常可見『望江樓』、『臨江茶室』、『清心茶座』等雅號。」還如：「水鄉人飲茶，又叫『嘆』茶。那個『嘆』字，是廣州方言，含有『品味』和『享受』之意。」這些說明文字使我們對茶居有了清晰明確的認識。情景交融的描寫文字是文章中最富意境的部分，如：「茶客半倚欄杆『嘆』茶，是在欣賞小河如何揭去霧紗，露出俏美的真容麼？瞧，兩岸的番石榴、木瓜、楊桃果實，或濃或淡的香氣滲進小河裡，迷濛、淡遠的小河便如傾翻了滿河的香脂」，作者用設問的方式表現了水畔茶居迷人的景色。文章中還有大量的敘

述。在敘述過程中，值得注意的是作者兩次運用了「閒筆」的表達方式。閒筆，指行文中穿插進或在首尾處安上的貌似離題、似無必要的文字，是與正筆、要筆對言的。閒筆的作用主要在於：充實、豐富文章內容，拓寬和加深主要事件的思想意義，調節文勢，烘托主體，增強文章的生活氣息等。本文中的兩處閒筆一是作者寫茶食的今昔變化時插入了「文革」期間將「糯米雞」變成「裸裸糯米豬」的故事；二是在寫茶客「嘆」茶的內容時，將柳泉居士蒲松齡開茶座、收集《聊齋誌異》故事的典故插入其中，這兩段閒筆既豐富了文章表現的內容，又增加了閒適的情趣。

端午，在屈原的家鄉（節選）

公劉

......

「遊江」開始了。這是一個精彩的節目。一共有七條龍船，比去年多兩條：金、紅、青、白、烏、黃、紫，按照當地的稱呼，橘紅為金，深藍為烏。因此，三閭公社一色橘紅，用意在於禮讚詩人的處女作——意氣昂揚的《橘頌》。這個主意很好，南國嘉樹，秋實纍纍，香風似醇，火球一般的甜柑蜜橘壓彎了枝條，萬山盡染，而且論素質，確也寶貴，無怪乎屈原說它有一種「內美」，這樣看來，把橘紅認作金，豈不是最恰當不過了？

七條龍船一隻接一隻，在遼闊的江面組成了一個花環。這條龍首咬定那條龍尾，巡行一週，然後再各歸各位——南岸蓮花峰下的蓮花漩，沿著沙灘等距離地一字兒排開，準備競渡。每條龍船的泊位，都飄著一面紅旗，與之遙遙相對的是，北岸也有七面紅旗，很規整地劃出了七條看不見的航線。

如果不是細緻地而是粗疏地描繪這七條龍船，在我，就是嚴重的失職，請讀者同志允許我先灌輸給大家一個總的印象吧，兩個

字：壯美。

　　秭歸的龍船，在狹長與輕巧上，和我家鄉江西甚而至於整個南方，沒有什麼兩樣，龍首和龍尾的彩色木雕也不一定顯出多少特殊之處。富有鐵力的和無法與之比擬的是人，是龍船上所有的人。佈局和格調是這樣富於巧思；龍是什麼顏色，人的衣著也是什麼顏色，由此而產生的效果，自然是更逼真、更栩栩如生了。唯一的例外是紫龍，人們並沒有穿紫衣，而是在淺紫色的底上邊加織了深紫方格，質地疑是土布，這一變化，就更別具風韻了。每一條船上都有一位站立在尖尖的船頭上的、那威風儼然是三軍陣前的上將軍，還配備一位掌梢的，兩位舞旗的（腰旗和尾旗）；另外一位鼓手，地位也十分重要，他不但擊鼓，還要領唱或者帶頭吆喝；而排滿兩舷的14對撓手，彷彿都成了連體人。站在船頭上的七位「上將軍」各自手執不同的兵器：刀、劍、斧、鎖、錘……包括這些「上將軍」在內，全體「指戰員」人人頭上都纏著一塊頭帕，上身都是一件小坎肩，裸露在陽光下的手臂和胸肌直如紫銅鑄就。不知道為什麼，我老覺著他們的眼睛也是規格化了的，又大，又明亮，放射著一種奇異的光芒；也長著一樣的牙齒，又密，又潔白。力在他們身上流動，流到哪兒，就鼓凸到哪兒。手執兵器者本領最為高強，不斷地揮舞，同時做著種種凜然不可侵犯的表情，而且有時就在那方寸之地手之舞之，足之蹈之，甚至拿大頂，豎蜻蜓；其中有兩位鬚髮皤白的長者，想必在60歲開外了，精神矍鑠，一絲不苟，博得了大眾的讚歎與歡呼；說他們是最機智、最勇敢、最尚武的水手中的水手，實不為過。擊鼓者也不示弱，除了兩臂不停地捶擊外，那一陣陣的激越的鼓點，都直接轉化為電能、光能和熱能，使得周圍的幾萬顆心都呼呼地著了火。旗子也耍得極為活躍多變，他們的口哨就是命令，旗幟就是方向。28　位撓手的協同和諧，配合默契，達到了集體主義精神的最高境界。特別值得稱道的是，他們快而不亂，重而不狂，像大雁掠翅似地──飛過波峰浪谷。我當時

幾乎引起了超越時空的幻覺，彷彿眼前一個個全是斷髮文身的上古勇士，我甚至懷疑自己是不是回到了列祖列宗身旁。「楚雖三戶，亡秦必楚。」我相信，如今我更懂得這句誓言和預言的活生生的意義了。

最撩人遐思的是歌聲！是地地道道的舉世無雙的標準的楚音！伴著鼓，伴著鑼，伴著鞭炮，伴著吆喝，伴著歡呼，人們唱起了招魂的輓歌，如泣如訴，如怨如慕，呼天搶地，摧肝裂肺。請聽這灑血而祭的呼喚吧：

我哥喲，回喲嗬，嘿嗬吧，

大夫大夫喲，聽我說喲，嘿嗬吧，

天不可上啊，上有黑雲萬里，

地不可下啊，下有九關八極，

東不可往啊，東有弱水無底，

南不可去啊，南有豺狼狐狸，

西不可向啊，西有流沙戈壁，

北不可遊啊，北有冰雪蓋地。

唯願我大夫，快快回故里，

衣食勿須問，楚國好天地……

聽了這發自心底的聲音，鐵人也要落淚！

人民的心聲，多少代，流傳至今，永不寂滅，永不低回，這才是真正的萬壽無疆啊！

我哭了。

……

【作者】公劉（1927—　），江西南昌人。當代著名詩人。主要作品有詩集《神聖的崗位》、《黎明的城》、《在北方》；詩選集《離離原上草》　；長詩《尹靈芝》、《白樺·紅花》、《仙人掌》等。

【賞析】《端午，在屈原的家鄉》是一篇隨感式遊記。

全文以時間、空間為主要結構方式，記述了作者1980年代初隨同「詩人訪問團」到屈原的家鄉過端午節的難忘經歷。作者採用隨筆形式，從秭歸城的靈山秀水寫到屈原的美麗傳說，從端午節盛大的活動盛典寫到騷壇詩社的詩歌朗誦會以及屈原紀念館的落成典禮，每一項活動都讓作者感慨無限。龍舟競渡讓作者看到了一幅壯美的圖畫；招魂輓歌又讓作者為屈原家鄉人民對屈原深深的緬懷之情流下了激動的眼淚；生活還不富裕的詩社會員杜青山艱難的生計讓作者感到苦悶；而由杜青山以及另外一個「野老村夫」撰寫的飽含血淚、言簡意賅的《重修三閭屈原廟記》碑文，又令作者嘆服不已……端午節，這個普通的民間風俗節日，給作者留下了終生難忘的印象。

「遊江」和「招魂」是文章中最具風采的部分。在這兩部分的寫作過程中，作者激情澎湃，思緒萬千，運用點面結合的寫作手法將壯美熱鬧的場面和激越沸騰的情感渲染得淋漓盡致。點面結合，點，指構成事物整體的最小單位、項目或局部；面，則指構成事物整體的某一方面、某個範圍或它的全局。點上的材料和面上的材料相組合，即為點面結合。這種結構形式通常用於景物或場面的描寫，表現為：全文一部分是全景式的鳥瞰或整體性的勾勒，一部分是局部的描摹或個別物象的特寫。或者，一部分是對廣闊背景的大筆渲染，一部分是對表現主題的局部的精雕細刻。本文在寫「江遊」場景時，採用的就是整體性勾勒與局部的描摹相結合的方式。作者先寫遠景：「龍船一只接一只，在遼闊的江面組成了一個花

環。這條龍首咬定那條龍尾，巡行一週，然後再各歸各位。」接著近距離細緻地描繪，龍舟的首尾有彩色木雕；龍舟上的槳手們身著與龍舟一樣顏色的小坎肩，頭上纏著一塊手帕，他們有一樣的眼神、一樣的力量；龍頭站定的是手拿不同兵器的「上將軍」，「本領最為高強，不斷地揮舞，同時做著種種凜然不可侵犯的表情，而且有時就在那方寸之地手之舞之．足之蹈之，甚至拿大頂，豎蜻蜓」；擊鼓者「除了兩臂不停地捶擊外，那一陣陣的激越的鼓點，都直接轉化為電能、光能和熱能，使得周圍的幾萬顆心都呼呼地著了火」。這種點面的有機結合既符合大場面的觀覽狀態，又符合讀者的審美習慣，再加上作者不無誇張的渲染，場面的宏大與熱烈躍然紙上。對「招魂」場面的描寫，則突出了情感的濃烈。歌聲「伴著鼓，伴著鑼，伴著鞭炮，伴著吆喝，伴著歡呼」，「如泣如訴，如怨如慕，呼天搶地，摧肝裂肺」，這是整體狀態的描寫。歌詞的具體引用將這種情感表現得更加真切：「我哥喲，回喲嗬，嘿嗬吔／大夫大夫喲，聽我說喲，嘿嗬吔／天不可上啊，上有黑雲萬里／地不可下啊，下有九關八極／東不可往啊，東有弱水無底／南不可去啊，南有豺狼狐狸／西不可向啊，西有流沙戈壁／北不可遊啊，北有冰雪蓋地／唯願我大夫，快快回故里／衣食勿須問，楚國好天地。」這情真意切的招魂歌表達了楚地人民對屈原深摯的懷念和愛戴。有感於兩千多年的懷念歷久彌深，作者在激動之餘不無感慨：「這是給一切為人民的利益而死者，或者準備隨時為大眾獻身者的最大安慰！」這一感奮人心的招魂場面對於每一位觀覽者無疑又成為愛祖國、愛人民教育的大課堂，文章的主題隨之得到了昇華。

都江堰（節選）

余秋雨

（一）

我以為，中國歷史上最激動人心的工程不是長城，而是都江

堰。

長城當然也非常偉大，不管孟姜女們如何痛哭流涕，站遠了看，這個苦難的民族竟用人力在野山荒漠間修了一條萬里屏障，為我們生存的星球留下了一種人類意志力的驕傲。長城到了八達嶺一帶已經沒有什麼味道，而在甘肅、陝西、山西、內蒙古一帶，勁厲的寒風在時斷時續的頹壁殘垣間呼嘯，淡淡的夕照、荒涼的曠野溶成一氣，讓人全身心地投入對歷史、對歲月、對民族的巨大驚悸，感覺就深厚得多了。

但是，就在秦始皇下令修長城的數十年前，四川平原上已經完成了一個了不起的工程。它的規模從表面上看遠不如長城宏大，卻注定要穩穩噹噹地造福千年。如果說，長城占據了遼闊的空間，那麼，它卻實實在在地占據了邈遠的時間。長城的社會功用早已廢弛，而它至今還在為無數民眾輸送汩汩清流。有了它，旱澇無常的四川平原成了天府之國，每當我們民族有了重大災難，天府之國總是沉著地提供庇護和滋養。因此，可以毫不誇張地說，它永久性地灌溉了中華民族。

有了它，才有諸葛亮、劉備的雄才大略，才有李白、杜甫、陸游的川行華章。說得近一點，有了它，抗日戰爭中的中國才有一個比較安定的後方。

它的水流不像萬里長城那樣突兀在外，而是細細浸潤、節節延伸，延伸的距離並不比長城短。長城的文明是一種僵硬的雕塑，它的文明是一種靈動的生活。長城擺出一副老資格等待人們的修繕，它卻卑處一隅，像一位絕不炫耀、毫無所求的鄉間母親，只知貢獻。一查履歷，長城還只是它的後輩。

它，就是都江堰。

（二）

去都江堰之前，以為它只是一個水利工程罷了，不會有太大的遊觀價值。連葛洲壩都看過了，它還能怎麼樣？只是要去青城山玩，得路過灌縣縣城，它就在近旁，就乘便看一眼吧。因此，在灌縣下車，心緒懶懶的，腳步散散的，在街上胡逛，一心只想看青城山。

　　七轉八彎，從簡樸的街市走進了一個卓木茂盛的所在。臉面漸覺滋潤，眼前愈顯清朗，也沒有誰指路，只向更滋潤、更清朗的去處走。忽然，天地間開始有些異常，一種隱隱然的騷動，一種還不太響卻一定是非常響的聲音，充斥周際。如地震前兆，如海嘯將臨，如山崩即至，渾身起一種莫名的緊張，又緊張得急於趨附。不知是自己走去的還是被它吸去的，終於陡然一驚，我已站在伏龍館前，眼前，急流浩蕩，大地震顫。

　　即便是站在海邊礁石上，也沒有像這裡這樣強烈地領受到水的魅力。海水是維容大度的聚會，聚會得太多太深，茫茫一片，讓人忘記它是切切實實的水，可掬可捧的水。這裡的水卻不同，要說多也不算太多，但股股疊疊都精神煥發，合在一起比賽著飛奔的力量，蹦躍著喧囂的生命。這種比賽又極有規矩，奔著奔著，遇到江心的分水堤，刷地一下裁割為二，直竄出去，兩股水分別撞到了一道堅壩，立即乖乖地轉身改向，再在另一道堅壩上撞一下，於是又根據築壩者的指令來一番調整……也許水流對自己的馴順有點惱怒了，突然撒起野來，猛地翻捲咆哮，但越是這樣越是顯現出一種更壯麗的馴順。已經咆哮到讓人心魄俱奪，也沒有一滴水濺錯了方位。陰氣森森間，延續著一場千年的收伏戰。水在這裡，吃夠了苦頭也出足了風頭，就像一大撥翻越各種障礙的馬拉松健兒，把最強悍的生命付之於規整，付之於企盼，付之於眾目睽睽。看雲看霧看日出各有勝地，要看水，萬不可忘了都江堰。

　　【作者】余秋雨（1946—　　），浙江餘姚人。散文家、教授。

旅遊散文代表作主要有《文化苦旅》、《山居筆記》等。

【賞析】《都江堰》是一篇以夾敘夾議為主要特徵的遊記。

夾敘夾議是一種獨特的文學表達技巧。指一邊敘述，一邊議論，以取得敘事與明理渾然一體的效果。夾敘夾議有兩種表現形式，一是由敘而議，再敘再議，多層敘述與多層議論穿插交錯，由淺入深，由輕而重，螺旋上升，最終歸入題旨。二是敘議結合成為文章的意脈，貫穿全篇。《都江堰》即採用後種敘議方式。

文章開篇即不同凡響，開門見山地指出了都江堰的偉大：「我以為，中國歷史上最激動人心的工程不是長城，而是都江堰。」接下來作者以充滿詩意的語言將長城與都江堰進行了對比，敘述了都江堰悠久的歷史、雖然不宏大但默默造福百姓至今仍然發揮作用的奉獻精神。得出的結論是：「長城的文明是一種僵硬的雕塑，它（都江堰）的文明是一種靈動的生活。」

由都江堰作者自然聯想到了都江堰的建造者李冰，這位腳踏實地、造福百姓的蜀郡守不僅僅為後人留下了一項了不起的水利工程，而且留下了一種為官做人的道理和精神，正如作者議論的那樣：「秦始皇築長城的指令，雄壯、蠻嚇、殘忍；他（李冰）築堰的指令智慧、仁慈、透明」，李冰也因此得到了人們永遠的懷念。由此，我們感到都江堰不獨是一個物質的存在，更是一種精神的存在，正如文中最後所言：「只要都江堰不坍，李冰的精魂就不會消散，李冰的兒子會代代繁衍。轟鳴的江水便是至聖至善的遺言。」作者這種敘議結合的表達方式，無疑使作品的思想意義得到了昇華，使都江堰與長城一樣成為民族精神的一種象徵。

本文語言生動活潑，充滿才情。文中大量使用判斷句，態度鮮明，語氣肯定，充滿自信，不容置疑。排比句的運用，強化了作者的激情，渲染了氣氛，如：「有了它，才有諸葛亮、劉備的雄才大略，才有李白、杜甫、陸游的川行華章。說得近一點，有了它，抗

日戰爭中的中國才有一個比較安定的後方。」又如：「在李冰看來，政治的含義是浚理，是消滅，是滋潤，是濡養。」作者還運用比喻、擬人、示現等修辭手法使敘事議論形象化。如作者在讚美都江堰的深厚無私時寫道：「長城擺出一副老資格等待人們的修繕，它卻卑處一隅，像一位絕不炫耀、毫無所求的鄉間母親，只知貢獻。——查履歷，長城還只是它的後輩。」這段文字中既有比喻又有擬人，將都江堰與長城比作母親與晚輩的關係，真是形神兼備。在寫李冰治水情景時，作者運用了示現修辭格：「他是郡守，手握一把長鍤，站在滔滔的江邊，完成了一個『守』字的造型。」這樣的表現手法使古老的歷史人物起死回生，給人留下了真切生動的印象。

讀滄海（節選）

劉再復

（一）

我來到海濱了，又親吻著蔚藍色的海。

這是北方的海岸，煙臺山迷人的夏天。我坐在花間的岩石上，貪婪地讀著滄海——展示在天與地之間的書籍、遠古與今天的啟示錄、我心中不朽的大自然的經典。

我帶著千里奔波的饑渴，帶著長歲月久久思慕的饑渴，讀著浪花，讀著波光，讀著迷濛的煙濤，讀著從天外滾滾而來的藍色的文字、發出雷一樣響聲的白色的標點。我暢開胸襟，呼吸著海香很濃的風，開始領略書本裡洶湧的內容、澎湃的情思、偉人的深邃的哲理。

打開海藍色的封面，我進入了書中的境界。隱約地，我聽到太陽清脆的鈴聲、海底朦朧的音樂。樂聲中，我眼前出現了神奇的海景，我看到了安徒生童話裡白天鵝潔白的舞姿，看到羅馬大將安東

尼和埃及女王克莉奧特佩拉在海戰中愛與恨交融的戲劇，看到靈魂復甦的精衛鳥化作大群的銀鷗在尋找當年投入海中的樹枝，看到徐悲鴻的馬群在這藍色的大草原上仰天長嘯，看到舒伯特的琴鍵像星星在浪尖上跳動……

就在此時此刻，我感到一種神奇的變動在我身上發生，一種無法言說的謎在我胸中躍動：一種曾經背叛過我自己但是非常美好的東西復歸了，而另一種我曾想擺脫而無法擺脫的東西消失了。我感到身上好像減少了很多，又增加了很多，只是減少了些什麼和增加了些什麼，我說不出來。只感到我自己的世界在擴大，胸脯在奇異地伸延，一直伸延到無窮的遠方，伸延到海天的相接處，我覺得自己的心，同天，同海，同躲藏的星月連成一片。也就在這個時候，喜悅像湧上海面的潛流，突然滾過我的胸脯。生活多麼好呵！這人海擁載著的土地，這土地擁載著的生活，多麼值得我愛戀呵！

我不能解釋自己身上所發生的一切，然而，我彷彿聽到蔚藍色的啟示錄在對我說，你知道什麼是幸福嗎？你如果要贏得它，請你繼續暢開你的胸襟，體驗著海，體驗著自由，體驗著無邊無際的壯闊，體驗著無窮無盡的淵深！

（二）

我讀著海。我知道海是古老的書籍，很古老很古老了，古老得不可思議。

原始海洋沒有水，為了積蓄成大海，造化曾經用了整整十億年。造化天才的傑作呵！十億年的積累，十億年的構思，十億年吮吸天空與大地的乳汁。雄偉的橫貫天地的巨卷呵！誰能在自己的一生中讀盡你的豐富而博大的內涵呢？

有人在你身上讀到豪壯，有人在你身上讀到寂寞，有人在你心中讀到愛情，也有人在你心中讀到仇恨，有人在你身邊尋找生，有

人在你身邊尋找死。那些蹈海的英雄，那些自沉海底失敗的改革者，那些越過怒浪向彼岸進攻的冒險家，那些潛入深海發掘古化石的學者，那些身邊飄忽著絲綢帶子的水兵，那些駕著風帆頑強地表現自身強大本質的運動健將，還有那些仰仗著你的豪強鋌而走險的海盜，都在你這裡集合過，把你作為人生的拚搏的舞臺。

你，偉大的雙重結構的生命，兼收並蓄的胸懷：悲劇與喜劇，壯劇與鬧劇，正與反，潮與汐，深與淺，珊瑚與礁石，洪濤與微波，浪花與泡沫，火山與水泉，巨鯨與幼魚，狂暴與溫柔，明朗與朦朧，清新與混沌，怒吼與低唱，日出與日落，誕生與死亡，都在你身上衝突著、交織著。

哦！雨果所說的「大自然的雙面像」，你不就是典型嗎？

在顫抖的長歲月中，不知有多少江河帶著黃土染汙你的蔚藍，不知道有多少狂風帶著大陸的塵埃挑釁你的壯麗，也不知道有多少巨鯨與群鯊的屍體毒化你的芬芳，然而，你還是你。海浪還是那樣活潑，波光還是那樣明艷，陽光下，海水還是那樣清。不是嗎？我明明讀到淺海的海底，明明讀到沙，讀到礁石，讀到飄動的海帶。

呵！我的書籍，不被汙染的偉人的篇章，不會衰老的雄奇的文采！我終於找到了書魂—— 一種偉大的力量，一種比海上的風暴更偉大的力量，這是舉世無雙的沉澱力與排除力，這是自我克服與自我戰勝的蔚藍色的奇觀。

【作者】劉再復（1941— ），福建人，作家、文藝理論家。著有散文集《雨絲集》、《探海的追尋》、《告別》、《太陽·土地·人》、《潔白的燈芯草》等，傳記文學《魯迅傳》，理論文集《魯迅美學思想論稿》、《性格組合論》、《劉再復論文選》等。

【賞析】《讀滄海》是一篇氣勢磅礴的寫海的佳作。在構思、寫作技法以及語言運用方面都富有特色。

從構思上看，本文的立意別出心裁，新穎別緻。對於大海，人們寫過很多，觀海、聽海、趕海、想海、探海、問海等從諸多不同的角度寫都有成功的文字。本文作者獨闢蹊徑，將大海喻為一本「展示在天與地之間的書籍」，仔細閱讀，讀出了海的久遠、海的博大、海的力量、海的深奧。這一獨特的寫海角度為文章增添了魅力，讓人有耳目一新的感覺，讀起來湛然有味。

　　從寫作技法上看，本文成功運用了兩大藝術技法，一是照應，二是繁筆。

　　照應是文學創作中一種非常重要的寫作技法，指在寫作中重視內容的前後呼應。在實際應用中照應有多種具體形式，約略而言，有細節照應、環境照應、性格照應、首尾照應、題文照應等。《讀滄海》中既有首尾照應又有題文照應。作者開篇寫「我來到海濱了」，結尾時寫「別了，大海」，這樣，一來一別形成了一個封閉的結構，首尾應和，十分完整。另外，文章題為「讀滄海」，在行文中，該題多次重現，使題與文不斷得到照應。如在第一部分裡有「我坐在花間的岩石上，貪婪地讀著滄海」，第二部分和第三部分都以「我讀著海」開頭，這樣的應和使文章的節奏非常緊湊，像交響樂中的主旋律一樣不斷得到重現，加深了讀者的印象。

　　繁筆又稱作「用墨如潑」，指寫文章用墨如潑水一般，酣暢淋漓地鋪陳渲染的方法。《讀滄海》在表現大海的境界、摹寫大海的豪強、展現大海的深奧時反覆運用繁筆的表現手法，借助比喻、誇張、擬人特別是排比等修辭手段達到了多方著墨、大肆鋪陳的效果，創造了波瀾壯闊、意象紛繁的藝術世界。如：「我眼前出現了神奇的海景，我看到了安徒生童話裡白天鵝潔白的舞姿，看到羅馬大將安東尼和埃及女王克莉奧特佩拉在海戰中愛與恨交融的戲劇，看到靈魂復甦的精衛鳥化作大群的銀鷗在尋找當年投入海中的樹枝，看到徐悲鴻的馬群在這藍色的大草原上仰天長嘯，看到舒伯特

的琴鍵像星星在浪尖上跳動......」像這樣充滿情感又充滿意趣的句子在文中比比皆是。

　　從語言上看，除了大量運用排比句式進行充分鋪陳渲染以增強氣勢之外，還有不少非常新穎的比喻，如作者將大海比喻為一本啟人心智的大書，滾滾的潮水是「藍色的文字」，澎湃的浪潮是「洶湧的內容」，朵朵浪花是「白色的標點」等，設喻巧妙，造語新奇，給人留下了深刻的印象。另外諸如「雄偉的橫貫天地的巨卷呵！誰能在自己的一生中讀盡你的豐富而博大的內涵呢？」「雨果所說的『大自然的雙面像』，你不就是典型嗎？」「陽光下，海水還是那麼清。不是嗎？我明明讀到......」等等，這些設問、反問等句式的穿插，使文章的節奏起伏有致，生動活潑。

　　結語：現當代遊記作品浩繁，作品所呈現的審美特徵和創作個性更是豐富多彩，這裡所選的篇目僅僅是其中富有代表性的個例，難以全面涵蓋現當代旅遊文學創作的精彩之處，但僅就這11篇遊記的創作情況看，每篇各有不同的寫作角度和情感特徵，歷經時間的磨礪仍然煥發著獨特的審美魅力和生命力。從這些作品中我們看到，旅遊文學是紀實的，作品真實地記錄了作者在旅遊過程中或者旅遊之後的思想情感或旅遊經驗，自然而然地透露著時代的人文氣息和作者個人對人生況味的感慨，透過這些訊息，能夠使我們加深對遊記創作時代和創作者的瞭解和理解。從這個意義上講，旅遊文學是社會的，是歷史的沉澱。

　　從這11篇作品中我們還可以看到，旅遊文學作品充滿了瑰麗的想像和優雅的情趣，在這方天地中，作者擺脫了生活的、情感的羈絆，放飛自由的心靈，任想像恣意馳騁，「登山則情滿於山，觀海則意溢於海」，為我們創造了一個意象紛繁、令人心馳神往的美好境界。這樣的文字，無疑能夠為單調而灰色的現代生活增添情趣。特別是有些優秀的旅遊文學作品表現出了美好的情操、高潔的

品格和雅緻的情趣，讀來令人精神振奮，能夠啟迪人的靈智。從這個意義上講，旅遊文學作品又是個人的，是精神的盛宴。

國家圖書館出版品預行編目(CIP)資料

中國現當代旅遊文學研究 / 王秀琳 著. -- 第一版.
-- 臺北市 ： 崧燁文化，2018.12

　面 ；　公分

ISBN 978-957-681-662-8(平裝)

1.旅遊文學 2.文學評論 3.中國當代文學

820.9508　　107021628

書　名：中國現當代旅遊文學研究
作　者：王秀琳 著
發行人：黃振庭
出版者：崧燁文化事業有限公司
發行者：崧燁文化事業有限公司
E-mail：sonbookservice@gmail.com
粉絲頁　　　　　　　網　址：
地　址：台北市中正區重慶南路一段六十一號八樓815室
8F.-815, No.61, Sec. 1, Chongqing S. Rd., Zhongzheng
Dist., Taipei City 100, Taiwan (R.O.C.)
電　話：(02)2370-3310 傳　真：(02) 2370-3210
總經銷：紅螞蟻圖書有限公司
地　址：台北市內湖區舊宗路二段 121 巷 19 號
電　話:02-2795-3656　　傳真:02-2795-4100　網址：
印　刷 ：京峯彩色印刷有限公司（京峰數位）
　　本書版權為旅遊教育出版社所有授權崧博出版事業有限公司獨家發行電子書繁體字版。
若有其他相關權利及授權需求請與本公司聯繫。
定價：350 元
發行日期：2018 年 12 月第一版
◎ 本書以POD印製發行